7:45 列車上的告白

Confessions on the 7:45

Lisa Unger

麗莎・昂格爾 ———著

周倩如 ———譯

致傑佛利

就算經過二十年，未來你仍是我的最初、最後和永遠。

第一部　我們所有的小秘密

「如果想要保守秘密的話，就必須連自己都防。」

——喬治・歐威爾，《一九八四》

序言

她注視著。那是她的天賦。消失於黑夜裡，隱身在四周的陰影中。那裡才是看見一個人真面目的地方，當人們露出本性之時。這年頭，每個人都在自我宣傳，推銷各種版本的自己，剪裁照片、套上濾鏡給公眾消費。每個人都在上演所謂的「個人秀」，只有在沒人看得見的獨處時刻，才會卸下面具。

她已經注視他好一會兒。他臉上的面具正逐漸滑落。

他同樣站在大街的陰影處，一個漆黑的龐然大物。她尾隨他，看他像個掠食者開車兜圈子，最後在樹下找到一個停車位。他停好車，靜靜坐著。夜色漸黑，室內燈光也一盞盞亮起。最後，他總算下車，輕關車門，溜過大街。現在，他等待著。他在做什麼？

她已經跟蹤他好幾個禮拜，見過他在公園推著孩子盪鞦韆，大白天走進一家脫衣舞夜總會，跟他的豬朋狗友在運動酒吧看比賽，一邊喝得爛醉。

她見過他幫忙一個帶著學步兒和推著嬰兒推車的年輕媽媽把購物雜貨從車上拿進她的屋裡。有一次，他在當地酒吧搭訕一個女人。後來，他們到外面的停車場，在他的車上像動物般做愛。晚些時候，他到超市為家人買食物，購物車裡堆滿他孩子喜歡的冰淇淋和金魚餅乾。

他現在又在做什麼？

觀察家只用眼看，從不干涉。話雖如此，今晚她卻有種不好的預感。她在沁涼的夜裡紋風不動，耐心等候。

高跟鞋的叩叩聲傳來回音，在杳無人煙的街道上輕快急促。她感到一陣恐懼。這附近沒有其他人嗎？沒有其他人看向窗外嗎？沒有。她是唯一的一個。不覺得有時候人們不再仔細觀看了嗎？他們不往前看，而是低著頭，看著手機。或是，陶醉在過去和未來的電影裡，沉迷於慾望和恐懼，腦中的螢幕總是不間斷播放著畫面。

那年輕女人的身形苗條，抬頭挺胸，充滿自信。她步伐穩健地走在大街上，雙手插進口袋，肩上挎著托特包。他從陰影處出現擋住她的去路時，年輕女人突然停下來，退後一兩步。他向她伸手，彷彿要牽她，但她兩手緊緊環抱腰間。

他們交換了她聽不見的字句，一開始語氣尖銳，後來放軟許多。在遙遠的夜空中，聽起來彷彿鳥叫。他在做什麼？恐懼有如冰冷的手指滑過她的背脊。

他走近擁抱那個女人，而她頻頻閃躲。但他還是硬生生過去。夜裡，他只是個忽隱忽現的幽靈。他的高大體型吞噬了她的嬌小身軀，兩人彷彿跳著某種舞步朝大門移動，起初拉拉扯扯，氣氛尷尬。後來，她似乎讓步了，癱軟在他懷裡。她讓兩人一起進門，接著，大街再次寂靜。

她愣在原地，不確定自己看到什麼。後來，等她明白他幹了什麼好事，得知他在面具底下的真面目時，她會恨自己當初沒有行動，只是躲在陰影處，注視著。她告訴自己，她當時並不知道。她不知道在那張面具底下，他是一頭禽獸。

第一章　薩琳娜

薩琳娜喜歡凝滯的空檔，珍惜這些不必扮演生活中各種角色的零碎時間。

她錯過了五點四十分的那班火車，因為客戶會議開得太久。還沒離開會議室前她就知道，今晚是不可能準時回家跟老公格雷姆和兩個皮到不行的兒子史蒂芬和奧立佛一起吃晚餐了。晚餐過後的那段瘋狂時間——洗澡、換睡衣、嬉戲打鬧、激烈但短暫的兄弟鬩牆，兩人坐得住的話可能還會看個電視，最後以睡前故事作結——看來都得在她缺席的情況下進行了。薩琳娜不常加班；她向來準時回家。儘管他們家傍晚總是一團亂，卻是她一天最美好的時光。

不過那晚她確實錯過了火車，她甚至放棄趕去車站，於是便出現了一段過去不存在的空閒時間。她常搭的那班五點四十分的火車，和她弄完辦公室幾樣事情預計要趕的那班七點四十五分的火車之間，正好是兩小時左右。

這段時間，她可以感覺自己得到舒展。她不在工作，也不在照顧孩子，就只是做自己。她可以思考。老實說，薩琳娜確實有些事需要思考。這些事在腦海有如一陣白噪音。

她溜下又搭回辦公室的那輛計程車，走進沁涼的秋夜。城市的喧囂聲把她淹沒。漫長的一天後，返家人潮蜂擁而出。她踏進鋪有大理石地板和明亮牆面的寧靜大廳。薩琳娜對熟識她的警衛點頭示意，刷卡穿過閘門，獨自坐電梯上樓。

在電梯裡，她開始心跳加快，口乾舌燥。托特包太沉重，拖著她緊繃的肩膀肌肉。她不是故意沒搭上火車的；她真的不想在客戶滔滔不絕的時候打斷他。

可是——

辦公室空無一人。文學代理商的員工不多；多數都有家庭。很多家長在放學接送時間之前就離開了，然後下午在家工作。她的老闆兼畢生摯友貝絲，安排了這樣的工作型態，好讓員工可以認真工作，同時照顧家庭——想不到吧。這裡是罕見有人性的工作場所。

她連辦公室的燈都省了沒開，隔著她的大窗戶欣賞市區光輝燦爛的夜景。她放下包包，臉頰一陣熱。她脫掉外套，在電腦前坐下，深吸一口氣後掀開筆電。

現在時間剛過六點十五分。孩子們應該已經吃完晚餐。薩琳娜很了解他們的褓姆潔妮娃，知道她做事效率高，奧利佛和史蒂芬現在大概已經洗完澡換上睡衣。她大概也已經把他們在電視機前面安置好了。

薩琳娜坐在她的人體工學椅上往後靠，感覺到椅背舒適地傾斜。

嚴格來說，她沒有把監視攝影機藏起來。潔妮娃很清楚家中的攝影機在哪裡——樓上一台、樓下一台。

薩琳娜只是把孩子房裡的那一台移走，沒告知格雷姆和潔妮娃罷了。

她又停頓半晌。桌面上放滿孩子和格雷姆的相片、學校的畫畫作品和奧利佛在美術夏令營做的一隻陶瓷貓頭鷹。她拿起那捏得奇形怪狀的閃亮貓頭鷹；他把他的名字刻在底部。她撫摸歪斜的字母O和寫反的字母e，聽見某處傳來吸塵器的聲音。

婚紗照上，她笑得燦爛，一身燕尾服的格雷姆帥氣瀟灑。攝影師拍下他在她耳邊低語的瞬間——他說著一些肉麻的情話、好笑的趣事，然後是：今天是我這輩子最棒的一天。他的氣息在她耳邊吹拂，雙手緊摟她的腰。她因為快樂和希望，全身顫抖不已。如今將近十年過去了。天啊，這段時間猶如一次心跳，一次深呼吸，一個眨眼的瞬間。

她放下婚紗照。接著，點開應用程式，讓她得以在筆電上看見她放在遊戲室那台攝影機回傳的影像。

下載畫面花了一會兒的時間。

等影像出現時，她對眼前所見毫不訝異。

她的丈夫，格雷姆，正在和她的褓姆潔妮娃做愛，就在薩琳娜和格雷姆一起在IKEA精心挑選的遊戲地墊上。

音量很小聲，她不必聽到他們的喘息和呻吟。

她是何時開始起疑的？大約兩個禮拜前。她碰巧看見格雷姆和潔妮娃之間的眼神交流。在千分之一秒捕捉到的某個微表情。

不會吧，當時她想。絕對不可能。

但她還是把房間的攝影機移到了遊戲室。

這是她第二次看他們做愛。一股奇特的平靜從體內湧上，她對這整件事有種冷漠的距離感。

薩琳娜看著這年輕女人的閃亮金髮和泛紅臉頰時心想，潔妮娃也沒那麼正。她湊近螢幕，把潔妮娃看個仔細。漂亮嗎？當然，但沒有披薩琳娜漂亮太多。

好吧，她是比較年輕，但也才年輕幾歲。她可能有種薩琳娜缺乏的溫柔吧，一種新鮮感，但整個人再平庸不過。老實講，潔妮娃這略高於水準的長相，正是薩琳娜當初考慮雇用她做他們家褓姆的重點之一。潔妮娃長得不差，頭腦聰穎，是品貌兼優的專業托育人士，一長串的推薦人都對她讚譽有加。但她算不上是性感尤物，不是什麼二十多歲的嬌羞少女，搽著閃亮唇膏，在不當的身體部位刺著將來會後悔的刺青。大多數的女人沒笨到會把年輕辣妹定期帶進家裡，薩琳娜也不例外。誰都知道這樣會出事。

況且，薩琳娜認識潔妮娃，嚴格說來，是覬覦她。她們是薩琳娜離職在家帶孩子的第一年時在公園認識的。工作、通勤、趕去幼兒園接小孩，想兼顧各方的下場就是什麼也做不好。她為此疲倦不已。她和丈夫格雷姆討論後認為她應該辭職在家，別再工作。他們負擔得起——格雷姆收入很好。雖然沒有好到開名車，每年前往豪華的度假勝地，但生活不成問題。

薩琳娜很喜歡潔妮娃跟塔克家的孩子，萊恩和錢德之間的相處方式。她溫柔但堅定，細心但不拘小節。孩子們聽她的話。*眼睛看我*，她只要這樣大聲一說，他們就乖乖聽話。潔妮娃不像薩琳娜在公園觀察到的其他年輕褓姆，一直滑手機，放任孩子亂跑或盯著他們自己的電子裝置。潔妮娃會跟著追逐玩耍，幫忙推鞦韆，一起玩捉迷藏。

而且，她真的沒那麼正。

五官清秀——俏鼻豐唇，睫毛濃密的黑色杏眼。身材豐滿，但豐腴得恰到好處。珠圓玉潤，就像她父親以前常說的。這是褒義，形容豐腴的女人比較健康。薩琳娜又瘦又高，全拜基因所賜。她為此感到慶幸，因為天知道她可沒多餘的時間去運動瘦身。

現在，她把音量調高，聽他們呻吟。聽起來是不是——很勉強？

薩琳娜記得她和潔妮娃差不多天天閒聊。薩琳娜的兩個兒子——奧利佛和史蒂芬——很喜歡她。潔妮娃會不會去？他們去公園前，大兒子奧利佛有時候會問。可能會吧，薩琳娜會回答，一邊暗自希望她有個像潔妮娃的人，即使不是全天候的也好。一個能安心交付孩子的人。但她很樂意待在家。她並不想念以前的公關工作。她不像很多朋友那樣，渴望事業有成。她天生就沒有那種基因。她喜歡工作，喜歡工作帶來的獨立感和同事間的情誼，做好一件事的成就感，當然還有金錢。但她從來不讓工作定義她。

格雷姆：「喔，耶，好爽。」

她再次調低音量，拿起一幅孩子們的照片，舉高擋住螢幕，端詳他們紅通通的快樂小臉。為人母親帶給薩琳娜職場給不了的生活意義。在孩子們身邊為他們煮三餐，整理家裡，打理他們的日程表、預約看病、修剪頭髮，不錯過每次的接送、班親會、萬聖節派對。這些事並不性感，也不總是輕鬆，社會對這個角色沒有太多讚揚，她卻找到了在別處找不到的滿足感。

後來，格雷姆無預警失業了——好吧，誰能預料得到呢？這實在不是他的錯。出版業日益萎縮，他的豐厚薪水對一家自身難保的心理勵志出版社來說很難說得過去。就在同一個星期，薩琳娜和好朋友貝絲喝酒聊天時，貝絲偶然提到有份工作想給她——在貝絲的文學代理商擔任版權經理。加上分紅，薩琳娜的薪水將比格雷姆還高。當然，他們必須請個褓姆。因為格雷姆，怎麼說呢，他沒有內建照料孩子的基因。而且找工作就算是種全職工作了，寶貝。

所以，一次在公園的閒聊之中——就在事發隔天，薩琳娜正絞盡腦汁想為他們家的問題找到解方——潔妮娃告訴薩琳娜她就快失業的時候，感覺就像命中注定一般。她說塔克太太想辭職在家幾年。

問題就那樣迎刃而解，表示你運勢正旺，不是嗎？這年頭，大家不是都這麼說嗎？這讓薩琳娜重回職場變得簡單。雖然不算是她想要的，但該做的事還是得做，對吧？格雷姆很快就會找到工作。她回職場不是一輩子的事——儘管薪水很不錯。

攝影機擺放的位置，讓薩琳娜能以最佳視野看著潔妮娃——她顯然喜歡在上位。這是薩琳娜的想像嗎？潔妮娃看起來沒有很投入。雖說端看她的表情和嘴型，該發的聲音肯定都發了。

樓下攝影機傳來的另一個畫面裡，孩子們正呆滯地看著卡通巨怪獵人。兩人已經洗得乾乾淨淨，餵得飽飽的，穿好睡衣等薩琳娜回家。

這方面潔妮娃做得無懈可擊，在這種節骨眼她還能注意到也挺奇怪的。但薩琳娜真心感激潔妮娃不是那種搶著當媽媽的褓姆。每天傍晚，只要薩琳娜一到家，潔妮娃就會退到一旁，盡量提早離開。有時候薩琳娜到二樓換衣服，都還沒下樓，她就不見了。房子總是一塵不染，孩子通常也很平靜，就五歲和七歲小男孩的標準而言，總之絕對不像格雷姆照顧他們時那樣不受控。格雷姆偶爾需要帶孩子一整天的時候，他們就變得髒兮兮的，情緒過度亢奮，失去常規——急著有人告訴他們該怎麼做，好讓他們冷靜下來。格雷姆以為他是他們的一員，表現得不像個家長，倒更像一個壞哥哥。

就像現在，兩個年幼的兒子在樓下看電視，他卻在遊戲室和褓姆亂搞。

為什麼她不生氣？

三天前第一次目睹他們偷情至今，她依舊百思不得其解。疑問彷彿若有似無的嗡嗡聲，被她一再壓抑。為什麼她沒有氣得大哭？沒有因為背叛和嫉妒而心痛？為什麼第一次被她逮到後，她沒有火冒三丈地衝回家，把格雷姆趕出家門，把潔妮娃開除？正常人都會這麼做。

但那次，薩琳娜只有一種麻木感，一種無情的冷漠。不，在麻木感底下還有其他感覺。

現在，潔妮娃歡愉地把頭往後仰。格雷姆露出高潮前那張抑制不住的表情；微微提高眉毛，闔上眼瞼，就像小提琴手有時候全神貫注演奏音樂時會出現的表情。薩琳娜這才發現她把椅子扶手握得好緊，緊到雙手都疼了。

她隱約感覺到另一種情緒，早在這件事之前就被她深深壓抑好一陣子的情緒。次子出生後，不知從何時起，薩琳娜開始討厭她的丈夫。並非無時無刻覺得討厭，而是討厭的程度強烈得讓她驚訝——他會在她說話時打斷她，進廚房在旁邊管東管西，明明沒分擔家事卻口口聲聲說他有。完全沒有。夫妻在一起久了，肯定都是這樣的。後來他丟了工作——不得不說，他似乎挺高興的。

喔，也好，我一直想改變一下。而且妳也說妳想念工作。

她有說過嗎？她想沒有，因為她從沒想念過。

後來，不知從何時起，她回家時會發現他連續兩天穿著同一條運動褲，或檢查搜尋紀錄時找不到半點他在找工作的痕跡，於是又變得更討厭他，再更討厭他。那身材健壯、穿著燕尾服的迷人男子，讓她開懷大笑、歡愉顫抖的男子，彷彿來自於一個快想不起來的夢境。

她再次調高音量，聽見他在潔妮娃底下呻吟，她的恨意也越來越強烈。她這輩子終於明白為什麼有些曾經深愛彼此的夫妻，曾經在婚禮上喜極而泣、度過美妙的蜜月旅行、生下可愛的孩子、建立一段美好生活的夫妻有可能殺了對方。

那情緒潛藏體內，不斷拳打腳踢想要出來。她能聽見，但她不太能感覺到。

她最近一直心不在焉，敷衍格雷姆，回絕他的求歡。就算他注意到她的冷漠，他也沒說出口。事實上，這不是他第一次出軌。但她以為他們已經盡釋前嫌了。他們一起去接受諮詢，淚眼汪汪對彼此承諾。她已經原諒他，允許自己再次相信他。現在想想挺天真的。

「格雷姆。」

薩琳娜被聲音嚇一跳，一下子回過神來。

潔妮娃已經從格雷姆身上爬下來，拉好裙子。兩次完事後，兩人都匆促穿上衣服，皺著眉頭，迴避對方的眼神。起碼他們沒有墮落到在做愛完繼續演戲，留在遊戲室地板上溫存。

「不能再這樣下去了。」潔妮娃說。薩琳娜聽出語氣裡的羞愧和懊悔。很好。這樣就對了，潔妮娃！

格雷姆穿好褲子，坐在沙發上，把臉埋進雙手。

「我知道。」他說著，聲音聽不太清楚。

「你有個好家庭，生活幸福美滿。而這——太糟糕了。」潔妮娃面紅耳赤地說。

喔，潔妮娃，薩琳娜荒唐地暗想，拜託不要辭職。

「我應該遞辭呈。」潔妮娃說。

格雷姆驚訝地抬起頭。「天啊，不行。」他說。「別這麼做。」

薩琳娜大笑出聲。不，這不是愛情。他才不是害怕失去年輕貌美的潔妮娃。他是擔心他在

「找工作」的同時，必須成為史蒂芬和奧立佛的主要照顧者。

「薩琳娜需要妳。」他說。「她很賞識妳。」

潔妮娃輕笑一聲，此舉讓薩琳娜也不自覺地揚起微笑。這女人剛剛上了她丈夫，她怎麼還是喜歡她？她肯定快瘋了。這就是做職業婦女的下場；理智慢慢給磨光。

「我不相信她會賞識我幹出這件事。」潔妮娃說。

「妳說得對。」格雷姆說著，撫摸下巴，因為羞愧而臉色蒼白。他抬起頭，薩琳娜突然一陣欣慰，她看見了——看見她的丈夫、她最好的朋友、她孩子的父親。他仍在那裡。他不是她虛構的幻覺。

「那聽著。」潔妮娃說著，雙手扠腰，開始往門口走。「你不能一直待在家。你得去找份工作。」

「好。」他說。他頭髮凌亂，看起來已經好幾天沒刮鬍子。

潔妮娃到底看上他哪裡？說真的？他和薩琳娜起碼有一段過去；他們曾經愛得驚天動地，去過各地旅行冒險，家庭生活迷人愉快。相較之下，他的不忠行為沒那麼嚴重。至少她是這樣告訴自己的——那些不完全算是出軌。直到最近，他一直是個好丈夫，努力養家餬口。他是她最好的朋友，凡事第一個想要分享的人。風趣、迷人、聰明。即便現在，在這難堪的時刻，她仍希望可以打電話向他傾訴。她那可惡的丈夫在偷吃褓姆，他一定知道該怎麼辦。

「男人待在家不是好事。」潔妮娃繼續說。「這幾年我見過不少，通常不是什麼好主意。」

「嗯。」他又說一次，聽起來極度沮喪。可憐的潔妮娃。她不知道她也得當格雷姆的褓姆。

薩琳娜猛地闔上筆電，沒料到自己會那麼用力，接著把筆電放進保護套，再塞進包包裡。她穿上黑色羊毛大衣，感覺腸胃一陣翻騰。

她很生氣、很受傷、覺得慘遭背叛——這她知道。但情緒沉睡著，有如深溝翻騰的岩漿，不斷堆疊壓力。她向來如此，外表平靜，內心波濤洶湧。她把情緒一再壓抑，等到再也抑制不住的時候，爆發力不同凡響。

等她來到街上時，情緒再次消失，取而代之的是那單調乏味的麻木感。城裡人潮擁擠。她沿著熙來攘往的大街前往地鐵站，再穿過繁忙的火車站抵達月台，及時搭上回家的那班火車。

火車嘶嘶作響，準備離站，她在車廂之間走動，接著停下腳步。

有了。一個空位，旁邊坐著一名年輕女人。乍看之下，她看起來竟有點眼熟。她有一頭黑色直髮，摩卡色的雙眼，一抹帶著淺笑的紅唇。苗條、時髦——儘管隔段距離，但薩琳娜立刻就喜歡上她。見薩琳娜朝她走來，那女人便拿起托特包讓出位置。薩琳娜在她旁邊坐下，大大嘆了一口氣，手裡抓著娛樂雜誌。接下來的四十分鐘，她只想埋首在這些柔軟光滑的頁面裡，擺脫問題，享受短暫的小確幸。

「不順的一天？」陌生人問道。她的表情——豐唇揚起一抹笑，深邃眼眸閃爍光芒——說明了她都懂，她是過來人，不管是什麼事，她都能感同身受。

薩琳娜苦笑一聲。「妳簡直無法想像。」

第二章　安

安打從一開始就知道這是個錯誤。千萬別和自己的老闆上床。每個母親都應該把這件事好好告誡自己的女兒。吃飯時要細嚼慢嚥，過馬路時要注意左右來車，不管頂頭上司碰巧有多帥、多迷人、多有錢，都別和他上床。但嚴格來說，安的母親倒也沒教過她半點有用的事。

總之，她現在人在這裡，又一次出現在這裡。在老闆那擁有無敵市景的角落辦公室的沙發上，讓他從後面來。整個城市燈光熠熠地在四周展開。她企圖享受，但多數情況下，她只是心不在焉。但她沒忘記發出所有該發的聲音。

她知道該怎麼假裝。

「喔，天啊，安。妳好性感。」

他讓自己深入，一邊呻吟著。

他第一次對她出手時，她以為他在開玩笑，或腦袋不清楚。他們一起飛往華盛頓特區，接待一個考慮離開投資公司的重要客戶吃晚餐。回飯店的計程車上，休趁著跟老婆講電話，把手放到了安的腿上。他這麼做時，連看都沒有看安一眼，所以有一瞬間她納悶他是否只是精神恍惚。他偶爾會這樣，有點心不在焉，過度熱情，與人熟稔，忘東忘西。

他的手往上游移到她的大腿。安動也不動地坐著，像一隻待宰的羔羊。休結束通話，她以為他會連忙把手抽回。

喔！對不起，安。她以為他會這麼說，被自己的輕率舉止嚇呆。

但沒有。他手移得更高了。

「我有沒有會錯意呢？」他語氣低沉地說。

住手。多數人可能會想：可憐的安！害怕失去工作，只得屈服於這頭禽獸。

而安心裡想的是：我該如何利用這件事得到好處？她一直以來真的只是想把工作做好，算是吧。但老爹似乎說得對，正如他說對很多事一樣。不主動出擊的話，就等著被別人攻擊。她有沒有下意識發出暗示呢？可能吧。也許這點老爹也說對了。正所謂江山易改，本性難移。

他們像準備參加高中畢業舞會似地在計程車上親熱，穿過麗池飯店的大廳時舉止端莊。他把她壓在飯店房門上。她很慶幸自己穿了性感內衣，刮了腿毛。

她給了一頭銀髮、肌肉發達、腹肌平坦的休難忘的一晚。以及往後的許多夜晚。他喜歡她在上面。他是體貼的情人，總會問：這樣舒服嗎？妳還好嗎？分享心底話：我和凱特——我們已經結婚很久了。我們都有各自的——胃口。但她根本不在乎他的婚姻。

其他人珍視的許多事情，安都不怎麼當一回事。忠誠——真的嗎？人一輩子真的應該只渴望一個人嗎？婚姻。婚姻就是注定失敗、叫人失望、分崩離析的制度。少來了。人類是動物，每一個人都是發情的野獸。男人，女人。整個社會是由薄如蟬翼的霸道律法和再怎麼緊守仍不斷改變的道德風俗所維繫在一起的，隨時可能崩解。

安不期待也不鼓勵休愛上她。事實上，她鮮少說話。她聽他說，一邊應聲附和。他沒注意到她差不多隻字不提她自己的事，但他仍愛上了安。於是，事情開始變得複雜。

這會兒，完事後，休摟著她的腰，哭了一會兒。他的體重壓得她動彈不得。他經常在做愛後變得情緒化。她大多時候不介意。但愛哭這件事——實在令人倒胃口。她推他，於是他讓她起身。她拉好裙子，他把她拉進懷裡。

她抱著他好一陣子，擦乾他的眼淚，親吻他。因為她知道這是他想要的。她有種特殊天分，知道人們想要什麼，知道他們內心深處的渴望，然後給他們那樣東西。這就是休——或任何人——墜入愛河的原因。因為他喜歡得到他想要的東西，即便他不知道那是什麼。

等他總算離開，她凝視自己在漆黑窗面上如鬼魅似的倒影，擦去糊掉的口紅。

「我要離開她。」休說。他撲通一聲在長絨沙發上坐下。他身材修長，舉止優雅；衣服以最高級的布料製成，剪裁合身，無懈可擊。今晚，他的絲質領帶鬆散，上漿的棉質襯衫皺成一團，但黑色羊毛西裝褲仍舊筆挺。他所有的衣服——即便是白色網球服——都與他精實的身體完美貼合。

她微微一笑，走到他身邊坐下。他親吻她，味道鹹鹹甜甜的。

「是時候了，我不能再這樣下去了。」他接著說。

他不是第一次這麼說。上次，她企圖打消他的念頭離去時，他過度用力握住她的手腕。他的眼神流露著某種孤注一擲的熾熱。今晚，她不希望他變得太黏人，太情緒化。

「好。」她邊說邊用手指梳他的頭髮。「嗯。」

因為這是他想聽到的，是他需要聽到的。不給人想要的東西時，他們容易生氣，或逐漸疏離。這麼一來，遊戲要嘛變得更困難，要嘛直接結束。

「我們可以遠走高飛。」他說著，手指勾勒著她的下巴。因為想當然耳，他們倆都會丟掉工作。休的妻子凱特，從大名鼎鼎的父親手中繼承了投資公司，現在是公司的老闆兼經營者。她的弟弟們都是董事。他們向來不喜歡休（這是他最喜歡的枕邊故事，他總是激動抱怨凱特的弟弟們不尊重他）。「我們可以去國外度個長假，思考下一步，重新開始。妳願意嗎？」

「當然。」她說。「一定很棒。」

安喜歡她的工作；她申請這份工作及面試時，是真心想在公司上班。數字在她眼中具有意義，投資就像邏輯和魔術的綜合體。替客戶工作有點像是騙局，不是嗎——說服別人把錢交出來，向他們保證你會幫他們賺到更多？她也很尊敬、很欣賞她的老闆——也就是她情人的妻子——凱特。一個聰明又能幹的女人。

安在接受休的追求前，或許應該想清楚點才對。他不是掌權的那個；她失算了，或根本沒有多想。她有時候會犯這樣的錯，讓自己被局勢操弄。老爹認為這是一種自我破壞的行為。*親愛的，有時候我覺得妳根本心不在焉。*也許他說得沒錯。

「呃。」休說著抽開身，看了手錶一眼。「我快遲到了。我得換衣服，跟凱特在捐款晚會上會合。」

她站起來，穿過他寬敞的辦公室，取出衣櫃裡的燕尾服，攤在沙發椅背上。又是一件令人驚豔的單品，厚實且絲滑。她細細撫摸西裝胸前的翻領。他起身，她替他更衣，把其他衣服掛好，放回衣櫃裡。她幫他打領帶。內心深處，他仍是個小男孩，希望被照顧、被關心。也許這是每個人都想要的。

「你看起來帥呆了。」她說完，親他一下。「祝你今晚玩得愉快。」

他凝視著她，眼眶再次泛淚。

「快了。」他說。「這場戲很快就會結束。」

她伸手撫摸他的臉頰，露出她能力所及最甜美的笑容，動身準備離開辦公室。

「安。」他抓住她的手說。「我愛妳。」

她從來沒有回覆相同的句子。她會說我也是之類的話，或在訊息上傳眼冒愛心的貼圖給他，有時候只是給他一個飛吻。他似乎沒有注意到，或是他太驕傲了，不願意問她為什麼從來不肯說，不問她是否愛他。但她認為主要的原因是休只願意聽聞他想看見或聽見的事情。

她鬆手，給了他一個飛吻。「休，晚安。」

他的手機響起，他邊看著她邊接起電話。

「就快到了，親愛的。」他說著，別開目光，轉身走開。「客戶這邊快結束了。」

她離開他，他的聲音跟隨她傳到走廊上。

她進辦公室收拾東西，感覺腸胃反常地揪成一團。她能察覺她的運氣就快用完了。她說不上為什麼。只是一種凡事無法長久的感覺，離開凱特不會如他想像的那麼簡單，在某種層面上，他其實不想離開，一旦情況到達臨界點，她將丟掉工作。當然，結局不會是一場空，她會確保這一點。

收拾完，她突然有種寂寞的空虛感。真希望能打電話給老爹，和他好好聊一聊。反之，手機傳來叮的一聲。訊息內容令她覺得煩躁。

這樣是不對的，訊息寫道。**我不想再幹下去了。**

照原定計畫行事，她回覆。**現在回頭已經太遲了。**

想想也好笑，在這關鍵時刻，她不得不給出她自己最需要的建議。學生成了老師，老爹一定很高興。

安看了手機一眼。

三個小點點跳動一會兒，然後消失了。

那個年輕生澀的女孩會乖乖照她的話去做。沒有例外。至少目前為止是如此。

安看一眼手錶，打起精神。動作快的話，她正好趕得上。

第三章　薩琳娜

薩琳娜剛剛在另一個女人隔壁的位置坐下，火車就當場故障，發出挫敗的嗚聲。燈光頓時全暗，然後又立馬亮起。她靜靜等待。

拜託，她心想。

火車現在離站，她仍能在睡前趕回家見見孩子。她看一眼凝視窗外的隔壁乘客。只見她一頭烏黑亮麗的秀髮和優雅的側臉輪廓。她們彼此認識嗎？她再次納悶。

薩琳娜傳簡訊給格雷姆那個偷吃的王八蛋：

火車誤點！

呃，他回傳。**褓姆走了，我準備弄孩子們睡覺。他們在等妳。愛妳！**

她喜歡他不直喚潔妮娃的名字。她以前怎麼沒看出來。故意製造距離感，好像在說：*我從來沒有和那女人發生過性關係*。

他的簡訊聽起來充滿悔改之心，對吧？是驚嘆號的緣故，一個他鮮少使用的標點符號。所有編輯都痛恨驚嘆號；那是偷吃步的作法，情緒應該由對話本身傳達。但，傳訊息時，驚嘆號傳達了體貼、熱情、愉快——總之有些什麼。如果他覺得有必要訴諸驚嘆號，他肯定覺得自己像頭禽獸。他確實是禽獸。

愛你，她心不甘情不願地回傳。沒用驚嘆號。

但她真的愛他。兩人在一起的這些年來，一直都愛著他。他逗她笑，知道該怎麼安撫她。他很堅強；他處理家中的大小事，砍柴火，維護庭院。他在許多方面都是一個好丈夫。而她的確愛他。真奇怪。因為她也同樣恨他。那份強烈的情緒有如火山在內心隆隆作響，混雜了悲傷、憤怒、愛情。等到爆發那一刻，一切將化為灰燼。

薩琳娜望向窗外。

一片漆黑。

除了另一個女人映在玻璃窗上的模糊剪影外，她什麼也看不見。現在車廂裡的乘客寥寥無幾。她猜測很多人可能已經下車離開，尋找替代的交通工具。薩琳娜可以移動到別的座位上，好讓她們倆都能擁有自己的空間。但這樣會不會沒禮貌？

她的臉。

該怎麼說呢？

那女人的顴骨高聳明顯，黑色眼眸深不見底，嘴型很性感，幾乎有點歪斜，但很順眼。她正準備寒暄幾句，那女人便開口說話。聲音細如耳語，薩琳娜起初聽不清楚。後來，她回想起這次的初遇時，一直努力想為接下來發生的事找出原因。

也許就像墜入愛河那種奇特且讓你措手不及的深刻連結，或者是因為火車誤點，在漆黑的車廂內徬徨等待的緣故？

有時候女人之間就是如此，突然對彼此產生一股親密感。薩琳娜經歷過幾次。兩人光是對視一眼就知道了。從女孩蛻變成女人的人生旅程，每個女人懷抱過的希望和夢想，總是不如願的生活，而即使如願，也從來不是預期中的樣貌。這世上沒有玻璃鞋，也沒有白馬王子。公主高髻綁了一陣子之後痛得要命，頭髮拉得太緊，髮夾太尖銳。種種的失望，現實的開端。所有美好的事物也不例外——真愛、真正的友情、孩子的誕生。只要仔細看著對方的雙眼，就知道那條道路、那趟旅程、所有的起起伏伏、當中的可笑。

那女人再次開口說：

「妳有沒有做過什麼事是妳真的很後悔的？」

這句話幾乎就像悄悄話。或許她只是在自言自語——薩琳娜成天這麼做。淋浴時說著一長串的對話。

你在跟誰講話？有天晚上，她那好奇心重的大兒子奧立佛想知道。

我自己，她告訴他。

好奇怪喔。

至少她能確定有人在專心聽。有時候，她在淋浴時會給自己一些很棒的意見，彷彿腦中有一個無所不知的迷你心理治療師。

「有。」這會兒，薩琳娜說。「當然有。」

喔，實在太多了，最遠可以追溯到童年時期。她後悔五年級沒有邀請馬蒂・賈斯柏參加她的生日派對；馬蒂是奇怪的孩子，人不太客氣，大家都對她敬而遠之。她們不是朋友，但薩琳娜應該出於善意邀請她的。她後悔自己因為一次的真心話大冒險而失去初夜，後來又因此失去自己最好的朋友。大學有幾次大膽、近乎危險的一夜情。對於前男友威爾，她有諸多後悔，過去所有人都以為她會嫁給他。她應該更努力嘗試餵母乳；她的孩子現在那麼挑食八成是這個緣故。又或者不是。誰知道呢？其他讓她後悔的事情還有很多，她都能寫成一本書了。

「我和我老闆發生關係。」那女人說。

「喔。」薩琳娜說，說是驚訝也沒有太驚訝。「那個。」

去年，她的好朋友莉昂娜也和她的老闆上床——兩人都有家室；最後搞得一團糟。

「如果和他分手，我覺得情況會變得非常難堪。」那女人繼續說。「他想為了我離開他老婆。」

「喔。」薩琳娜說著，身子往前湊近。她感覺到一種淫穢的喜悅，很慶幸能暫時脫離自己的劇碼。

「我們兩人上班的那間公司，」她說。「就是他老婆的公司。」

「嗯。」薩琳娜點頭說。她不確定還能說什麼。有時候就是會發生這種事，不是嗎？就是覺得必須一吐為快？所有事情憋在心裡實在太難受了，但又因為千百種理由而不能告訴身邊最親近的人。這就是人為什麼會對酒保或髮型師掏心掏肺的原因，對吧？

有時候，陌生人就是生活中最安全的傾吐對象。

那女人在昏暗故障的火車上轉頭看她。她睜大雙眼，一手摀住嘴巴。

「對不起！」她說。「我怎麼會跟妳說這些呢？」

「顯然，妳需要對某個人傾訴。」薩琳娜心照不宣地說，覺得自己宛若慈母。

薩琳娜知道這種感覺。她沒有把格雷姆的問題告訴任何人，她母親、她姊姊、貝絲都不知情。這是她心中的大石、喉頭的酸澀。如果能一吐為快該有多好。但她怎能跟別人說呢？她的婚姻——格雷姆和薩琳娜——就像童話故事，一見鍾情、從此過著幸福快樂的日子。人人欽羨。現在，他們就跟一般人沒有兩樣——婚姻破裂，滿是瑕疵——大概已經無藥可救。

火車靜止不動，薩琳娜湧上一股強烈的絕望感。車外夜色漸黑，車內的寧靜越來越難以忽視。

「我是瑪莎。」那女人伸出手說。

「我是薩琳娜。」她說完，與她握手。瑪莎的手冰冷嬌嫩，但手勁十足。

瑪莎開始翻找包包，拿出兩瓶迷你伏特加。她把一瓶遞給薩琳娜，薩琳娜微笑接過。這讓她想起她的老闆兼好友貝絲，老愛囤積一大堆隨身迷你瓶——酒、洗髮精、乳液、乾洗手、漱口水。她會在旅館收集一大堆，塞進行李箱和托特包裡。每當你需要任何東西，無論是針線、梳子、漱口水、乳液，貝絲隨身攜帶的大包包裡肯定都有。

瑪莎打開小酒瓶，薩琳娜猶豫片刻後，跟著照做。

「祝這該死的一天能漸入佳境。」瑪莎說。她們互相乾杯，薩琳娜一邊尋找列車長的蹤跡。火車上照道理不能喝酒，對吧？她感覺到自己每次違規時會感覺到的一絲喜悅。

「乾杯。」她說。

伏特加溫順地滑下喉嚨，兩頰熱呼呼的。再喝一口，她感覺到一陣舒服的微醺。火車仍然靜止不動，漆黑一片。有些乘客正在安靜地講手機。坐在她們對面的男人在睡覺，頭枕在他捲作一團的外套上。

薩琳娜感覺到口袋裡的手機在響，便撈了出來。是視訊電話。

「我接個電話。」她說。瑪莎點點頭，伸手要拿瓶子，薩琳娜也交出去請她拿著。

她接起電話看見兩個兒子的臉擠在螢幕前。她調低音量，起身走到兩個廁所中間的地方。

「媽，妳在哪裡？」奧利佛說。

「我被困在火車上了，寶貝。」她壓低聲音說。「很抱歉。你們聽故事了嗎？」

「爸唸了太多玩具的男孩。」他說。

「又是那一本。」史蒂芬抱怨道。

格雷姆不是孩子們央求聽故事的對象。他不會熱情高昂地唸故事，而且只唸一本，由他挑選，不得商量。反觀薩琳娜會在裡面待上一個小時，讓兩個孩子各選一本書，並經常躺在地上一陣子等他們沉沉睡去。有時候她也會不小心在裡面睡著，格雷姆不得不去帶她出來。

「我一回家就進去給你們一人一個親親。」她說。「希望不會耽擱太久。」

她再次東張西望尋找列車長的蹤影，或某個可以詢問的人。但到處不見人影。停那麼久到底是怎麼回事？

一頭金髮、缺了兩顆門牙的史蒂芬說起班上有個男生用剪刀剪了自己的瀏海，後來因為哭得太厲害，不得不回家。奧利佛不喜歡今天的點心，問他明天能不能吃葡萄乾。最後，格雷姆打斷他們。

「好了，孩子們。」他說。「該睡覺了。」

他拿走電話，孩子們先是連聲抗議，後來同時大喊，「愛妳唷，媽咪！」

「我也愛你們！」她說。「我會快點到家。」

「那我呢？」格雷姆說。現在換成他的臉出現在螢幕上。黑色雙眼，短短的鬍碴，歪歪的鼻子（足球賽時弄斷的，從未完全復原），一頭亂髮。那抹微笑，放蕩不羈。「妳愛我嗎？」

「當然。」她企圖輕描淡寫地說。「你知道的。」

她想抹去潔妮娃坐在他身上的畫面，那畫面卻不請自來。事實上，那醜惡的畫面在她腦海不斷重演，有如其他房間的電視聲，或隔牆聽見的一首歌，難受地揪著她的心。他想必在她臉上發現端倪。

他皺起眉頭，「怎麼了？」

「我得掛了。」她說。

「好。」他揉揉眼睛回答，再抬頭看她。「再聯絡。」

他毫無察覺，完全不知道她目睹了什麼。而且，要是當初她沒發現，他的言行舉止也沒有任何反常之處。無論是語調、表情、身體語言，統統一如往常。這代表什麼？代表那件事對他沒有意義；他已經忘得一乾二淨了？或代表他是個高超的騙子，能輕易掩藏任何內疚或悔恨的情緒。

有那麼一會兒，螢幕上的他看起來好陌生。

「格雷姆。」

「嗯？」

「洗衣機如果有洗好的衣服，你能不能放進烘乾機裡？」

他翻了個白眼，彷彿那是天底下最麻煩的工作。「嗯，好。」

她二話不說，掛斷電話。他的臉在螢幕上定格，然後消失。

薩琳娜回到座位前，一屁股坐下，瑪莎把小瓶子交還給她。她又喝了一大口。

「聽起來妳有個很美滿的家庭。」瑪莎說著，舉起一隻手。「我不是故意要偷聽的。」

「我非常幸運。」薩琳娜說。

因為這就是應有的回答，對吧？我們好幸運，我內心充滿感激。

這是真的；大部分的日子她確實這麼想，直到她移動了攝影機。

拉斯維加斯事件過後，薩琳娜的母親用一貫謹慎溫柔的口氣警告過她：他會再犯的，寶貝。江山易改，本性難移。

但薩琳娜聽不進去。她解釋，格雷姆跟她一再偷吃的父親不一樣。她母親柯拉說過，她為了薩琳娜和她姊姊瑪麗索爾，選擇留在婚姻裡忍氣吞聲。

但那是她的父母。薩琳娜和格雷姆的情況完全不同；第一件事算不上外遇。他們接受了心理諮商。總之，就是不一樣。她是這樣告訴自己的。

「所以妳打算怎麼做？」薩琳娜問道，急著分神不去想她自己的生活。「妳老闆的事。」

瑪莎聳聳肩，翻轉座位，好讓她們能清楚看見彼此，不只是肩並肩坐著凝視面前的椅背。她的一雙杏眼有著濃密的睫毛，抹了淡淡的眼影，看起來銳利，令人著迷。

「有時候，真希望麻煩會自己消失，對吧？」瑪莎嘆口氣說。

「這樣就太棒了。」薩琳娜說著，看了酒瓶一眼，發現差不多快空了。消失得還真快。她覺得放鬆許多，肩膀沒那麼緊繃了。

「例如他突然對我失去興趣，妳懂嗎？」她說。「遇到別人之類的。」

這些話不知怎地觸及薩琳娜的痛處，她感覺到自己壓抑已久的悲傷突然一湧而上。淚水來時，她止也止不住。偏偏就是褓姆！太老套了吧！

「喔，不。」瑪莎驚訝地說。「我說了什麼嗎？」

「抱歉。」薩琳娜勉強擠出話來，從包包拿出面紙，擦拭雙眼。

「告訴我吧。」瑪莎說。「既然我們在玩真心話大冒險。」

於是，薩琳娜不加思索地，把一切告訴了她。她告訴火車上這位陌生人，她懷疑她為了養家在公司加班時，她老公和褓姆有一腿。她省略不提她看過影片——沒必要說那麼具體。因為說她看過影片，不就太奇怪了嗎？而且還看了兩遍，卻仍然沒有任何行動。

「抱歉。」薩琳娜結束時，又說了一次。「我怎麼會跟妳說這些呢？」

「顯然，妳需要對某個人傾訴。」瑪莎臉上帶著薩琳娜剛才對她露出的同一種微笑。

瑪莎又拿出一瓶迷你伏特加。她的鮮紅色指甲油完美無缺，十指纖長白皙，沒戴戒指。薩琳娜打開酒瓶，喝了一口，注意到瑪莎盯著她的鑽戒看。（女人經常這麼做，鑽戒很大顆。）把一切說出來的感覺真好。她已經獨自承受好一陣子。

「可是妳沒有百分之百確定？」瑪莎問道。

薩琳娜搖搖頭。

「妳有懷疑他的理由嗎？」她問。

「沒有。」薩琳娜說。「只是一股直覺。」

「這樣啊。」瑪莎舉起小瓶子，兩人再度乾杯。「但願妳的直覺是錯的。如果不是，祝他得到該有的懲罰。」

她說最後一句話時揚起一抹邪惡的微笑，薩琳娜的心卻涼了半截。他該有的懲罰？有誰注定該得到懲罰嗎？

「男人啊。」見薩琳娜沉默不語，瑪莎說。「充滿瑕疵、個性扭曲，不是嗎？他們把世界搞得天翻地覆。」

那女人的語調變得陰沉，眼神冷漠。

「只會製造破壞。」

薩琳娜有股異常衝動想替全天下的男人辯護，包括格雷姆在內。畢竟，她自己有兩個兒子。但話卡在喉嚨沒出口。她所言屬實，不是嗎？在某種意義上——戰爭、氣候變遷、邪教、戀童癖、姦擄燒殺、種種罪行——男人要為世界上大部分的弊端負責。他們已經瘋狂了好幾千年。

「妳有時候會不會希望自己的問題可以莫名地自動消失？」瑪莎又問一次。「不費一絲力氣？」

但問題不會自行解決。突然間，薩琳娜驚覺瑪莎就是跟有婦之夫上床的第三者。那女人是瑪莎公司的老闆，她大概和過去的薩琳娜一樣，很信任自己的丈夫和員工。認真工作，養家餬口，而她丈夫卻和隨便出現的漂亮女人上床。

「妳希望妳的問題能怎麼解決？」薩琳娜輕擦雙眼問。

「今天我在想，如果他能突然間——死掉就好了。」她露出壞笑說。「車禍、心臟病、隨機的街頭犯罪之類的。那我就能保住工作，誰都不知道。」

瑪莎發出少女般甜美的笑聲，就著瓶口又喝了一口。想當然耳，她只是在開玩笑。對吧？薩琳娜微微挪開身子，包包抓在肚子上。

「我以後再也不會那麼笨了。」瑪莎繼續說。「我不會為了害怕失業而屈服於某個禽獸的追求。」

這就是潔妮娃的心聲嗎？薩琳娜好奇。會不會她屈服了格雷姆的調情，只因為她怕失去工作？雖說看起來完全不是那回事。但事情總是不如表面那麼單純，對吧？格雷姆屬於強勢的一方。薩琳娜知道潔妮娃入不敷出，即使是短時間不工作她也承受不起。

燈光忽明忽滅，火車突然往前動了一下。薩琳娜湧起一線希望。但後來什麼事也沒發生。

「鐵軌上有障礙物。」列車長的聲音從擴音系統傳來。她們旁邊的男子猛然醒來，一臉困惑地東張西望，接著坐正身子，察看手機。「現在障礙物已經排除，應該很快就能發車。抱歉給各位造成不便。」

男子拿起行李，走到另一節車廂。

「妳希望妳的問題能怎麼解決？」瑪莎問。她的目光熾熱，薩琳娜覺得彷彿被震懾住了。

她擠出一絲苦笑。

這些未婚女子，她們不會明白的，婚姻的複雜面、有孩子後的生活、每天所做的犧牲和妥協，好讓一切順利。

我的問題解決不了，薩琳娜心想。

跟老公離婚，變成單親媽媽，忍受每隔幾個週末假日孩子不在身邊？或是堅持下去？開除兩個孩子都喜歡的潔妮娃，想辦法找到一個不會讓薩琳娜丟臉、讓她丈夫在孩子眼中顏面盡失的可信理由？然後辭掉工作，靠吃老本維生，直到格雷姆找到工作、重回工作崗位？和他當面對質、參加夫妻諮詢、找到繼續走下去的方法？但無論什麼方法，都會衍生一大堆新的問題，她沒有精力去解決的問題。

「說不定她會消失。」瑪莎說。「妳就能假裝一切從沒發生過。」

她的聲音如蛇一般飄來，在黑暗中不過一句耳語。

薩琳娜望向瑪莎的雙眼，就像凝視空無的宇宙，冰冷且遙遠。酒精讓薩琳娜有點想吐。如果潔妮娃有一天就這樣沒來上班會怎麼樣？就這樣消失了。薩琳娜敢說，要是格雷姆得全天候照護孩子，一定會加緊腳步找工作。或許薩琳娜可以假裝什麼事都沒發生過。這樣簡單多了。有那麼一會兒，這麼做感覺可行。畢竟她母親為了保持家庭完整，數十年來都睜一隻眼閉一隻眼。

但不行，她辦不到。她沒辦法對她見過的畫面視而不見，無法忘記她丈夫的真面目。她不像她母親，無法為了孩子委曲求全。她可以嗎？

就在這時，燈光一一亮起，火車重新啟動，蹣跚前行。薩琳娜開始收拾東西，覺得噁心不適，心跳得有點快。

「是啊。」薩琳娜說著，勉強笑了一聲。「我想我沒那麼幸運。」

「很難講。」瑪莎繞著一束絲滑的黑髮。「天有不測風雲。」

薩琳娜移到走廊另一邊的座位上。

「我坐過來一點。」她說道。瑪莎帶著禮貌的微笑看著她。「給妳一些空間。」

瑪莎點點頭，把地上的托特包拿起來。

「謝謝妳的酒。」薩琳娜坐穩後說。「也謝謝妳聽我說話。」

「我該謝謝妳才對。」瑪莎說。「我覺得好多了。我想我知道該怎麼辦了。」

「有時候我們需要的只是一雙傾聽的耳朵。」

「以及朝正確的方向推一把。」

她那句話是什麼意思？薩琳娜其實不想知道。不知怎地，那段對話、那女人的語氣、那瓶伏特加，都讓她覺得焦慮不安，亟欲讓對話快點結束。為什麼她要把自己的事告訴這個陌生人呢？還是那麼私密的事？

她打開雜誌，開始翻看光滑頁面上那些不可思議的苗條身材、完美無瑕的臉蛋、人人欽羨的生活。她再次往瑪莎的方向看去，她似乎已經打起瞌睡。火車快到站時，薩琳娜開始收拾東西，但那女人依舊動也不動。她盡可能安靜地溜下車，沒說再見，頭也不回，暗暗希望她們再也不會見面。

第四章　潔妮娃

潔妮娃把名貴餐盤放進洗碗機，將閃亮亮的石英檯面擦拭一遍，一邊聽著格雷姆企圖唸本故事書安頓他們就寢的同時，兩個孩子在樓上蹦蹦跳跳的聲音。聽起來，他們正從床上往下跳，咚的一聲重擊讓櫥櫃裡的玻璃杯格格作響。薩琳娜和潔妮娃絕對不會容忍這種行為。故事時間是為了放鬆，不是放牛吃草。

她收起晚餐的剩菜剩飯，替薩琳娜留了一盤用保鮮膜包好放在冰箱，雖說她八成已經吃過了。

「對不起。」她關上冰箱門時低聲說。她真心覺得抱歉。她很喜歡薩琳娜，也很尊敬她。她從來不想選擇這種方式傷害她、背叛她。這是一個女人背叛另一個女人所能想像的最壞方式。

她習慣了，那強烈的羞愧感，熟悉得幾乎變成一種安全感。那股燥熱從身體一下子往上擴散到臉頰。最後又急速回降，讓她的內心陷入空虛。

為什麼？她為什麼要這麼做？一次又一次重蹈覆轍。她並不想如此。

原因只有一個。而這次是最後一次了。她一直在存錢。現在金額差不多夠了，她可以重獲自由。

她在餐桌前坐下，為薩琳娜寫一張清單。

「奧利佛需要一件新制服，校務處可以訂購；放學時史蒂芬的老師——」他老師似乎特別喜歡找潔妮娃的碴，「——說他最近很愛講話，干擾同學，整個人很恍神。」

史蒂芬的確愛講話，但他個性可愛，富有創意，人也體貼。總之，薩琳娜會知道該對史蒂芬和他老師說什麼。幸好潔妮娃的工作只是回報問題，不需要去解決。這就是當褓姆的美妙之處。妳可以回家。

手中的筆感覺好沉重。

她的嘴邊仍能嚐到格雷姆的餘味。

她跟薩琳娜及兩個孩子面談期間初次見到他時，以為他是雜工，是薩琳娜雇來做她那位高權重的丈夫沒時間親手做的粗活兒。當時的他吃力地搬運石頭，堆砌著圍繞在他們家寬廣後院的矮牆。

重要的私下調查期間，她在社群媒體上見過他的照片。有一次，她在市區的火車上看見他，當時他正準備下班返家。那時的他，一身高級西裝、穿著一雙好鞋，鬍子刮得乾乾淨淨，看起來很體面。她第一次在家裡看見他時，差點沒認出他來。

「喔，那是格雷姆。」薩琳娜正帶著潔妮娃參觀家中的大廚房。「他最近會比較常待在家，但我想他大部分的時間會出外面試。」

薩琳娜誤解了潔妮娃臉上的困惑表情。

「那是我老公。」她澄清道。

「喔，是。」潔妮娃說。「當然。」

潔妮娃花了一分鐘看著他扛起石頭，一一堆疊起來。儘管他因為幹著體力活而滿身大汗，但也或許正因為如此，散發出一種男子氣概。T恤、牛仔褲、工作靴。上次見到他至今，他胖了不少，但手臂依舊健壯，肩膀寬闊。他的體格有一種吸引力，下巴的鬍碴也完全不會讓人倒胃口。

話雖如此，當潔妮娃看著薩琳娜的時候——苗條、黝黑、五官精緻高傲、皮膚吹彈可破。她肯定知道她丈夫各方面都配不上她，對吧？為什麼那麼多女人這個樣子？薩琳娜不只漂亮，還很聰明、氣質優雅，是個好媽媽。現代社會最善於出產的那種典型女強人。

反觀格雷姆，呃，任誰都看得出來——或許只有她，因為她善於解讀人群，準得有如巫術。他是個媽寶。世界有如波浪鼓交到他手上，而當事情不如他願的時候就用力砸到地上。在她那一行，潔妮娃見過很多像他一樣的男人。太多太多了。

絕對是時候考慮換個行業了。她不適合這一行，這行帶來的職業傷害。照顧孩子沒有問題；這部分她很喜歡。有問題的是要應付那些成年人，尤其是男人。

潔妮娃寫完要給薩琳娜的清單。樓上的吵鬧聲已經平息。她能聽見史蒂芬和奧利佛在說說笑笑，以及格雷姆低沉的說話聲。她心想，也許明天她不該再回來了。她最後一次把流理台擦乾淨，把一身奇特裝置、兩隻紅色大眼的玩具機器人移到一旁。危險！危險！機器人說，這是它眾多台詞的其中一句。它是典型那種孩子喜歡、家長痛恨的吵人玩具。因為孩子們在搶，所以她沒收了。她想過拿到二樓的遊戲室，但又不想回去那裡，回到犯罪現場。她把玩具留在瓦斯爐旁邊。

潔妮娃收好包包，以及她在家做好帶過來、放在玻璃保鮮盒裡的晚餐——三餐是當初講好的職務之一。她安靜出去，鎖上身後的大門。

她到墨菲家工作沒幾天，格雷姆就開始趁孩子們上學時在她身邊徘徊——史蒂芬幼兒園上的是包午餐的半天班，一年級的奧利佛放學時間是下午兩點半。她替薩琳娜跑腿、做家事，以及十二點半接史蒂芬放學前薩琳娜所吩咐的所有差事。

格雷姆會突然出現在洗衣間，東扯西聊——說他大學是足球校隊，要不是膝蓋受傷可能會成為職業足球員。最好是。或是說他本來得到一個工作機會，但他推掉了，因為「感覺不對」。他散發出某種類型的男人會有的虛偽氣場，為了掩飾能力不足而戴上的假面具。她試圖表現出她不感興趣的模樣。不做眼神交流，回答簡短有禮，匆匆一句：喔，我得趁接孩子放學前出門做件事。接你的孩子放學，但她沒這麼說。同時，你的太太正在外頭賺錢，養家活口。而你在做什麼？

她差點趁事發前辭職，但為時已晚。有時候這種事就是不會如預期般發展，你只得趁中途連忙停損。

但薩琳娜是那麼討人喜歡，那麼美好。兩個備受照顧和疼愛的孩子是那麼體貼、那麼乖巧。房子美麗又寧靜。潔妮娃很享受待在這棟房子的時光，每次獨處時，她會假裝這是她的美麗房子。她偶爾會翻薩琳娜的抽屜——瞧瞧她的化妝品、香水、高級的內衣褲。她從來不拿走任何東西，就只是看一看。

他們的第一次發生在洗衣間，抵著烘乾機匆忙了事。

就像以前發生過無數次那樣。到底是怎麼搞的？

她知道她姿色平平。也許是當褓姆的關係。她對於照顧別人真的很有一套。她喜歡這麼做，喜歡犧牲奉獻，撫慰他人。孩童、長輩、動物。她只是想對別人好，幫助他們。也許這就是她總是無法說不的原因——即使她很想拒絕。

她走進沁涼的夜晚，穿過大街坐上她的豐田轎車時，孩子們房間的燈仍是亮的。格雷姆不是她遇過最糟的父親，甚至也不是最糟的丈夫。那個殊榮大概可以頒給她的親生父親，一群人排排站給她選也選不出來的陌生人。

從溫暖的屋內走到寒冷的戶外時，一路上她頻頻發抖。這會兒她按下啟動鍵，這輛新車是前一場災難遺留的安慰獎。引擎隆隆啟動，儀表板亮了起來。人們不再聊天也是件好事。在這個充斥社群媒體的世界，人人都想把自己最完美的時刻用濾鏡大肆宣傳，掩埋其他的一切。所有沉悶、丟臉的事情，所有遜色、失敗的嘗試和努力，統統藏起來。大家都把這些東西放到哪裡去了？

她開著車，空氣慢慢變暖，她的身體放鬆下來。沒有音樂，手機也擺到一邊。她住的地方不遠，就在鐵軌的另一頭——離開那些大房子和精心維護的公園，穿過超市和墓園。建築物不高，外觀簡單，正對一座人造湖，正中央放了一座噴泉。周圍有樹林和長椅、一個兒童遊樂場，以及年復一年回來這裡的一群鴨子。算不上高級，但也不像她住過的其他地方寒酸。

她把車停在為她公寓保留的車位，爬上室外樓梯走到二樓，沿著露台往前走。她一邊走，一邊卸下層層的自己——那笑臉迎人的褓姆、樂於助人的千禧世代、在洗衣間亂搞的女人——所有是她也不是她的一切。

她家很普通，有一間小臥室，大小適中的廚房和用餐區，一個她佈置得舒適的客廳。她很滿意，這是屬於她的家。只要她關上門、獨自一人，就能大大鬆口氣。她絕對不會像互惠生一樣，跟她照顧的家庭住在一起。她永遠需要自己的空間。

她的手機響了一聲，讓她恐懼萬分。不意外，又是一封訊息。

求求妳，我已經走投無路了。我沒辦法停止想妳。

她沒有回覆，早早關閉已讀回傳功能，所以他不會知道她看到訊息了沒。她應該封鎖他的，這才是明智之舉。

妳為什麼不回我？

我為了妳毀了我的一生。

這是他一貫的模式。先隨意傳來一些話。**剛剛想起妳，希望妳過得都好。**然後開始哀求，越來越挑釁，最後變得非常難聽。

妳起碼可以回覆我吧。

除了置之不理，別無他法。

潔妮娃換上運動服，束起頭髮，沒加熱就直接吃起晚餐。她坐在餐桌前，心不在焉地凝視窗外的公園，看見遊戲場上有兩個纖瘦的青少女。對孩子來說，這個時間還獨自待在外頭是不是太晚了？可能不是，現在才剛過七點。但天色很暗。其中一人盯著手機。另一個人懶洋洋地盪著鞦韆，頭垂得低低的。

手機再次響起：**妳知道嗎？沒關係。妳在躲我？妳搞了個爛攤子，然後就這樣消失。**

遊戲場上的兩個女孩讓她想起另一個自己，另一段人生，那是好久好久以前的事了，回憶已經淡薄，彷彿夢境般不真實，或只是一集她沒認真看的難看影集。

兩個女孩。一個渴望世間的一切。另一個只想在世上消失。她好奇她們是否終究會得到她們想要的。

又一聲鈴響：**總有一天這件鳥事會報應在妳身上。**

她伸手準備封鎖他的號碼，但在那之前，他趁機補了最後一槍。

婊子。

這兩個字在她心中燒穿一個洞。手機好似發燙一般被她扔在地上。她的腸胃揪作一團。

*善有善報，惡有惡報，*她母親常說。

羞愧感再度湧上。那句話是真的嗎？當然不是。因為好人會遭逢不測，壞人也會發生好事。她姊姊老愛說這世界沒有正義，你只能為自己發聲。

潔妮娃走到窗邊，但女孩們已經走了。遊戲場昏暗無人。

就在這時，她看見他的車。車窗一片漆黑，車頭燈未開。

就只是坐在那裡。

他看著她走進家門的嗎？

她可以報警。但她豈能這麼做？

他是罪犯嗎？該懼怕他嗎？抑或她才是罪犯？

她站在窗邊看著那輛陰暗的車，一直待到車子發動引擎，緩緩駛去。

第五章　珍珠

珍珠豎耳聆聽，那是她的超能力。她善於讓自己消失在房間裡，讓所有人忘記她在場。纖瘦黝黑，衣著樸素，一副粗框眼鏡遮住了她大半的臉。她總是輕聲細語，嘴角總是掛著半抹微笑。她與周遭融為一體，大部分的人並不介意有她陪伴。

在學校，她不曾被霸凌，卻也沒有任何真心朋友。她與所有人相敬如賓。

「珍珠這孩子很難不讓人喜歡。她是個好學生，非常聰明，而且樂於助人。不過我們是不是應該談談她的沉默寡言？她那害羞的個性？我納悶她是不是太常在一旁觀望了。雖然每次叫到她，她都知道正確答案，但她很少主動舉手。」珍珠的英語老師在她的優等成績單上寫下一段細心的意見。她母親匆匆看了成績單一眼，知道珍珠肯定全科拿A。

「害羞？」她母親史黛拉一面沉思自語，一面用水汪汪的藍眼睛看著珍珠。那雙眼睛充滿一層又一層的秘密。珍珠幾乎可以窺見她母親成為母親前的所有樣貌——受盡冷落的孩子，為了支持自己念完社區大學而下海的脫衣舞孃，被另一個花瓶嬌妻取代的花瓶嬌妻，單親媽媽，酒鬼，生意搖搖欲墜的書商。那雙眼睛直視珍珠，對她全身上下每個細胞瞭若指掌。儘管史黛拉做母親做得再失職，她仍比任何人都了解珍珠。

「妳再怎麼樣也絕不是害羞的孩子。」

確實。珍珠絕不是害羞的孩子。

今晚，十五歲的珍珠正在觀察查理。幾個禮拜前，從他走進母親的生活開始，她就對他著迷不已。他不是母親平常會挑的男人類型。他很安靜、散發書卷氣，外表就像個普通的傢伙。但事實並非如此。他的眼睛深處散發某種東西，某種稍縱即逝的狡黠。他的眼神也透露著笑意——不是親切的那一種。

有一天，他成了母親書店雇用的新職員，負責在書店後面拆箱、替書架補貨、打電話給客人。珍珠納悶史黛拉怎麼請得起新員工。書店已經瀕臨倒閉的邊緣。她不必問也很清楚。

到了下週晚上，查理開車送母親回家。珍珠隔著窗戶看見他們在有如鯊魚般的黑車裡逗留。引擎隆隆作響，肌膚在街燈底下閃閃發亮。

今晚，他出現在她們家廚房裡煮菜。他輕聲哼著歌，廚房燈光熠熠，瀰漫美味的香氣。

其他男人——老實說還不少——跟這個男人完全不一樣。他們大多是粗聲粗氣的大塊頭。身上有刺青，笑容虛偽，眼神空洞。個個愚蠢無腦。智力方面，通常完全不是母親的對手。一開始，母親會被他們迷得暈頭轉向，總是面帶微笑，開心得手舞足蹈。不久後，她會變得不爽或生氣，失望或無趣。他們會爭吵，咆哮——通常是母親在咆哮，男人要嘛畏畏縮縮，要嘛拂袖離去，再也不回來。有時候，他們就只是消失了——前一天人還在，隔天就毫無頭緒消失。

珍珠學會不把他們放在心上，他們在她記憶中是同一回事。她把他們想成是同一個男人的不同版本。安全無害；他們從來不曾煩她。窩囊沒用；史黛拉最愛掛在嘴邊的批評之一。最終就是不夠好，在某方面有所欠缺。珍珠收集了一大堆禮物——湯姆的真鑽手鍊、克里斯汀的 iPod、送她獨角獸絨毛娃娃的那男的……叫什麼名字來著？

母親高挑纖細，染了一頭金髮，配上如海玻璃般的蔚藍雙眼。她熱情如火，冷若冰霜。令人著魔，其中一個男人這樣形容她。妳媽媽，她能在男人身上施魔法，我們只能隨之起舞。

珍珠看不出來。

母親只是看起來很累，因為自己眾多的錯誤決定而受盡折磨。珍珠心想，如果史黛拉真能施魔法，她才不會笨到幫自己變出一間瀕臨破產的書店、這棟兩房一廳的破舊平房、一堆沒用的男友，當個單親的職業婦女，過著吃力不討好的生活。

今晚，珍珠在餐桌上擺好餐具。她把水壺裝滿過濾水，一塊放在餐桌上。然後她在一張椅子上坐下，打開筆記本。

查理自在地在廚房走來走去，彷彿是自己家。他不必開口問，似乎就知道東西放在哪裡。珍珠懷疑連母親可能都對家裡櫥櫃沒那麼熟悉。她甚至不記得上次史黛拉進廚房煮東西是什麼時候，除了星期天她突然心情好，會弄些烤吐司和炒蛋以外。

「妳最近在看什麼書啊，珍珠？」查理問，把陷入沉思的珍珠嚇了一跳。

瓦斯爐上的雞肉正浸在某種醬汁裡嘶嘶作響，烤箱裡烤著麵包。色彩繽紛的沙拉放在她根本不知道家裡有的大碗裡。珍珠的肚子在咕咕叫；她整天都沒吃東西。

「《簡愛》」她說。

她母親認識的男人之中，從來沒人問過這樣的問題。

「學校作業嗎？」

「不，我們在學校讀的是《記憶傳授人》。」

「非常不一樣的兩本書。」他說著，攪動平底鍋的雞肉。「有任何共同之處嗎？」

真是個好問題。珍珠一下子腦洞大開，她只有在思考虛構的事情時能達到這種喜悅——例如其他人的談話，或夜裡獨自躺在床上時親自編造的故事。關於她自己的故事、關於她將來可能成為什麼樣的人、關於她素未謀面的父親、她將來可能遇見的人、可能前往的地方。

她一邊思考，一邊在面前的筆記本上隨手塗寫。經典文學對上反烏托邦青少年小說。她沒想過拿這兩本書做比較。但如果仔細鑽研，確實有許多相似之處。她抬頭看了查理一眼，他的眼鏡就和她的一樣厚重。他難道也躲在那副大鏡框後面嗎？

「兩個主角都被要求去相信某件事，結果到頭來那件事都不是真的。」她說。

他對她挑起眉毛，微微一笑，對著平底鍋磨進一些新鮮胡椒。「願聞其詳。」

她在體內深處感覺到一股奇怪的興奮感，那是一種被人看見的興奮，被打探追問的興奮。

「簡愛在成長期間相信自己一無是處，是一個累贅，沒有家裡的其他人優秀。」她說。「至於記憶傳授人呢，主角喬納斯在一個沒有痛苦和歷史紛爭的社會中長大。他們直到自力更生後才開始了解自己。」

查理若有所思地點點頭。他的表情有種沉著，眼神充滿專注。她不加思索走過去，站在流理台旁邊。

「觀察入微。」他說。「這兩本書都屬於成長小說。內容天壤之別，出版時間也相隔一百年以上。不過年輕人打破家庭和社會的藩籬以創造自己的道路一直是最受歡迎的經典故事。你覺得是為什麼呢？」

他低下頭，從烤箱拿出麵包，替沙拉淋醬，動作流暢得彷彿一直住在這裡。

「因為我們每個人都必須找到自己的路。」珍珠說。

「沒錯。」他說。「社會不一定總是知道什麼是對的。我們的家人告訴我們的故事經常不是真的。有時候我們只得追隨自己的心。」

他把沙拉碗遞給她，她接著拿到餐桌上。

「媽媽應該很快就會回來了。」他說。

媽媽，不是妳媽媽。這樣子改變說法有種親密的佔有感，不覺得嗎？果然被他說中了。車燈在後院的牆上一閃而過。

「史黛拉說妳很聰明。」查理說著，把溫熱的麵包籃交給她。「我好奇她知不知道妳有多聰明。有時候我們容易對近在眼前的事物視而不見。」

珍珠不曉得該說什麼，只覺得臉頰發燙。除了英文老師外，她不習慣跟別人聊這種話題。

就在這時，她媽媽出現了，氣勢洶洶談論著書店——今天超忙的！

「查理，你提供的那張優惠券，效果驚人。還有那場即興表演夜，二十五個人買了門票。你真是個天才。」

「那是妳的主意，史黛拉。」他說。「我只是推了妳一把。」

她脫掉外套，放下大包小包，很快給珍珠一個擁抱。

「還有晚餐！」她誇張地大聲說，「謝謝你。」

史黛拉親吻他的臉頰，珍珠看見他的手放在她的腰窩上。就這樣，珍珠消失了。只要有史黛拉在場，整個房間就會被她的美貌、她的氣味、她整個人的存在而填滿。

珍珠並不介意。她喜歡待在陰暗處，在那裡，你才能看得見其他人錯過的一切。

他們坐在餐桌前，吃著查理準備的晚餐，一邊討論史黛拉的計畫，盤算身為一個實體書店的老闆該如何生存。每當她有宏大的計畫時，精神總是特別好。她要建立電子報清單、網路商店、邀請讀書會來店裡買書可以使用店內空間。她要參加地方書展，邀請作者出席。查理應聲附和，一邊點頭一邊熱情鼓勵她，像是「沒錯！」或「真是好主意，史黛拉！」

史黛拉笑意滿滿，輕撫查理的手，把身體傾向他。晚餐過後的多數夜晚，珍珠會上樓回房把作業寫完，然後看書看到睡著。查理和母親會消失在史黛拉的房間裡。她不會聽見他們發出半點聲響。等她隔天早上起床準備上學，他很有可能已經不在了。但現在，他們所有人在用晚餐的時候，她觀察著。

查理有些不一樣，坐在這張餐桌前的其他男人都拜倒在史黛拉的石榴裙下，殷殷期盼她說的每一句話，全神貫注在她的——美貌之中？是美貌嗎？不對，沒那麼簡單，是從體內散發出的某種魅力。但查理和史黛拉之間的氛圍——比較像她是舞者，而他是滿意的觀眾。

「說說今天學校發生的事吧，珍珠。」查理說。

史黛拉似乎嚇了一跳，彷彿忘了珍珠在場。珍珠同樣嚇了一跳。

「今天自然課我解剖了一隻青蛙。」她說。「我們移除了牠的心臟。」

所有人低頭看著自己的盤子。「妳在開玩笑嗎，珍珠？」史黛拉一臉厭惡地說。

「喔。」查理說。「學到什麼讓妳驚訝的事嗎？」

「這個嘛，」珍珠說。「我對做實驗沒有太大熱忱，但也沒有想像中討厭。事實上還挺有趣的，關於皮膚底下到底是如何運作的知識。我們其實不太注意到自己的器官，你知道嗎？」

查理咧嘴會心一笑，就在這時，史黛拉把自己推離桌邊。珍珠一直在等待有人起反應，她也得逞了。查理全看在眼裡。

「很好，我的食慾全沒了。」史黛拉說著站起來。

「坐下。」查理說。

珍珠稍稍吃驚，往母親看了一眼。他的聲音溫柔，好聲好氣哄著她。但史黛拉不喜歡話題的焦點從她身邊移開。她也不喜歡被別人告訴她應該做什麼——尤其是男人。她會生氣嗎？她會甩頭就走嗎？珍珠戰戰兢兢等待接下來發生的事。

「我想珍珠只是想嚇嚇我們。」查理仍咧嘴笑著說。房裡的氣氛緩和下來。

史黛拉坐回位子上，把餐椅往桌前挪，讓珍珠大感驚訝。她給了珍珠一個好氣又好笑的表情。珍珠撥弄盤裡的雞肉。

「抱歉。」珍珠說。

「我今天清掉了儲藏室的捕鼠器。」史黛拉說。「噁心程度就跟我所想的一模一樣。這樣夠嚇人了嗎？」

查理把手放在史黛拉的手上。「那種事不必由妳來做，史黛拉。」他說。「現在有我——我會幫忙。」

「謝謝你，查理。」她說，聲音溫柔又真誠。

這傢伙果然不一樣。

珍珠幫忙查理收拾碗盤，史黛拉則回書房結算收支。珍珠在廚房走來走去，感覺到查理在看她。

「妳是個有趣的孩子，珍珠。」她抬頭迎向他的目光時，他說。他敲敲太陽穴。「很聰明。」

珍珠從小到大已經習慣當個隱形人。直到這一刻，她才知道被人看見的感覺有多美好。

第六章　薩琳娜

她駛進車道、讓引擎怠速坐在車裡時，她的房子看起來不像她的房子。那是一棟閃閃發光的復刻品，不屬於她的漂亮地方。

她小時候夢寐以求的正是這樣的家——兩層樓的大房子、寬敞的房間、挑高的天花板、百葉窗和木瓦屋頂、枝葉繁茂的大樹、精雕細琢的景觀。她每季更換植物，夏天認真除草，為了萬聖節和聖誕節精心裝飾。她母親總說：家就是生活的中心。但她的心已經碎了。她的家、她的生活也可能步上後塵。

孩子們的房間已經熄燈了；她可以隱約看見窗簾透出的橘色夜燈。她很抱歉錯過了與他們親親道晚安的時間，但也慶幸不必擠出一張笑臉。

火車上那場邂逅結束後，她的腦海就一直轉個不停——那個陌生人、她的語氣、她所說的話，不知怎地有種力量。她再也無法坐視不管。她不能再假裝下去，一天也不能。

她關掉引擎，把車停在車道上，但留下足夠的空間讓格雷姆的車能開出來。現在開車庫門可能會吵醒孩子，她不想這樣。

走進明亮又溫暖的玄關，她把包包擺在門邊，沿著走廊來到廚房等待。

格雷姆推開廚房門時，她看見他已經洗過澡了。當然了，得把他所作所為的氣味洗掉。但他看起來很帥，聞起來很香。

「嘿。」她說。「我們得談一談。」

他們相識於紐約東村一個下雨的午後。她正趕往A大道附近的小會場，一個為某著名調酒師舉辦的新書派對。遲到的薩琳娜沿著大街快步奔跑，手拿一把被風吹歪、基本上已經沒用的雨傘，結果斷了一邊鞋跟，在人行道上摔了一跤。包包裡的東西全部滾到水泥地上，手機飛落大街，發出悲慘的爆裂聲。

「喔，天啊！妳沒事吧？」

她受到驚嚇的成分比較多，不過膝蓋擦傷得很嚴重。一個穿著時髦飛行夾克和俐落長褲的黑髮帥哥正在追逐她的手機、她的唇膏、她的皮夾。他扶她站起來。雨傘在地上歪得一塌糊塗。雨仍下個不停，他們都成了落湯雞。

「我沒事。」她說著，尷尬地笑了一下。「我這人笨手笨腳的，我跌習慣了。」

她確實笨手笨腳的，而且總是喜歡穿那種不實穿的鞋子。城裡的人行道總是密謀要把你絆倒；她似乎總是遲到，漫不經心。

「妳流血了。」

「哦。」她說著低頭看，「好噁。」

鮮血流下她的小腿，從膝蓋到腳踝匯成了一條小溪。他們站在毛毛細雨中，她從包包裡掏出一張面紙。她根本不敢看他，她覺得好丟臉。她還沒能阻止，他就拿走她手上的面紙，彎腰輕擦她的小腿。

等他抬起頭，對她微微一笑——那世故的不羈笑容——她頓時墜入愛河。

「我是格雷姆。」他說。

「薩琳娜。」

「我們會把今天的事告訴我們的孩子嗎？」格雷姆問道，起身把面紙丟進附近的垃圾桶。

她差點要哭出來；這天一直過得很不順遂——睡過頭、錯過火車、在辦公室不斷出錯，還被老早對她的表現不滿的老闆臭罵一頓。結果，這天卻成為這輩子最棒的一天。那一天。

可憐的威爾。當時他們已經同居。她和威爾分手，開始跟格雷姆交往；她甚至等到搬進自己的住處才敢吻他。分手過程痛苦但和平，他們都努力想要維持友誼。妳確定這傢伙靠得住嗎？幾個月後，威爾與她出來喝咖啡時問道。沒有什麼比這件事更讓我確定的了。回頭想想，對自己的前任說這種話實在不得體。

接著是一段輝煌的熱戀期——在米其林三星餐廳吃晚餐、去哥斯大黎加玩高空滑索、前往巴黎的驚喜旅行。在中央公園的沃爾曼溜冰場拿出的一顆閃亮鑽戒。在她父親的鄉村俱樂部舉行的盛大婚禮（簡直大到愚蠢）、到夏威夷度蜜月、買下一棟新房子。完美如畫。

妳確定這傢伙靠得住嗎？

她第一次逮到格雷姆偷吃——嗯，以他的角度來看不算偷吃——是他正在和一個前女友傳性愛訊息。薩琳娜碰巧看了他的手機，發現一連串限制級對話和色情圖片。他們發生激烈爭吵。她進城和貝絲住了幾個禮拜——這是孩子出生前的事。他央求她的原諒。他們一起參加心理諮商。

格雷姆有缺乏自信心的問題，坦承對色情片上癮（這次的偷吃其實只是這個問題的延伸，不是嗎？），害怕親密關係——所有的結論都來自於男性諮商師。他們努力解決問題，繼續過日子。後來，她懷了奧利佛。緊接而來的是一段孕前蜜月期，兩人深愛著即將出世的孩子，一同期待著成為父母的新生活。

然後，是他和哥兒們去拉斯維加斯度假的那個週末。脫衣舞孃、還是妓女，直到現在，她仍不清楚細節。她想這樣最好。她不需要畫面；色情訊息裡的那些圖片已經深深烙印在她的想像中。那個週末，格雷姆和他朋友布萊德在拉斯維加斯被捕。她不得不把奧利佛託給她母親照顧，飛到當地把他們保釋出來。更多的心理諮商。這次，根據諮商師的說法，歸咎於新手爸爸導致的壓力。老實說，這個諮商師聽起來只是個愛幫人找藉口開脫的傢伙。可憐的格雷姆，因為家庭責任、工作壓力，以及身為父親和丈夫的角色而辛苦得快透不過氣。天啊，一切是如此困難。更多的心理諮商。

「把他想成一個癮君子。」新的諮商師在與薩琳娜一次單獨會面時說。這個諮商師沒那麼愛幫格雷姆找藉口。「他的行為是妳無法控制也修補不了的身外之事。別把妳的價值建立在他的失敗上。但現在妳必須確認妳的底線在哪裡，可以忍受的是什麼，不能忍受的是什麼。每段婚姻都是協商，兩造雙方都得遵守條約。」

史蒂芬出生後，格雷姆變了，或看起來像是真的變了。史蒂芬是他的心頭肉。這孩子的出現不知怎地讓格雷姆完全安分下來。他開始認真投入家庭生活，以一股全新的熱忱專注在工作上，週末也都待在家。晚上他不再與一幫兄弟出門鬼混——他那兩個最墮落的朋友雙雙成家立業頗有幫助。

有一晚，兩個孩子雙雙入睡的時候，他們一起站在史蒂芬上方看他熟睡。

「謝謝妳。」他對她低聲說。「謝謝妳願意等待我成為一個更好的男人。我絕對不會再讓妳失望。我發誓。」

她相信他。她必須相信，她想要相信。她是那麼愛他——瘋狂、深刻、著迷的愛，即使在她恨他、想殺了他、為了他的愚蠢和自私而連連抱怨的時候。這份愛底下帶著某種根本的原始本能。他是她的，她也是他的。一種盲目的激情奉獻。

當時的她是這麼想的。

現在又發生這件事。

這次之所以傷得更重，是因為她相信過他，相信過他們。

「我看見她騎在你身上了，格雷姆。在孩子的遊戲室裡。」沒必要拐彎抹角。

看看他臉上的表情，簡直滑稽。先是震驚，接著轉變成熟練的無辜表情，最後歸於絕望。

「褓姆？」她在一片死寂下繼續說。「有沒有搞錯啊，格雷姆？」

她不想哭；她答應自己不會哭。她需要堅定的決心來面對接下來的事。但她還是哭了，一行淚自臉頰滑落。

他開始結巴。「我——那、那、那是個錯誤，一時的衝動，莫名其妙就發生了。」他說。「我想我的心情一直——很低落。妳知道的，失業什麼的。她主動勾引我，我就——配合她了。」

真的嗎？他打算把這件事講得像是潔妮娃主動勾引他？真是可悲。她真的看不出來。

「兩次。」她靜靜地說。「我看你做了兩次。」

他站起來，開始朝她走去。她掉頭離開，讓廚房中島擋在兩人之間。奇怪的是，一部分的她希望他把她擁入懷裡，安慰她。她想要相信，儘管他公然對她不忠，但他還是愛著她。如果可以吞一顆藥讓她忘記她看過的畫面，讓一切消失無蹤，她一定會吃下去。

如果所有問題就這樣消失了不是很好嗎？

但問題不會消失，不會自己主動消失。事情出錯時，必須盡力去解決。

「別靠近我，格雷姆。」她緊張地說。「出去，我需要時間把事情想清楚。」

「薩琳娜。」

她往後退了幾步，而他繼續朝她走去。

「寶貝。」他說，語氣柔情似水。她在他臉上看見悲傷和絕望。她以前見過。那雙深情的大眼睛，真誠的懇求；她心軟過太多次。

「拜託。」他說。「聽我說。」

她努力保持冷靜，但她的聲音聽起來細小又傷心。

「我不敢想像你覺得這次你還能說什麼。」

他沒在聽她說話；他只是不斷往前靠近，直到她被逼到角落，無路可走。

她不喜歡這種別無選擇的感覺。一陣怒火突然湧上，還有恐懼。

她也不喜歡他臉上的表情。她以前見過，情勢變得難堪的時候。他從未打過她，但他發起脾氣可以很嚇人。她也知道他生氣時有能力幹出哪些事來，她或許是唯一知道的人。

格雷姆向她伸手，她尖聲大喊，聲音彷彿引爆的炸彈。

「離我遠一點，格雷姆！」

她的聲音震天價響，最後閃過的念頭是希望她沒有吵醒兩個孩子，緊接著她把手往後伸，找到史蒂芬的玩具機器人——有許多銳角的龐大重物。

第七章　安

是她的想像嗎？安走進辦公室時，空氣充斥著令人不快的氛圍。她立刻就察覺到了，甚至在伊薇抬頭對她微笑前就發現了。那個櫃檯總機總是赤裸裸地表現出她對安的不屑。

「凱特想見妳。」伊薇說著，鼻子皺了一下，眼神閃過一絲光芒。幸災樂禍的喜悅。

伊薇的牙齒白得發亮，與她的黝黑皮膚形成鮮明對比。她的雙眼和頭髮是同樣的亮黑色。伊薇貼在Instagram上的照片簡直荒謬，一系列的自拍或在各種場所搔首弄姿的照片。照片中的她濃妝豔抹、穿著暴露、用濾鏡讓自己美得如卡通般不真實。伊薇會噘嘴，擠乳溝，每天為了寥寥無幾的追蹤者精心打扮，只為了換得按讚和眼冒愛心的表情符號。像伊薇這樣的人要的是什麼？她想要現今社會裡人人都想要的，成為網紅，成為有錢人，沒來由地受到稱讚。她想要變得完美無缺。不對。她想要在別人面前看起來完美無缺。

但世上沒有東西是完美的，只要是真實的東西就有瑕疵，所以這是一場讓她永遠感到空虛的必敗之仗。

安能看穿伊薇外表底下的層層面貌，而她一個都不喜歡。

「好。」安輕快地說。「謝謝！」

她也不喜歡伊薇看著她的樣子，彷彿能看見別人所看不見的。或許她真的可以。有那種人，那種認真去看或用心感受的人。先知——通常是警察或私家偵探；第六感特別敏銳、感應得到別人的能量和創造力的那類人——例如藝術家、作家、攝影師。

*妳有種說不上來的特質。我看著妳的眼睛時，感覺自己好像飄浮在空無之中，*她的第一任男友有一晚這樣低聲對她說，在她仍以為自己有可能愛人的時候。

但基本上，大家都沉浸於自己的內在風暴，從未去看暴風外的世界。

「祝妳有美好的一天。」伊薇在她背後大聲說。但安回頭與伊薇四目相視，她的眼神卻傳遞出別的訊息。肯定有哪裡不對勁。

凡事不總在妳的掌握中。人人都應該盡早學到這點。社會上有種錯誤的觀念，尤其是美國社會，以為每個人都是自己命運的主宰者。正面思考、創造性想像、自我表達、願景板，向宇宙許願，實現你的渴望。有夢最美，築夢踏實。安在一定程度上相信這些想法。這些想法曾經帶她度過難關，給她信心獲得成就，去一些別人可能會猶豫的地方。

但過程中充滿未知數、你沒料到的部分，通常是脆弱的人性。人類深不可測，這是老爹最先教她的幾件事之一。

她經過休的辦公室，但他不在位子上——這情況並不少見。他通常在九點四十五分左右才會悠閒晃進辦公室。凱特永遠比其他人早到。休跟她說過，凱特五點起床，和健身教練訓練一小時，喝一杯綠色蔬果昔和三杯濃縮咖啡，最晚在七點半前抵達辦公室。恐懼。那樣拚命激勵自己的人通常都在害怕某件事。那樣的人要的是什麼？他們想要成為頂尖人士，擁有一切。因為成為頂尖人士就代表能安全不受傷害。

但沒有人可以一輩子安全不受傷害。這不太可能。

安坐在位子上，一一拿出包裡的東西。她的Moleskine筆記本、她的筆、她的午餐。不疾不徐。在冷靜下來、評估好情況之前，她不會貿然趕去凱特的辦公室。她在心中重新檢視昨天她和休共度的夜晚。她想過傳訊息給他，後來又決定作罷。她桌上的電話響起。安接起電話。

「是。」

「嘿，安。」是布倫特，凱特的助理。「凱特想見妳。」

「過去了。」她開朗地說。

她讓時間又過了五分鐘，拖延、讓人等，是一種權力的展現。等電話再次響起，她接都懶得接了。她起身，沿著走廊走向凱特位於角落的寬敞辦公室。那裡除了絨毛沙發和落地書架外，還有一張巨大的辦公桌。

安曾經幻想自己有一天會坐在這間辦公室裡，當時的她還沒弄懂這間公司究竟是誰握有實權：凱特掌舵，休則是在她的庇蔭下得以呼風喚雨。休喜歡表現得像個老大，凱特也由他，因為他顯然需要這個感覺。一段美好的婚姻是終極耐力賽，只要每個人都得到自己想要的，就能皆大歡喜。

布倫特不在位子上，所以她直接踩過絨毛地毯走向凱特的辦公室，她就坐在辦公桌前。安企圖在進去前解讀裡頭的氣氛。

凱特冷靜沉著地坐在位子上，身體僵硬，目光機警。安不禁又一次地被她的美貌震懾。高雅、苗條、一頭金色短髮，凱特有的是錢維持她的外貌、水嫩的肌膚和高挑結實的身材。她沒有掛著一貫開朗友善的微笑。

她表情嚴肅，這不是好事。更糟的是，休一蹶不振地癱在她的沙發上。他看起來就像剛剛食物中毒，臉色蒼白，掛著黑眼圈。他看了安一眼，然後對她點了個頭。點頭？

「早安。」安爽朗地說。

「早安，安。」凱特說。「請坐。」

安坐下，在一張離辦公桌又遠又小的椅子上打直身子。她就像在校長辦公室的孩童，在假釋委員會面前的犯人，在審訊室裡的嫌疑犯。

布倫特關上辦公室的門，所有空氣似乎一下子抽乾了。

她找她來有好幾種可能。

休，想當然耳，這個可能性最大。安跟休上床了好幾個月。他愛上她，打算離開凱特好讓他們能夠在一起，至少他是這麼說的。雖說她不希望他愛上她，或離開他老婆。她不愛他，也無意和他廝守。

或者，這事可能與那筆錢有關。安找到一個方法從公司好幾個帳戶中小心翼翼轉錢到自己的其中一個帳戶裡。金額很小，但加起來十分可觀。

又可能是客戶的事。有個前職籃選手一直對安示好。上禮拜他向她告白，但她拒絕了他。他不太能接受。那件事她倒是不太擔心。

她繼續保持開朗無辜的表情，嘴角微微揚著笑意。老爹幫她把這個表情練得盡善盡美。別讓他們知道妳在想什麼、心裡有什麼感覺。不論好壞，總之別把情緒寫在臉上。

「好了。」凱特說。她眼神明確，姿態筆直。「我就直接進入正題了。我和休結婚很久了，二十五年。」

凱特把雙手交疊在面前的桌上，然後繼續說：

「妳很年輕，所以我不期望妳了解一段長期關係的本質。這之中有好時光，也有壞時光；有相愛的階段，也有不愛的時刻。休和我——我們都犯過錯，傷害過對方。」

安點點頭，表情始終開朗，但微微困惑地瞇起眼睛，彷彿無法想像凱特對她吐露心事的原因。

「友情和寬恕，這就是所有長久婚姻的基石。」

最好保持沉默，不說話總是比較好。

「所以說呢。」凱特吸口氣說。「昨晚我和休為了別的事情大吵了一架，但吵到後來，變成他向我坦承你們一直有外遇。」

安對凱特鎮定的態度驚嘆不已，看起來完全不像假裝。她看起來沒有內心在發抖的感覺——沒有跺腳、沒有咬唇、沒有扭手。目光堅定如鋼。

「這種事會發生在所難免。妳是個美麗的女人，而男人嘛——」她有些不耐煩地看了自己老公一眼。「就不必多說了。」

安低下頭，擺出羞愧、後悔的姿態。雖然她根本沒感覺，但這似乎是正確的肢體語言。凱特始終平靜地看著安。

接下來會怎麼樣？最近流行的「Me Too」浪潮給了她很大的優勢。他們不能名正言順開除她；她可以聲稱受到性遭擾，她也真的敢出手，扯破喉嚨大聲說。凱特不會想要惹來那種麻煩。

如果安站在凱特的立場會怎麼做？她會開除休，把他踢出去自生自滅，然後繼續過生活。當然，不可能發生這種事。看樣子，最後倒楣的是安。

該死。

安還挺喜歡她的工作和辦公室，薪水待遇好，還可以出差旅行。這次她真的搞砸了。早知如此，一開始應該和凱特外遇才對。

她保持沉默，於是凱特繼續往下說：

「我很難想像妳愛上了休。而——不管他跟妳說了什麼——我向妳保證他並沒有愛上妳。」

凱特在安和休之間來回看了又看。她看到了什麼？安好奇。安是否只是一個為本來井然有序的生活帶來些許不便的蕩婦？休呢？他對她而言又是什麼？一個所有物？展示品？她真的愛他嗎？如果愛，又是為什麼？這些問題在在讓她著迷。人們的所作所為都是出自哪些動機呢？

休甚至不敢往她們的方向看，像個玩具被沒收的憂鬱男孩。他手撐著頭，一腳蹺在茶几上，清了清嗓子。沉默開始蔓延，膨脹，填滿整個房間。安甚至可以透過厚重的玻璃窗聽見遠方傳來微弱至極的警笛聲。她考慮過全盤否認，反之她只是選擇沉默。老爹向來說：不說話總是比較好。沉默是金。

安把額頭擱在手上，彷彿陷入絕望。

「如果妳愛他，」凱特的聲音異常溫柔，幾乎帶著同情。「如果你們兩個，瘋狂地深愛對方，沒有彼此活不下去的話，不用客氣，馬上離開。我不會阻礙一份真愛。」

安好奇，他會不會突然從沙發上起身？大聲說他愛她，牽起她的手，帶著兩人衝出辦公室。

儘管她並不想這樣，但她希望他這麼做，只為了能看見凱特的反應。但沒有。他在位子上挪動身體，把放在茶几上的腳蹺到另一隻腳上，然後看向窗外。

懦夫。

老爹成天掛在嘴邊的那句話果然是對的：有錢就是老大。凱特老大的位置坐得非常牢靠。

「好，那問題就來了，安。」凱特繼續對著一片死寂說，這下語氣堅定又實際。

「妳想要什麼？」

這問題可真有意思，完全廢話不多說。就像在會議室一樣，沒有任何情緒。凱特最有名的口頭禪就是：我們就廢話不多說了，好嗎？別浪費時間。

這會兒，安抬頭看著凱特，湧起一股強烈又熟悉的嫉妒心。不對，比嫉妒更陰沉，雖然說不上是什麼感覺。那是一種讓她想要拿鑰匙刮花豪車或砸碎價值連城的藝術品或把快樂的人弄哭的感覺。

她們四目相交。安一點感覺也沒有。沒有恐懼、沒有憤怒、沒有懊悔、沒有失望，甚至沒有羞愧。所有的情緒可能都合理，都是別人會感受到的。先別開目光的是凱特，向來是對方。

「先不管妳和我丈夫到底在做什麼。」凱特看著她交疊的雙手說。「妳想要什麼，才願意離職，然後為這件事及其解決方法簽下一份保密協議？」

房間發出微光，安出現過去有過的一個感覺。她彷彿靈魂出竅，正飄浮在半空，低頭看著她自己、飛揚跋扈的凱特和那一蹶不振的休。她好奇昨晚的爭吵是如何上演的。倒也不是說那很重要。他絕對不可能離開他老婆、他那輕鬆的工作、他們的孩子、有錢的朋友和成功的同事。

好吧，我們就廢話不多說了，好嗎？

一切就是那麼簡單。她說出開價。價碼很高，不過沒得商量。凱特給了她公司律師的名片，說好明天早上九點見面，並告訴她無論如何都要赴約。

「一切就到此為止吧。」凱特說。「我送妳出去。」

安沿著走廊走回座位，收拾東西，感覺到所有目光都在她身上；東西不多，就只有早上從包包裡帶來公司的那些。她桌上從來不放任何私人物品——沒有相框，也沒有漂亮的小玩意兒。

凱特謹慎送安離開大樓的時候，休留在凱特的辦公室。

來到街上，在冬日無所遁形的陽光底下，安能清楚看見另一個女人臉上的細紋，乾皺的頸部肌膚。安觀察到她的雙手非常輕微地顫抖著。所以說，她終究是普通人。不像安，除了些微滿足感外，什麼感覺也沒有。這不是她預期的結果，但尚可接受。

「這輩子都別再相見了吧。」凱特說著，手仍握著門把。她就是沒辦法踏出她的堡壘，對吧？如果是在街頭互毆，她絕對贏不了安，她們倆都很清楚。

安點點頭，努力想擺出內疚的表情，嘴角卻忍不住揚起微笑。凱特老早走回大廳消失了，黑暗吞噬了她纖瘦的身軀。

她說得沒錯。凱特這輩子再也不會見到安了。因為安再出現之際，是從後面來。而凱特呢？她永遠不知道砸中她的是什麼。

搭著漫長車程回家的路上，安仔細分析那份工作——她哪裡做對、哪裡做錯。等她坐上她停在無人車站的車子後，已經列出一張完整清單，記下出錯的地方，哪裡可以改進。她最大的失誤是計畫不周——她當初去求職是真心想做那份工作，結果掉進另一個坑。她偵察工作做得不夠確實，後來，又讓整件事拖太久。事實是，她很享受休的追求，以及做他情婦的奢華待遇。她失控了。儘管如此，那筆錢還是挺豐厚的。雖然有點複雜，但老爹會滿意這個結局。

她一路開進樹林，沿著蜿蜒的車道駛向房子。天空是如瘀青般的紫灰色，樹林漆黑如冬夜，地面和樹枝上仍積著殘雪。她討厭冬天，討厭冬天的寧靜、空乏、漫長的等待。休曾經答應要給她陽光和雞尾酒，一場熱帶假期。她能感覺到身上溫暖的海水，嚐到果香味濃的飲料。當初如果他牽起她的手，她會讓他帶她走。

她把車停好熄火，只見坐落在樹林間的那棟房子低矮又陰暗。她坐在暮色之中，卸下所有與安有關的痕跡。她下車，走上階梯來到門廊前，插入鑰匙把門推開。

「我回來了。」她進門時說。木地板在她腳底下嘎吱作響。

「今天真早，發生什麼事了？」

「事情沒照計畫進行。」

「喔？」

「別擔心，老爹。」她說著，脫掉外套，放下包包。「金額很不錯，而且我已經有其他局在進行了。」

「我從來不擔心妳，孩子。該小心的是對方。」

「沒有人比你更了解我了。」

「沒錯，說得非常正確。」

這時，手機叮了一聲。她一看到傳訊息的對象，立刻湧上一陣強烈的不耐。內容還是老樣子，絮絮叨叨，小題大作。

我不想再幹下去了。

這樣是不對的。

妳難道不曾覺得厭煩嗎？

這裡的情況越來越糟了。我想離開。

她連回覆都懶，直接上樓脫掉上班穿的衣服，換一套舒服點的——牛仔褲、柔軟的長袖上衣、皮外套和靴子。

「妳看起來很生氣。」她回到一樓時，老爹說。他坐在沙發上，漸禿的後腦勺對著她。「出於憤怒行事向來不是好主意，這是我們最容易犯錯的時候。」

「我沒有生氣。」她說。

妳難道不曾覺得厭煩嗎？

當然會了。有時候，她覺得非常、非常厭煩。

第八章　潔妮娃

潔妮娃討厭一到冬天，下午三點左右天色就開始變黑。日光漸漸從天空消失，她的情緒也變得沉重。她打開廚房的燈，把髒碗盤放進洗碗機。孩子們正坐在桌前吃點心。他們每次放學後總是有點浮躁，但今天特別嚴重。史蒂芬在生悶氣。奧利佛一如往常埋頭看書。整棟房子的氣氛就是有種說不上來的——奇怪。

今早她抵達墨菲家時，他們都已經出門。她用她自己的鑰匙進門，在廚房發現一張字條。

「我們今天都得早點出門。」上面的字跡潦草——看不出來是薩琳娜還是格雷姆寫的。「請照平常的時間接孩子們放學。」

當時的房子亂成一團，吃過的早餐仍放在桌上，孩子們的床也沒有整理。跟平時的狀態大不相同。平時她抵達的時候，孩子們會在餐桌上吃著蛋和吐司。她會看見他們已經穿好制服，梳好頭髮，書包和午餐袋整齊擺在門邊等待。

薩琳娜喜歡在上班前把這些事情做好；潔妮娃知道這麼做讓她覺得她在出門前把一切都安排妥當了。她會在孩子們的餐袋裡放紙條，有時候還會放些特別的點心——不會太甜的那種。她白天認真工作，孩子們一放學就立刻打電話回來。只要孩子們想她，隨時都找得到她。

塔克家的情況完全相反——孩子們放肆撒野，毫無節制玩著3C產品，除非有急事，否則父母雙方白天都不想被打擾。每天早上潔妮娃來到塔克家時，孩子們總是穿著睡衣，吃著高糖分的早餐麥片。

塔克家所發生的事，她並不感到抱歉。

可是薩琳娜．墨菲是凡事親力親為的好母親，是忠誠的妻子，也是合理且善良的雇主。她不該承擔那些背著她所發生的事。

潔妮娃立刻動身打掃——鋪床、把碗盤放進洗碗機，然後整理廚房。這個職位很私密，不覺得嗎？處理別人的衣物、鋪整他們的床、清洗他們吃過的碗盤。她一邊擦拭流理台，一邊想著她與他們有多親密，卻又不是真的。她只是一名支薪的員工；某個隨時可能被開除的人。在某些方面親密得有如家人，但不可能長久。她只是個消耗品。

那三個字在腦海盤旋的同時，她注意到流理台上的一塊棕色斑點。她走近查看。那是什麼？等她用抹布一擦，才恍然大悟。

是血。

瓦斯爐旁邊還有另外一塊斑點。她把兩塊污漬都擦乾淨，心底湧上一股奇怪的恐懼。

這會兒孩子們在餐桌上吃點心，她則忙著清理他們的餐盒。

「我老師討厭我。」史蒂芬說，把她突然拉回現實中。他一手撐著他那胖嘟嘟的粉紅臉頰。

「她沒有。」潔妮娃說著，啟動洗碗機。

放學時，他的老師又跟她反映。史蒂芬行為不當，他那緊張兮兮的老師說。顯然，他在操場把另一個小男孩推倒。「她知道你是好孩子，知道你可以對別人好一點。」

「她的確討厭你。」奧利佛幫倒忙說。他也有點在鬧脾氣，雖然潔妮娃不知道為什麼。他不太愛說話。史蒂芬什麼都說，但奧利佛把事情憋在心裡。「她討厭你，因為你很壞又幼稚。」

「閉嘴！」史蒂芬大喊，眼眶泛紅，差點哭出來。

「奧利佛。」潔妮娃立刻說。「快道歉。」

「對不起。」奧利佛說，但語氣聽起來絲毫沒有歉意。

他們年紀相差十八個月，多數時候與其說是兄弟，倒更像敵對的幫派成員。但兩人也很親密，偶爾會有相親相愛的時刻。手足之情非常複雜。奧利佛離開廚房，史蒂芬在後頭跟上，兩人順道把碗盤放進水槽。潔妮娃在水槽清洗碗盤時想起她姊姊，想起兩人之間的複雜關係，既是家人也像敵人，既欽佩彼此，也互相憎恨。但她一打掃完，立刻甩開這些想法。

幾分鐘過後，她聽見孩子們跑上樓。他們最近一直在用**iPad**錄製彼此的影片。這項活動讓他們處得特別好，所以她也不拿玩太久這檔事對他們嘮叨。錄製剪輯那些傻乎乎的影片至少挺有創造力。

她來到客廳整理，折毯子，拍鬆靠枕。她關掉電視，瞥見自己在螢幕中的倒影。頭髮高高綁起，一身寬鬆衣服——寬鬆的襯衫和過大的牛仔褲。她的胸部——看起來超大，但不是好看的那種。男人愛得要命，但她只是覺得她的大胸部讓她比實際體型肥胖——她可不是什麼纖細的瘦竿。今天，她甚至連妝也沒化，看起來就像典型的家庭主婦。但她沒有家，也沒有老公。

又一次，她那擁有無瑕的美貌、從不犯錯、做每件事總是胸有成竹的姊姊，有如不速之客浮上心頭。

妳不會連個交往對象都沒有吧？她最近這樣問。對於潔妮娃及她的人生選擇和工作，她向來只有反對。潔妮娃不該如此渴望得到她的認可，但她確實渴望。

洗衣機發出完成的聲響。她準備去把衣服放進烘乾機時，聽見車庫門打開。

該死。

是格雷姆。

她的手心冒汗。但他不會對她怎麼樣，對吧？孩子們在樓上。而且今天是星期五，表示薩琳娜隨時可能回家。她走到洗衣間，把衣服放進烘乾機。

她等會兒忙完就趕快離開。薩琳娜可以下星期一再拿錢給她。

接著，幾分鐘過後，她聽見薩琳娜的聲音。

「我提早回來嘍！」她叫道。沒一會兒，樓梯傳來隆隆聲響，孩子們一齊奔下樓，大聲喚她。媽！媽媽！媽咪！

真好，潔妮娃心想，感覺到一陣偶爾會有的心痛。身為窺視者、入侵者、局外人會有的心痛。

妳什麼時候才要開始過妳的人生，潔妮娃？又是她姊姊，那銀鈴般的聲音帶著濃濃的偽善。妳的潛力不只如此，對吧？我只是擔心妳。妳就像個心智發育不全的典型例子。

心智發育不全。當一個人的人生遭遇極大的創傷、悲痛，或感受到主要照顧者的愛徹底消失時停止長大的情況。或許這是精準的診斷。畢竟從來沒人說過她姊姊愚蠢。

她折完衣服，走回一樓。

廚房裡，孩子們全黏在薩琳娜身邊，她則一手摟一個。她的身材高挑纖細。奧利佛遺傳到她的黑髮和姣好面容，史蒂芬則比較像父親，頭髮較淺而濃密。薩琳娜把自己掙脫開來，個別再給孩子一個擁抱和親吻，然後對潔妮娃拘謹一笑。她們目光相遇時，潔妮娃的腸胃一陣糾結。薩琳娜的眼神疏遠，透著冷淡。

她知道了。

「妳真幸運。」薩琳娜說。「妳也可以早點開始過週末了。」

「太好了。」潔妮娃微笑說。

「當然，我還是會支付妳整天的薪水。」薩琳娜親切地說。

「謝謝。」

她看起來不生氣。如果她知道了——怎麼受得了正眼看著潔妮娃？如果她知道了——怎麼可能還去上班？假裝一切如常？她想起她擦掉的那滴血。

她開始收拾東西。

對不起，潔妮娃想說。我根本就不喜歡他。根據我心理醫師的說法，我這麼做的理由深奧又扭曲。要是妳能知道我遭遇過的那些事就好了，妳也許能理解為什麼我會做出那麼多錯誤的決定。然後還有我的姊姊，她對我的要求，我為她做的事。

我的人生盤根錯節，我無法讓自己自由。

但那些話，她一句也沒說。

「爸爸呢？」奧利佛問。

「他這個週末不在家。」薩琳娜說。「你知道的。」

奧利佛搖搖頭，困惑地皺起眉頭。「我不知道。」

「男人的放風之旅。」她說。「他和喬伯父去釣魚了。」

「像去朋友家玩那樣嗎？」史蒂芬天真地瞪大眼睛問道。

「對，就像去朋友家玩一樣。」薩琳娜俏皮地轉轉眼珠子。潔妮娃試圖對她微笑，但薩琳娜不肯接觸她的目光。

「他沒有說再見。」奧利佛說著，往大門的方向看，彷彿期待格雷姆會走進來。

「他有啊。」薩琳娜說。「早上還很早很早的時候。你有醒來，記得嗎？」

「沒有。」奧利佛固執地說。「他沒有說再見。」

薩琳娜摸摸他的頭，對他溫柔一笑。

「你只是不記得了，瞌睡蟲。」

「我記得。」史蒂芬說，為了得到薩琳娜的贊同而站出來。「他說得很小聲。」

「沒錯。」薩琳娜說著，一手放上史蒂芬的肩膀。史蒂芬給了奧利佛一個勝利的眼神，但奧利佛仍皺著眉，一臉不信。

「他睡覺前會打電話回來嗎？」奧利佛想知道。

「不曉得手機有沒有訊號。」薩琳娜不慍不火地說。「我今天到現在還沒聽見你爸的消息，所以別抱太大期望。」

即便薩琳娜對格雷姆的釣魚之旅感到惱怒，即便她有其他情緒，也絕對沒有在兩個孩子面前表現出來。潔妮娃用來擦拭血跡的抹布留下深色的紅印。流理台上仍有一絲擦不掉的粉紅色痕跡。聽說血是沒有辦法完全清除的。血紅素會殘留，滲進多孔的表面，附著在纖維上。她必須把那塊布用漂白水在洗衣機洗兩遍，再跟其他抹布一起塞在櫥櫃深處。

「我去換個衣服。」她說。「能不能麻煩妳安置他們一下？」

「沒問題。」潔妮娃說。「如果這週末妳需要一小時之類的獨處時間，儘管傳訊息給我。」

「我可能會接受妳的提議喔。」薩琳娜說。話雖如此，她卻別開目光，然後消失在二樓。

潔妮娃讓孩子們坐在電視機前，說好了看他們已經看過幾百次的卡通：巨怪獵人。她一一在他們的額頭上親了一下，告訴他們這週末要乖。

接著，她收拾好自己的東西，包括薩琳娜留在石英流理台上的支票。上面的數字剛剛好；通常，薩琳娜會把數字四捨五入或多給一點。

人們靠這些小事與彼此溝通。多數人甚至不知道即使再小的細節也能傳達出巨大的訊息。潔妮娃凝視著支票、薩琳娜華麗的簽名和她小心翼翼寫下日期的方式。

*我最好整理一下履歷表了。*她姊姊不會高興的。但她肯定另有計畫，無庸置疑。

她來到樓梯底部，往二樓叫道：「孩子們都安置好了！我走嘍。」

「謝謝。」薩琳娜大聲說，聲音從走廊傳來不太清楚。

平常，薩琳娜會把潔妮娃留下來，聊聊孩子、工作或左鄰右舍。但她們之間已經立下了一堵牆。

薩琳娜在等待時機，對吧？先把計畫想清楚再行動。她是理智的消費者；她過去認識這樣的人。他們不會馬上行動，而是把一切藏在心底。不出手則已，一出手又快又準。她沒有看看孩子和房子，頭也不回地離開。該走了。

潔妮娃踏進天色昏暗的下午時分，關門時電視的聲音在她身後漸漸消失。有時候碰到這樣嚴寒的天氣，她會好奇春天是不是永遠不來了。一月下旬，所有歡樂的節日氣氛都已過去，只剩北方冬天一片灰濛濛的天空，一邊殷殷期盼晴朗的日子到來。她的內心漫開一種彷彿永遠無法填補的空虛感。她的腳步聲在大街上發出回音。

雅典、威尼斯、巴塞隆納，哪裡都好。她其實哪裡都可以去。她存的錢沒有預期來得多，但等她找到新工作前夠活一陣子了。做褓姆嘛，市場上永遠都在找好的褓姆。

她喜歡墨菲這一家人，無論她在目前發生的情況裡扮演了什麼角色，她都覺得很抱歉。但說實話，裂痕早已存在。向來如此，細小的裂痕會加深、擴大，威脅在施加壓力時全盤崩解。如果結構很穩固，什麼事都不會發生。她待過一些家庭，老公連看都不看她一眼，更別說碰她了。她看過深愛妻子、與孩子關係親密的男人。那些男人確實存在，而且完全不招惹她。

進入薩琳娜的家之前，她在塔克家工作。潔妮娃剛到的時候，塔克夫婦就已經很不快樂。兩份工作、兩個孩子、龐大的房貸、兩輛租賃車——她的是Lexus，他的則是閃亮的BMW——和鄉村俱樂部的會員。兩個孩子頑皮搗蛋——基本上就是被他們沉迷工作、手機、社交生活的父母給放養。整個家裡亂糟糟的。艾瑞克．塔克帥氣又迷人；但不僅如此。他內心揣著一股邪惡。現在已是顯而易見。

潔妮娃是破壞別人家庭的專門戶。她不是有意的。她和心理醫師詳聊過所有層面、所有動機。生活中有些事她無法分享，像是她為什麼總是發現自己陷入這些情況的真正原因。

當同樣的事一再發生，我們就必須仔細檢視。我們必須層層拆解，弄清楚我們造成自己和他人痛苦的原因是什麼。

她來到街邊，停下腳步。她該回頭嗎？

她該不該與薩琳娜聊一聊？就這麼一次，或許她可以選擇對某人坦承。或許現在就是當你改變做法而發生改變的那種時刻。

不，別忘了第一條法則：永遠要假裝一切如常。

人——尤其是女人——總是被自我懷疑受盡折磨。她們張望他人，尋找線索，尋找方法搞清楚狀況，就像機上乘客遇到亂流時望向空服員的表情那樣。儘管保持微笑，繼續前進。慢慢走，別跑。

但，要是她向薩琳娜坦承一切，她說不定會幫助她。她像那種即使對方傷害她、她仍會設圖伸出援手的人。

然而，潔妮娃只是繼續與那棟房子越走越遠。

這一區很安靜，街道被高聳的橡木遮掩。她沒見過任何人走到前院。孩子們鮮少在街上遊玩或騎腳踏車。這裡沒有人行道。每棟大房子都矗立在離街道很遠的地方，儘管這個街坊並不大，人與人之間卻相隔甚遠。不過這就是現今的社會，每個人都待在自己的小地盤，利用螢幕把自己的生活播送到其他人的螢幕上。寂靜中，她的腳步聲在人行道上迴盪。她吐出的氣息化作團團白霧。

她正準備進到車內時，聽見一扇車門開了又關的聲音。她全身上下每條末梢神經都感覺到那個聲音。

接著，大街上出現一個黑影，朝她走來。潔妮娃回頭看了房子一眼，溫暖的室內燈光在午後的藍天透著橘色光暈。其他房子是一片漆黑。

她在包包裡翻找車鑰匙，黑影越走越近。

潔妮娃遍尋不著車鑰匙，心跳微微加快。為什麼她的包包亂成這樣？但她一接近她的車，車門就自動解鎖。她老是忘記這件事。對現在的新車來說，車鑰匙不過是鑰匙圈上的小飾品。

不知是什麼阻止了她坐進車內；反之，她轉過身。

黑影越走越近，潔妮娃朝昏暗處瞇起眼睛。

那人到底是誰？等她總算看見了，頓時一陣驚訝和恐懼。

「喔。」她硬生生擠出話來。「是你。」

第九章　珍珠

「妳這樣不對吧？」

查理走進書店後面的房間，發現珍珠正在翻找她母親的皮包。

「她才不在乎。」珍珠說。

她發現一張愛心形狀的小便條紙，上面一片空白。

珍珠最喜歡史黛拉老是隨處亂放的包包，像車內的副駕駛座上、廚房流理台上。她會放在購物車裡，為了找別的東西走得遠遠的，彷彿在挑戰別人有沒有膽量把包包拿走。

那是充滿謎團的魔術袋。珍珠只要逮到機會，就會厚顏無恥地在包包裡東翻西找。各色唇膏、眾多餐廳和酒吧的火柴，珍珠好奇史黛拉是何時去過那些地方。形狀如女體的打火機。她當下正在看的書——可能是卡夫卡，或某個沒沒無聞的外國作家，或最新出版的暢銷愛情小說。純文學、愛情小說、驚悚小說、經典文學、科幻小說、奇幻小說、女性小說——母親來者不拒。

> 故事就是故事，史黛拉說。是讓你走進另一個世界的入口。而這個通常爛得要命的世界，就這樣消失了。

一盒保險套。媽到處和男人睡；她對男人同樣來者不拒，正如她的閱讀習慣一樣——只要看對眼，建築工人、醫師、商人、店員，誰都可以。

糖果，包包裡總是有糖果。小魚餅乾、薄荷糖、巧克力棒——Junior薄荷巧克力糖是她的最愛。皺成一團的帳單——為什麼史黛拉的錢包裡老是不放錢？因為這樣可以延遲花費，史黛拉打趣地說。別費心想要把錢守住；錢這種東西來得快去得也快。幾張寫在紙條上的電話號碼。有時候會找到香菸，有一次還找到一根大麻。牙線。史黛拉注重口腔衛生。

「你媽媽很神秘，對吧？」查理問。

「不算是。」珍珠說。對珍珠來說，她母親坦率易懂。

「所有女人都是神秘的生物。」

「只有男人這麼想。」珍珠說。「多半是因為他們沒放心思。」

此刻查理坐在母親的辦公桌前，用她的電腦辦公。根據史黛拉的說法，現在會計由他接管。過去幾個月，他漸漸成了她們生活中的一分子。不用說，他比過去任何人待的時間都來得多也來得久。現在每當珍珠下樓準備上學前，他通常都在廚房做早餐。上禮拜，他幫她校對她的英文作業，他們花了很長一段時間討論。珍珠喜歡查理，但她不打算讓自己放太多感情。她太了解史黛拉了。她總有一天會厭倦他。

「唯一比女人更神秘的生物就是青少女了。」

她很清楚他的視線。他總是在觀察她。而她也總是在觀察他，企圖把他弄明白。他聰明、有禮，從來不遲到，對客人很有一套。根據史黛拉的說法，他很懂書，博學多聞。他親力親為，努力結識客人，推薦他們可能喜歡的書。他有一個老靈魂，史黛拉說。在這個不再關心故事、只在乎數字的產業裡，他是一個真正的書商。

可是、可是、可是啊。

事情沒那麼單純。珍珠善於觀察。她躲在書堆中，默默察看。然而，她仍看不透他。帥氣得很憨厚。身材過瘦。穿著無懈可擊——燙得平整的襯衫、硬挺的卡其色皮鞋。襪子總是與長褲同色。

「你今天下午能不能幫忙上架一些書？」他問。「我們剛剛收到一大批貨，卡琳・斯勞特的新書。」他朝大門邊的一疊書點了點頭。

「當然。」珍珠說。

「功課多嗎？」

「不會。」她說。「沒問題。媽人呢？」

查理聳聳肩。「就像我說的，神秘的生物。」

「她的包包在這裡。」珍珠說著，拿了一片口香糖塞進嘴裡。

查理皺起眉頭，仔細思索。

「我很肯定她帶了她的錢包和手機，還有鑰匙。」最後他說。

外面的門鈴響起，他們從牆上的監視器看著一群孩子走進店裡。查理起身去招呼他們，離開前給了她一個微笑。

他們快活的笑聲傳回珍珠的耳裡。書店在她的學校貼了一些傳單，現在下午學生開始陸陸續續過來這裡念書。這是查理眾多的好點子之一。

珍珠抓起拆箱刀，小心翼翼割開第一個紙箱。她喜歡開箱——新書的氣味、亮面或霧面的書封、指尖底下突起的文字、實體書在手掌心的重量、紙張的沙沙聲。她喜歡精裝書、鬆軟的一般平裝書和尺寸較小的大眾平裝書——每種類型在書店都有自己的位置。

書店漸漸安靜下來，前來念書的學生真的在念書。她認出其中一個女孩，但另外兩個不認識。珍珠的學校是一棟貌似監獄的水泥建築。她不認識任何人，不算真的認識任何人。午餐時她可能會和其他書呆子坐在一起；他們對她很好。但她主要還是隻身一人，埋首在書中。

更多學生緩緩走進店裡，朝甜甜圈走去，然後在其中一張沙發找了個位置坐下。他們一樣安頓下來，拿出筆記本和筆電。她第一次看見這裡平日下午有那麼多人。

要不是多虧網路商店的收入，以及把空間出租給人辦派對、會議、讀書會的錢，史黛拉書店可能老早就關門大吉。查理對書店有益，似乎對史黛拉也有益，珍珠不介意有他在。

她不會讓自己放太多感情。

下午的時光一分一秒過去。珍珠在保留給暢銷書的前桌上堆放書籍。接下來，她拿起雞毛撢子走來走去——從文學區走到科幻小說區，從青少年小說區走到繪本區。完工後，她在書店櫥窗邊那張堆滿東西的椅子上一屁股坐下，寫起功課。

最後，天色越來越暗，打烊的時間到了。史黛拉始終沒有回來。

「我想我們只好直接回家跟她碰面了。」查理說著，皺眉看著手機。她看他傳了幾封訊息，一直盯著螢幕。她很同情他；這大概就是開端。史黛拉大概開始厭倦他了。珍珠很清楚那些徵兆。

「我們帶晚餐回去吧。」他說。

他們清完帳，鎖上大門。珍珠提著史黛拉的托特包，連同自己的包包，坐上查理的三菱跑車回家。他很安靜，若有所思。他們順路買了漢堡。

他們把車停進車道時，樓上的燈亮著。車內瀰漫漢堡和薯條的香味。珍珠看見窗戶上有道影子，然後是母親上前擁抱那道影子的剪影。大概是新男友吧，珍珠猜想。

查理也看見了嗎？

「你知道嗎？」他說著，推推眼鏡，目光始終直視前方。「請妳媽打電話給我就好，如果她想的話。」

珍珠不確定該說什麼。

「漢堡帶著。」他靜靜地說。「別忘了吃東西。」街燈下，他的臉色蒼白，下巴緊繃。

「我很抱歉。」珍珠說著，帶著她和媽媽的包包及食物下車。她從紙袋裡拿了一個漢堡遞給查理。他伸手接過漢堡時，他們定睛看著彼此。他微微一笑，她也回以微笑。她從來沒有對任何人有任何感覺，這是最接近的一次。她隱約知道，這很奇怪。但你不能改變你的本質。

她想說些別的，但他只是揮手要她進屋。

進到玄關，她聽見走廊傳來音樂聲和母親的大笑聲，接著，是一個男人低沉的說話聲。她關門前回頭一看。查理仍在屋前的車內待著。他在做什麼？只是想確定她安全進屋。

她獨自在餐桌上吃東西看書。母親房間裡的音樂越來越大聲。吃完晚餐，她稍作收拾——把早餐的髒碗盤放進洗碗機，擦拭流理台等等。更多笑聲傳來，然後是奇怪的一聲重擊。

她上樓回房，在那相較安靜的地方把功課寫完。房子再次變得寧靜。

她很慶幸她沒讓自己對查理放感情。

然而就在熄燈就寢前，她往窗外一看，發現他的車仍在原地。

第十章　薩琳娜

史蒂芬和奧利佛晚餐時一直鬥嘴，看電影時也爭吵不休，聽睡前故事時才總算安靜，但在躺回床上前仍要甩下最後一句狠話，薩琳娜則躺在兩兄弟中間的地板上。

「孩子們，要相親相愛。」她在昏暗的夜燈下輕聲說。天花板上的繁星閃爍著綠光。她還記得當初跟格雷姆一起把星星黏上天花板的往事。他們花了好久時間，隔天兩個人手痠背痛。

「噁心。」奧利佛說。

「閉嘴。」史蒂芬說。

「再這樣，我馬上離開房間。」薩琳娜警告。兩人一聽到這句話，立刻安靜下來。奧利佛哼了一聲，翻過身去。她感覺到史蒂芬熾熱的眼神。他還小的時候，會一直盯著她看，直到睡意來襲才閉上雙眼。

痠痛的背部躺在硬邦邦的地板上感覺很好。這天過得很辛苦。人生明明就要分崩離析，還得假裝一切安好，需要耗費如山大的力氣。擠出微笑、與客戶交談、掛上正常的表情都得花費力氣；她覺得精疲力竭，整個人被掏空。她的社交午餐——不著邊際的閒聊、禮貌的笑聲和一張張打了肉毒的僵硬臉蛋，以及如盾牌般的名牌精品包——榨乾了她最後一絲力氣。結束時，她頭痛欲裂。

「你還好嗎？」後來貝絲在計程車上問道。

她看起來很不對勁嗎？她真的以為她在人前裝得很好。

「很好。」她謊稱。「好極了。」

薩琳娜本來不確定當好友也是自己老闆會是什麼情況；但她們相處融洽。尊重彼此、互相體諒、團隊合作、充滿歡笑。難道不是只有男人成天在暗示女人無法在職場上共事？她和女同事之間從來沒問題。認真說起來，事實正好相反。她在職業生涯中遇到的良師益友統統是女性。

「只是過敏罷了。」薩琳娜坦承。「我的頭快痛死了。」

她和貝絲是老朋友了。她們二十多歲時，在一家小型出版社擔任行銷公關，所有大小事都一起度過——交男友、分手、父母死亡、遇見對的人、結婚、懷孕、小孩出生、貝絲離婚、因為突如其來的心臟病而失去的共同好友米凱拉。

貝絲點點頭，對她同情一笑，一邊捏捏她的手。她的目光游移了一會兒，又繼續處理手機上的電子郵件。她擁有完美的粉紅色方形美甲，指甲表面就像她離婚後買給自己的那枚鑽戒一樣閃閃發亮。指甲的敲打聲有如催眠曲。

「妳想聊的時候再告訴我吧。」貝絲不一會兒說。言下之意：妳不想告訴我到底發生什麼事也沒關係。但我會在這裡支持妳。

「我沒事。」薩琳娜說。「真的。」

「格雷姆工作找得怎麼樣？」言下之意：妳那沒用的老公什麼時候要回職場上班？

「快了。」

她又很快看她一眼，目光回到手機上。貝絲不喜歡格雷姆。雖然她從沒這麼說，但薩琳娜看得出來。從她說他名字的口氣，到每次大家聚在一起時她臉上會出現的表情。不過她們不需要喜歡彼此的伴侶，只要和氣相處就好。天知道薩琳娜也得擺著一張笑臉，忍受貝絲那小氣、控制欲強又對婚姻不忠的前夫喬將近十年。這是維持友情的黃金準則。和氣相處。這是很好的法則，適用於所有情況，不是嗎？如果有更多人遵守這個法則，世界就會成為一個更美好的地方。還有：讓朋友保守他們的秘密。萬一事情搞砸了，在身邊支持他們。

就像昨晚的情況。

一整天下來，她努力不去想起她和格雷姆的爭執。她的耳邊重新傳來自己那因為不想驚醒孩子卻又怒火中燒的低沉嗓音。太可怕了，她說過的那些話。他的話猶如亂拳打中內臟，多麼醜陋。他們之間何時滋長了那麼多仇恨和憤怒？就像有毒的黴菌；他們拆開石膏牆，而她能看到的只有黑腐病。

「爸爸沒有打來說晚安。」此刻奧利佛在說話，聲音細如螞蟻。

「看樣子收訊不好。」她對著天花板說。

「他沒有說再見。」

薩琳娜覺得內疚——因為目前發生的事，因為她所說的謊言。她開始對她的孩子說謊了，好極了。

「他明天會打來的。」她輕聲說。「快點睡吧。」

「媽。」奧利佛開口。「我看見——」

「明天再說，親愛的。」她說。要是他們開始聊起他在學校、電視或電腦看到的大小事，起碼得花上二十分鐘。不用說，史蒂芬肯定會跳進來打岔，然後兩人又會吵起來。「快睡吧。」

「可是——」

「奧利佛。」她拿出嚴母的口氣。「快睡覺。」

她好奇做父母的，這句話一輩子得說多少次。因為父母的一天要等到孩子睡著了才算結束。身為全職家長，這是唯一沒有負擔的寧靜時刻。他們可以做自己，稍微放鬆警戒，暫時有幾個鐘頭的時間無須滿足孩子們沒完沒了的要求和渴望。她真的需要時間思考——關於發生的那件事、關於下一步該怎麼辦。

在返家的火車上，她仔細尋找昨晚遇見的那個女人。她既想見到她，又強烈希望她們再也不要碰見彼此。她們共享的那一刻，互相告解的那瞬間，比她現在生活中的任何時候都要真誠。她極度渴望那樣一吐為快，卻也擔心害怕。

那女人說過什麼？*如果所有問題就這樣消失了不是很好嗎？*

那場回憶、那女人說話的嗓音，不知怎地讓她打了個冷顫。*天有不測風雲。*

薩琳娜甫閉上眼睛，立刻感覺睡意襲來。她好奇還要多久才能離開這裡。她不想睡在地板上，然後凌晨兩點醒來時全身痠痛。她細數呼吸，聆聽孩子們的動靜，耐心等待。接著，她睜開眼睛，發現史蒂芬目光堅定地看著她。

「別走。」他說著，讀出她的心。

「閉上眼睛。」她回答。

過了一陣子，兩兄弟的呼吸變得深沉勻稱。向來睡得很香的史蒂芬，聽起來有點鼻塞。像她一樣聽到任何聲音就會醒來的奧利佛，翻了個身，吐一口氣。她靜靜起身，離開房間，這行為每次都是一場冒險。

她放輕腳步走過走廊，關上房間門，接著深深吸一口氣。

一天之中有某些時段，她可以只是薩琳娜。來回通勤和走進家門前，她可以獨自待在車上，也許聽個podcast或有聲書，或只是安靜地開車。她享受其中。時間大約是十四分鐘。所以，一天二十八分鐘——去搭火車的路上和回家的路上——她可以只做自己。

或是當孩子們睡著、格雷姆外出不在家時，她也可以選擇做任何想做的事，不必考慮其他人。她不必是公司裡那個可靠、有效率、活潑開朗、做事俐落的角色；也不必是家裡那個細心、包容、善解人意的賢妻慈母。坐在黑色真皮內裝的車子裡，沒有人需要她，也沒有人想從她身上得到任何東西。這其實不值得特別提出來。她沒有不開心。她熱愛她的生活，不是嗎？社群媒體上貼的那些美好貼文——#感恩#知足常樂#愛我的寶貝兒子——那就是她向外界呈現的。

昨晚，他們又是尖叫、哭泣，又是摔杯子，卻奇蹟似地沒有吵醒兩個孩子。雖然不是第一次吵架，但肯定是吵得最兇的一次。她的頭越來越痛了。

但她過去不是一直很開心嗎？

她和格雷姆站在足球場和棒球比賽的場邊，面帶微笑，歡聲鼓舞。他們帶了折疊椅、裝滿水的保冰箱以及準備跟球員和其他家長一起分享的橘子。派對、野餐、溫馨的家族旅行一概不缺。他們有一幫朋友、熟人、鄰居。學校聚會、後院烤肉會、慈善拍賣、社區公益路跑活動。這是他們一同打造的生活——似乎是不假思索就突然出現在身邊的生活。而他們過得很快樂。不是嗎？

但在這一切之前——她本來想做的是什麼？她想成為什麼？

一名作家。

昨晚，她第一次允許自己流淚。她打開電視，把臉埋進柔軟的大枕頭，盡情發洩。所有悶在心裡的憤怒、悲傷、疲倦，以及對未來的恐懼，統統釋放到枕頭裡。發洩完後，她覺得好多了，煥然一新。

她需要仔細思考，想清楚該怎麼做。

手機安靜地放在旁邊的棉被上，螢幕一片漆黑。她能打給誰？她該打給誰？沒有人。她那可愛的母親。她那完美的姊姊。她那群功成名就的朋友。她能跟誰說她的生活即將亂成一團？她唯一想打電話的對象是前男友威爾，為了格雷姆而離開的男人。雖然荒謬，但他們仍是朋友。很好的朋友。她可以打給他；這她知道。他會很高興，可能有點太高興了。這主意很糟。她沒有打給任何人。

她又想起火車上那個女人。瑪莎，她的名字是瑪莎。她自白的對象。她覺得自己或許可以把發生的事告訴瑪莎。她會怎麼說？話雖如此，她其實根本沒辦法聯絡到她。

梳妝台上放著一張格雷姆、奧利佛、史蒂芬和薩琳娜的照片，在他們的婚姻低潮期所拍的全家福。當初光是要所有人換好衣服，出門前往公園與專業攝影師見面就已經是災難一場。史蒂芬一路上從頭哭到尾。格雷姆覺得這是一筆愚蠢的開銷，頻頻抱怨，也抱怨交通，斥罵孩子。總之慘不忍睹。但每個人都為了拍攝，齊心協力擺出最燦爛的假笑。

「別擔心。」攝影師說。她是一位年紀稍長的女性，有著一頭捲髮和睿智的微笑。她想必察覺到他們的壓力，儘管薩琳娜費心想要掩飾。「都會值得的。」

她指的不只是這次的拍攝，同時熱情地捏了捏薩琳娜的手臂。

照片寄回來時，每一張都完美極了。所有人都看起來幸福快樂，她和格雷姆彼此相愛，兩個孩子像小天使一般。她挑了其中一張當作他們的聖誕卡片；每個人都讚譽有加。當初薩琳娜心想，攝影師說得沒錯。一切都值得了。

如今她拿著那張照片，心裡卻想，真是自欺欺人。她想把照片撕爛。反之，她只是放回去，倒在床上，盯著電視不再多想。《冰與火之歌》——主角個個美麗出色，穿著皮衣，為了即將到來的戰事急躁憂心。她暫時遁入那美麗又危險的奇幻世界。龍、淫穢性愛、三眼烏鴉、不死軍隊……全部都比現實生活來得容易處理多了。

就在這時，她聽見有動靜，便調低電視的音量。

居家警報器在全家人上樓前她就已經設定完成。

來到走廊上，迎接她的是一片寂靜。

她站在樓梯間駐足聆聽，接著下樓。她查看前門——牢牢上鎖。警報器沒有觸發。後門一樣關著，鎖得好好的。薩琳娜查看一樓的每扇窗，在房間之間走動。就她所知，這一區從來沒有發生過非法入侵的情況。

但火車上那個女人說的難道不是事實嗎？天有不測風雲。在你沒有預料的時候，隨機發生。

樓梯最上方，徘徊著一個瘦小身影。尖叫聲哽在她的喉嚨呼之欲出。

在那可怕的一瞬間，她出現幻覺，以為是火車上的那個女人。

「媽。」是奧利佛。「我聽見有聲音。」

她走上樓，頓時如釋重負。來到二樓，她搭上他的雙肩。「你嚇到我了，寶貝。」

「對不起。」

「回房睡覺吧。」

「史蒂芬在打呼。我可以跟妳睡嗎？」

她望著那雙黑色大眼。她的小大人。他從出生那一刻就直盯著她看。史蒂芬大哭大鬧，不肯喝奶，患有胃絞痛，總之是個磨娘精。但奧利佛一直是天使寶寶，與她心靈相通。有時候，他不搗蛋、不唱反調的時候，她看著他，彷彿能看見過去、現在、未來的種種時光。他前世的模樣、她生下他之前的自己、他即將成為的男人、他們會跟誰在一起、等他們都不在世上的很久以後。

他們爬進大床，她緊緊抱著他，享受他小小身軀散發的體溫，享受母親的角色，暫時把一切拋在腦後。

「昨晚我聽見妳和爸爸在吵架。」正當她以為他睡著的時候，他開口說。

她考慮矢口否認。接著她說：「我很抱歉。」

她以為孩子們睡著了沒聽見。但說真的，怎麼可能沒聽見？簡直激烈得不可開交。

「你們聽起來很恨對方。」奧利佛說。

她心中湧上一陣鬱鬱的悲傷。「沒有這回事。」

「是妳說的。妳說，我恨你，格雷姆。妳說妳恨不得當初沒有嫁給他，說妳應該嫁給威爾叔叔。」

該死。她有這麼說嗎？這麼說太低級了，而且不是事實。

「我問你一個問題。」她說。「你和史蒂芬是不是一天到晚吵架？」

「嗯。」

「你有沒有跟他說過你恨他？」

「嗯。」

「你是認真的嗎？」

他沒有馬上回答。「我想不是。」

「有時候你太生氣、太挫折的時候，就會說出一些言不由衷的話，對吧？」

「可能吧。」

「這就是我和爸爸昨晚的情況。對不起讓你聽見那些不堪的話。」

她還記得聽見父母吵架是什麼感覺。以前爸媽激烈爭吵時，她和姊姊會緊緊抱著對方。她想起來了——她覺得無助、無能為力、害怕。這就是她給奧利佛的感覺。天啊，肯定很糟。她確實恨格雷姆，她也恨自己。

她輕撫兒子絲滑的頭髮；他的額頭摸起來燙燙的。

他安靜片刻，胸膛隨著呼吸上下起伏。

「桑德的爸爸媽媽準備要離婚了。」他輕聲說。「他說他現在過兩次生日派對和兩次聖誕節。」

「喔。」她不知道桑德是誰。

「我不想過兩次生日。」他說。

「我懂。」

「所以爸爸在哪裡？」

「放風之旅，我跟你說過了。」

謊言懸在兩人之間。

「好吧。我想他在喬伯父的家。」最後她坦承。每次他們需要冷靜的時候，格雷姆通常都會去他哥的單身公寓。

「我想他在外面。」奧利佛說。

「什麼？」她問。「什麼意思？」

「我想他現在正坐在大街對面的車子裡。」

薩琳娜起身走到窗邊。果不其然，她一眼就看見格雷姆，坐在對街的休旅車內。她壓下一股強烈的憤怒和不耐。搞什麼鬼？她明明跟他說過，她需要時間和空間思考，他應該暫時別回來，她說過她會跟孩子們編個理由，他可以星期六再打電話和他們說話。但當然了，他還是想做什麼就做什麼。因為這就是格雷姆。他不懂尊重，也不懂其他人有底線，不懂只有惡霸才會這樣咄咄逼人。

她還年輕、剛出社會的時候，母親終於向薩琳娜和她姊姊坦承父親外遇的實情有多誇張。當時薩琳娜假裝理解母親為什麼留在他身邊那麼久。

她說了所有該說的客套話，對母親表達同情和憐憫。但在內心深處，她其實不完全理解。為什麼母親要忍受屈辱，吞下憤怒，讓他為所欲為幾十年？她怎能這樣過日子？怎麼有辦法與他生活？怎麼有辦法面對自己？薩琳娜有過這些疑問。此刻，在漆黑的臥房裡與大兒子說話，她才總算理解當中殘酷的真相。為了不讓孩子痛苦，妳什麼都願意忍受。她披上睡袍。

「我去找他。」她說。「我帶你回房間睡覺，好嗎？」

「可是——」

她陪他回房，再次替他蓋被。

「妳恨他嗎？」她離開前，奧利佛問道。

答案實在太複雜，哽在喉頭開不了口。「不恨。」她說。「當然不恨，就像你不恨史蒂芬一樣。」

他點點頭，似乎理解這番複雜的言論，她的小大人。「我和爸爸全天下最愛的就是你和弟弟。千萬別忘了。」

無論之後會發生什麼事，她心想，但沒說出口。

她關上房門時，他已經累得沉沉睡去。

下樓後，她關掉警報器，穿著睡袍和拖鞋走出漆黑的戶外。她用力敲擊車窗，把格雷姆從睡夢中驚醒。她張望四周。她應該打他手機的；要是鄰居看見了，他們會怎麼想？他們會想這家子真是一團亂，大概就跟其他人差不多。

「你在幹嘛？」他搖下車窗時，她問道。

「喬把我踢出來了。」他可憐兮兮地說。「他有客人。」

「你沒聽過一種東西叫旅館嗎？」

「我不想花那筆錢。」

聽到這裡，她有點心軟。她想過取消他所有的信用卡，把他們的錢從他的帳戶轉到他不知情的另一個帳戶。但她終究沒那麼做。

他的眼角上方貼了繃帶。當初她在盛怒之下，拿起史蒂芬的機器人往格雷姆用力一丟，直接打中他的額頭。當下流了好多血。不是她值得驕傲的時刻。她差點替他感到難過。

「快進來。你想讓鄰居看到你在這裡嗎？」

「我才不在乎鄰居。」

「你誰都不在乎。」

他對她翻了一個大大的白眼，頭往後靠回椅背上。

「薩琳娜。」

她穿越馬路，沿著小徑走向家門，抱著自己禦寒，他則跟在後面。

「去睡書房。」她說。

「我們可以談談嗎？」

「不行。」她說完，往二樓走去。

她沒回頭看他，只是直接回房，關門上鎖。她在椅子上坐了一會兒，心如擂鼓，煩躁不安。

她該怎麼辦？

她很驚訝聽見手機叮一聲響起，納悶是不是格雷姆從樓下傳訊息給她。

一個未知號碼傳來一封訊息寫道：

嘿，一切都好嗎？昨晚很高興認識妳。

這人是誰？她正準備刪訊息時，手機再次響起。

我很希望能繼續聊下去。我最近想了很多。我們能聚一聚嗎？

不，薩琳娜心想。這不可能。

她遇見的那個女人、她陰沉的語調、那奇怪的氛圍，全都清清楚楚湧上心頭。她的臉頰不禁熱了起來：薩琳娜把她最私人的秘密告訴了一個陌生人。當然，那女人也分享了她的秘密。這之間有種異常親密的羈絆，不是嗎？

她們沒有交換電話號碼，對吧？她伸手打算刪除訊息，但遲遲猶豫不決。

也許她應該回覆一下。她突然強烈渴望聽見那女人的聲音，把她無法對生命中其他人訴說的事告訴她。她甚至無法告訴貝絲，卻有股強烈的衝動想要對這個陌生人坦白一切。

不，那一定是傳錯號碼了。她按下刪除，準備封鎖號碼，但在完成這一步之前，手機再次響起。

對了，我是瑪莎。

火車上那位。

第十一章　薩琳娜

星期一早晨，鬧鐘還沒響，薩琳娜就醒了。外面天色仍暗，風聲蕭蕭，吹得樹枝不停敲打窗戶。她甚至尚未睜眼，待辦清單就自動潛入意識中——寫封電子郵件給史蒂芬的老師約見面、幫外甥賈斯柏買生日禮物、修改下午那場客戶簡報她負責的部分、記錄開銷、打電話給媽。

了不起。

世界都崩了，仍不忘寫下待辦清單。日子還是得過下去。

格雷姆推開房門，鑽進她旁邊的被窩。他昨晚睡在家裡的書房，現在趁孩子還沒醒來回到他們的床鋪上。她始終緊閉雙眼，不理會他。事實上，此時此刻，她光是看到他就討厭。潔妮娃坐在他身上的醜陋畫面在她腦中一再湧現。

「妳醒著嗎？」他低聲問，向她伸手。

「別碰我。」她回答，一邊挪動身體，盡可能離他越遠越好。他翻身平躺，凝視著天花板。

真相。

週末時，薩琳娜在Instagram上貼了三張照片。第一張，星期六早上孩子們幫忙做早餐。聰明的媽媽都知道教兒子做菜！她寫道。有一天他們的老婆會感謝我的！

後來，一家四口出門散步，從家裡走了大約半小時來到州立公園。他們徒步走在岩石嶙峋的小徑上，孩子們嘰嘰喳喳閒聊，她和格雷姆遠遠跟在後頭，兩人之間沉默不語。她拍了一張他們在河邊的照片——格雷姆彎下腰給孩子們看一顆他覺得可能是化石的石頭。忙了一個禮拜，到大自然沉澱幾個鐘頭感覺最棒了！

星期天，她和孩子們總算要開始組樂高的死星，一項得花上幾個禮拜的大工程。她發了一張開箱照，紙盒旁邊是一疊的說明書和裝滿小零件的透明塑膠袋。喔，天啊！這肯定是一項大工程！

沒有躍上社群版面的是：她和格雷姆互不說話的死寂；明顯察覺到這股緊張氣氛的兩個孩子，逮到機會就搗蛋；奧立佛和史蒂芬就因為一根湯匙在地上打起來；樂高也沒組太久，因為兩人一直為了誰能打開第一個塑膠袋爭吵不休；格雷姆拚命查看手機，像患了強迫症似的，孩子們則在一旁發脾氣，最後被趕回房間。後來，薩琳娜去洗衣服，煮些這禮拜要吃的東西時，孩子們跑到電視機前——一看就是幾小時。她放任他們去看，只為了得到一些安靜時光。更多的髒衣服、碗盤、史蒂芬擦傷的膝蓋、薩琳娜出於疲倦和難過在淋浴間大哭特哭。

僅呈現出那些美好的時刻算不算是在說謊？那些無聊、平凡、醜陋的時刻又怎麼說？如果不把那些時刻放上網路，是不是就沒那麼真實了？格雷姆想知道：妳為什麼要貼文？妳想證明什麼？

「接下來會怎麼樣？」這會兒，格雷姆問。「我們該怎麼辦？」

晨光逐漸亮起，透過窗簾滲進灰白色的光線。他朝她挪近，把她從床邊拉回來，一手擱在她的腰間。她考慮過把他推開。但事實是，他的體溫撫慰了她。她一動也不動，對自己既想掐死他又想抱緊他的心情感到不可思議。即使這個週末過得艱難，他們有時候仍會開懷大笑，仍一起照顧孩子，仍然吃飯煮菜。事實上，這就是生活的一切——參雜著美好和醜陋。

「我不知道。」她坦承道。

五天的工作日近在眼前——雖說有時候辦公室反而像是解脫。她需要幫忙。不用說，她必須開除潔妮娃。就在今天。這表示格雷姆必須在家照顧孩子——這也表示她不能把他踢出家門。還不能。也許她應該和貝絲聊聊；她向來知道下一步該怎麼做。

「我們就這樣得過且過？」格雷姆說。

「暫且如此吧。」

「之後呢？」

「我不知道，格雷姆。」她幾乎是用吼的。天啊，他就像個孩子。她深吸一口氣，再緩緩吐氣。「我會帶兩個孩子上學，然後直接進公司。你負責開除潔妮娃。」

他點點頭，沉默不語。他們像這樣躺了一會兒，接著她起床，趁著叫醒孩子前沖個澡。她喜歡水溫熱到近乎滾燙的程度。她讓水打在身上，整間浴室起霧。

她整理頭髮、化好妝、穿上黑色長褲、粉紅上衣和高跟鞋。等她離開房間時，格雷姆已經把孩子們從床上叫起來。他總算選擇在今天早上有所作為，可真棒啊。

「早安。」她說著走下樓梯。

史蒂芬和奧立佛有如睡眼惺忪的殭屍動作緩慢，一邊對她哀號，穿著她昨晚替他們準備好的制服。

等她來到一樓，格雷姆已經把餐具擺好，格子鬆餅在烤麵包機裡烤著，孩子們的午餐也已打包完成。如果他能在婚姻還沒觸礁前就有這樣的表現就好了。事實上，看到他現在如此俐落勤快，只是讓她更生氣罷了。

他給孩子們送上早餐時，她幫自己倒了一杯咖啡。

她對星期五收到的訊息沒想太多。她已經在手機上刪掉了，並且封鎖號碼。她也刻意把這件事拋諸九霄雲外。瑪莎必須消失。就這樣。她的生活已經夠複雜了。

門鈴響起時，薩琳娜嚇了一跳，差點把咖啡灑出來。

該死。潔妮娃早到了。她本來希望在她抵達前，她和孩子們就已經出門了。老實說，不管她以前多喜歡潔妮娃，如今仍恨不得再也不必看見她。她已經看得太多了。

「你忘記帶鑰匙了嗎？」她問道，打開大門。

但眼前的人不是潔妮娃。

站在門口的，是一個身材結實、外表整潔的黑髮男人。他沒有穿制服，但他還沒拿出警徽，就散發出官員的氣質。車道上停著一輛黑色轎車，又一個年紀較大、頭髮凌亂的男人下車，朝他們走來。早晨充滿熱鬧的鳥叫聲，氣溫也是幾個月來最溫暖的一次。也許今年春天會提早來臨。說不上為什麼，但薩琳娜開始心跳加速。

「請問是墨菲太太嗎？」

「我是。」

「我是葛雷迪．克洛警官，這位是我的夥伴威斯特警官。」

她半掩著大門，用身體擋住他們看進屋內的視線，一邊壓抑喊格雷姆過來的衝動。

「有什麼需要幫忙的嗎？」她問。

「你是不是有雇用一個名叫潔妮娃．馬克森的女人？」

「是。」

「你最後一次跟她聯絡是什麼時候？」

克洛警官專注看著薩琳娜，威斯特警官的目光卻是到處遊走——門廊四周的盆栽和灌木叢，再越過她進入玄關。

「為什麼這麼問？發生什麼事了？」

「我們可以進去嗎？」

她覺得口乾舌燥。警方就是有辦法讓你下意識覺得自己好像做錯什麼，這究竟是為什麼？

孩子們在樓梯上打打鬧鬧，絲毫沒興趣知道上門的是什麼人。但薩琳娜一讓警官進屋，格雷姆就從她身後出現。

警官重新對格雷姆自我介紹，他也立刻轉換成萬人迷的模式。他就是有那種能耐。他會擺出某種表情，展現出無比的親和力，掌控整個局面。他帶警官走進客廳，端上咖啡，猶如一家之主。他沖了澡也換好衣服，頭髮梳得整整齊齊。考慮到他失業後一直以來的德性，這可說是小小的奇蹟。

「她在星期五下午四點左右離開這裡。」薩琳娜說著，在沙發扶手上坐下。「我那天提早下班回家。」

克洛警官在筆記本上草草書寫。另一位警官站在門口，張望每樣東西。

「你們都在嗎？」克洛問。

「沒有。」格雷姆說著，揉揉眼睛。他每次準備說謊時會有的小動作。「我在我哥家，幫他做一項居家工程。」

幫他做一項居家工程。薩琳娜差點大笑出聲。最好是。喬最好會有居家工程。格雷姆最好會幫任何人的忙。

「他家在哪裡？」

「在倫森，從這裡往北大約十五分鐘的車程。」

要不是早知道他在說謊，她根本不會起疑。沒人會起疑。

「能不能告訴我們究竟是怎麼回事？」薩琳娜問道。

「當地派出所接到馬克森小姐姊姊打來的電話，說一直沒有她的消息很擔心。她們本來約好了星期六一起吃早餐，但馬克森小姐沒有赴約，她的車也沒有停在她家的停車場。她的公寓沒人——顯然她姊姊有鑰匙。」

「喔。」薩琳娜說。

「真奇怪，她沒提過她有姊妹。」

她有嗎？

「她平常大概幾點上班？」威斯特警官問。

薩琳娜看一眼時鐘。「差不多就是現在。」

「這個嘛。」格雷姆靠在沙發上，蹺著二郎腿，一派輕鬆地說。「她還年輕，又是單身。說不定跟一群朋友或男朋友出門度週末去了。」

薩琳娜腦海閃過潔妮娃坐在格雷姆身上的畫面，趕緊把它推開。她在一張椅子上坐下，看向窗外。

對街的布朗夫婦正準備把車開出車道。他們一家人早上總是一起出門，先帶雙胞胎去上學，然後潔兒放巴比在車站下車讓他搭車進城。薩琳娜經常也在同個時間出門，朝對街揮手打招呼。祝你們今天愉快！薩琳娜望著他們離開，內心沮喪又失落。他們應該要像那樣才對，出門展開另一個平凡的一天。

樓上傳來乒乒乓乓的聲音，一聲大吼。孩子們在樓上無人看管；她起身準備去查看他們的情況。

「她常遲到嗎？」克洛警官問。

「不。」薩琳娜很快回答。「她一次都沒有遲到過。」

「你的臉怎麼了？」威斯特警官指著格雷姆問道。

克洛已經找了位子坐下，威斯特則來到書櫃前面。

格雷姆摸摸臉上的傷口，朝窗外他一直試圖修補的石牆點了點頭，但顯然，後院仍是一片廢墟。一年後，他還是沒有完工。所有人轉頭看。

「我星期五在修那道牆，結果一彎腰弄傷自己。我猜我算不上什麼巧手工匠。」

哇，他連大氣都沒有喘一下。那自嘲的微笑，帶著一點不好意思，連薩琳娜都差點信了他。那道牆他根本沒碰，也不肯打電話請人完工。那道牆已經變成他們慣常的爭吵點——吵他做事總是虎頭蛇尾，出爾反爾。

克洛寫下筆記，威斯特點點頭，兩人雙雙露出微笑，表示理解。居家工程確實很辛苦。想當然耳，格雷姆非說謊不可。否則他還能怎麼說？

喔，我們在鬧離婚的時候，我老婆拿了一個玩具機器人丟我。

你們為什麼鬧離婚呢，先生？

監視器錄到我在和褓姆上床，你知道的，就是你們現在在問的那一個。

「她的手機呢？」薩琳娜問，急著把注意力從格雷姆的謊言上移開。「你們不能用手機追蹤她嗎？」

「沒開機。」威斯特警官說。「她從上禮拜一、二開始就沒有用過信用卡。」

她想起潔妮娃，往返接送孩子們上下學，跑一堆地方做各種雜事——超市、乾洗店，甚至開車去保養廠。忙著別人的日常生活，多親密的一項工作。

「她每週一到週五都在這裡。」薩琳娜邊說邊想，「她在我們家吃飯，晚餐帶回家吃。我給她現金去買日用品或辦些雜事之類的，所以她週一到週五大概用不到她的信用卡。」

「她姊姊也是這樣告訴我們的。」克洛點點頭說。

潔妮娃提過她有個姊姊嗎？看樣子她們關係親密，能知道她的生活作息，有她家的鑰匙，只因為一次早餐失約就擔心得報警。如果有這麼一個姊姊，薩琳娜不會不知道。她應該會知道才對。

「妳星期五有付她薪水嗎？」

「有。」薩琳娜說。「我簽支票給她。她通常是用手機存入支票，有時候在離開前就辦好了。」警官繼續點頭，繼續做著筆記。

「妳能不能檢查一下帳戶，看看錢是不是轉進去了？」他問道。

薩琳娜的額頭冒出一顆透亮的汗珠。她看一眼時鐘，知道孩子們上學就要遲到，她也趕不上火車了。「沒問題。」

「她提過週末有什麼計畫嗎？」他問。

「沒有。」薩琳娜說。「事實上，她跟我說如果週末需要幫忙的話可以傳訊息給她，她不會跑太遠。」

不是對我們說，是對我說，薩琳娜心想。因為她會說格雷姆出門和朋友放風去了。又一個謊言，這次是她的謊言。

「你有聽說嗎？」

「沒有。」格雷姆說。

他挪動身子，微微往前傾。「我們這週末大多在家享受安靜的家庭時光。喔，還有公園。我們去了公園。」

家庭時光。真愜意。你們太可愛了啦。兩個兒子都長大了。真是個好媽媽！沒什麼比陪伴家人更重要的了！全是她Instagram上的留言。

「男朋友呢？」

格雷姆看起來若有所思，先搓揉下巴，再搖了搖頭。他熱心地用詢問的眼神看向薩琳娜。就算他心有不安，也沒有顯現出來。哪怕一點點都沒有。

他完美扮演著憂心忡忡的雇主角色。

「她沒提過。」薩琳娜搖搖頭說。

除了我丈夫之外的男朋友？

趁我加班賺錢養家的時候，跟她搞上的那個？

不，她沒提過。

老實說，她和潔妮娃沒聊那麼多。她們的對話僅限於孩子、家務、雜事。潔妮娃一到，薩琳娜就出門，等薩琳娜回家，潔妮娃就離開了。就像輪班的工人，與彼此擦身而過。薩琳娜真的了解潔妮娃的生活嗎？少之又少。

潔妮娃的父親住在附近，薩琳娜記得她好像有說過。或曾經住在附近。她父親過世了嗎？真尷尬，她不記得了。她不記得她有姊姊、有朋友，或她休假時都怎麼打發時間。她沒提過有個男朋友。在某種意義上，潔妮娃一停止照顧奧立佛和史蒂芬，對薩琳娜而言就不復存在。但或許是因為潔妮娃總是很安靜，對薩琳娜畢恭畢敬。而薩琳娜總是很忙碌，被日復一日的大小事纏身。薩琳娜企圖想起在還沒雇用她之前，她們在公園都聊些什麼。主要是塔克家的兒子、育兒用品、生活作息，玩3C產品和看電視的規矩、有機飲食、過敏等等。

「她已經遲到了。」薩琳娜看著時鐘說。「她沒打電話來，她不曾這樣。」

她走到窗邊，期待能看見潔妮娃從車道走來，行色匆匆，因為遲到而心慌意亂。*對不起！我臨時出城去了！不小心弄丟手機！*

沒有。她一陣心寒。

孩子們打打鬧鬧下樓。

「我們遲到了嗎？潔妮娃呢？」奧利佛問，他向來對各種狀況很敏銳。接著他對克洛警官劈頭問道：「你是誰？」

「我是葛雷迪。」他說著伸出手。奧利佛與他握了握手。「手勁不錯，兄弟。」

奧利佛聽了似乎很高興。

「今天晚點去學校，孩子們。」格雷姆起身說著，輕輕把手放在兩個孩子背後，把他們推回門內。「去看個電視吧。」

他們開心跑走。這完全違背了上學前不准用3C和看電視的規矩。

「我得打電話進公司一下。」薩琳娜說。「讓他們知道我會晚點到。」

格雷姆似乎打算抗議，但還是閉緊嘴巴。

她去拿手機時，想起她把格雷姆和潔妮娃偷腥錄下後存在電腦裡的影片，只要有密碼的人都有可能看見。而且那些影片難道不是由攝影機製造商、設計軟體和應用程式的公司儲存在雲端的某處嗎？

就算她刪掉電腦裡的影片——這些東西照理是不是還有各種方法可以找到？倒不是說情況發展到那步田地。警方當然不會去搜查她的電腦！這太荒謬了。她看太多集《犯罪心理》了。潔妮娃會出現的，這是當然。

她給貝絲留了訊息，打電話到學校。接著她試著打給潔妮娃，但電話直接轉進語音信箱。

她透過手機的應用程式登入活存帳戶。潔妮娃的支票還沒兌現——不過如果她星期五很晚才存入的話，可能沒那麼快。有時候錢要到星期二才會從她的帳戶轉出。回到客廳後，她把消息告訴克洛警官。他點點頭，繼續問了更多問題。

「她有沒有提過她可能跟什麼人交惡？有沒有人跟蹤她？太頻繁打電話給她？」

「沒有。」薩琳娜說。「沒聽過那樣的事。」

但就算有，她會知道嗎？貝絲和其他幾個朋友跟她們家的褓姆親密得像一家人。但她和潔妮娃沒有那樣的感情，即使是在雇用她之前。潔妮娃和格雷姆的醜陋畫面再次閃過腦海。薩琳娜的兩頰發燙，她不知道是否有人注意到。

「她在你之前的雇主是誰？」

「塔克夫婦。」薩琳娜說。「他們就住在幾條街外。」

克洛往前翻閱筆記本。「她姊姊說那裡出了一些問題，說她是倉促離開的。」

薩琳娜搖搖頭。「我想不是。我想塔克太太——艾莉莎——只是想留在家照顧孩子。」但她其實不是很清楚。她和塔克夫婦不太熟，儘管他們是臉書上的朋友，兩家孩子上同一所學校。他們透過電子郵件提供推薦信給她。現在想起來，內容似乎有些簡短？

「她說和丈夫有關。」克洛警官說。「據說是行為不檢。」

客廳在旋轉嗎？她聽見孩子們打開遊戲室的電視。

「潔妮娃沒有提過這件事。」薩琳娜說。

她也不可能提，對吧？她用力嚥下一口口水，威斯特警官似乎注意到了。她刻意不讓目光飄向格雷姆。

「我們能怎麼做？」格雷姆流露出誠摯的關心表情問。「怎麼樣才能幫助你們？幫助潔妮娃？」

克洛放了一張名片在茶几上。「如果有聽到她的消息請通知我們。或許你們可以繼續打電話給她。也有可能是她不想跟姊姊說話，但雇主的電話應該會回。聯絡你們的銀行，看看那張支票有沒有任何後續消息。」

「當然。」格雷姆說。「沒問題。」

有個瞬間，就那麼一下子，所有人陷入沉默，薩琳娜看見兩名警官的目光落在格雷姆身上。

「你挺愛敲敲打打的，是吧？」威斯特警官對格雷姆說。

「怎麼說？」格雷姆問。

「禮拜五才修那道牆，然後又到你哥家幫忙他的裝修工程。」威斯特說。

「喔。」格雷姆說著，笑了一聲，雙手放在胸前交疊。「我想是吧。兩項工程都不是進行得很順利，但我努力過了。」

「你和你哥在忙什麼？」

「櫥櫃。」格雷姆清清嗓子說。「有個櫃門鬆脫了。」

「這需要用上兩個人嗎？」

「對我們而言有必要。」格雷姆咧嘴笑著說。「應該說這只是為了聚在一起的藉口。」

又一次地，所有男人感同身受地點頭。「你幾點回到家的？」

「滿晚的了。親愛的，妳記得嗎？」

「九點、十點左右吧。」她回答。她恨不得自己在做夢，一會兒就會醒來。

警官詢問格雷姆他哥哥的姓名、地址和電話號碼。格雷姆毫不猶豫提供所有資料。就她所知，他確實幫忙修了櫥櫃。為了他好，她希望他真的有幫忙，不然就是喬知道要撒謊，他確實可能那麼做。格雷姆喜歡稱之為義氣。

「潔妮娃呢？」奧立佛站在門邊問，瘦小的身軀倚著門框。「發生了什麼事？」

兩位警官一同走向門口，全身緊繃的薩琳娜則像彈簧一樣跳起來，前去安撫奧立佛。

「我們還不知道，親愛的。」她說，語氣高昂，過於活潑。「一切都很好。」

奧立佛看起來沒有被說服，眼神嚴肅地看著薩琳娜。她搖搖頭，動作若有似無——除了奧立佛外沒人注意到。這樣一來，無論奧立佛在想什麼，想要問什麼或說什麼，他都知道必須保持安靜。無須開口，他就知道母親希望他怎麼做，所有孩子都有這種能力。

「去看好你弟弟。」薩琳娜說。奧立佛消失在走廊上。

格雷姆帶著警官來到玄關，走出大門。

「我發現你們家有那種可錄影的智慧門鈴。」威斯特站在門廊上說。「這玩意兒偵測到動靜會啟動嗎？有錄影功能嗎？」

「沒有。那是比較舊的型號。」格雷姆表情懊惱地說。「而且有點故障了，因為我們的WiFi需要升級，有時候甚至完全不會運作。」

「科技就是難搞。」

威斯特打算查看智慧門鈴的應用程式嗎？格雷姆會給他看嗎？那東西有錄影功能嗎？她根本不知道。其他的監視器呢？有錄影功能嗎？所有監視器都在同一個應用程式上清楚可見。

她知道如果警官要求想看的話，他們應該拒絕。那是他們的權利。她嚴陣以待。她該怎麼說？如果他們真心想幫忙，無所隱瞞，就會二話不說把應用程式給他們看。

但他們真的想幫忙，他們也沒什麼好隱瞞的，對吧？外遇這種事，無論再怎麼卑鄙下流，都不是犯罪。

她看向格雷姆，他正在與威斯特閒聊現在市面上所有最新的監控技術，聊到那些技術有多便宜，能讓警方的工作輕鬆許多。大家根本就不知道。現在監視鏡頭到處都是——那些安裝在門鈴上、客廳裡、手機上的小小攝影機。到處都是。所謂隱私，早就不復存在。不是被人奪走，而是拱手讓給別人。

薩琳娜左右張望。多數人家現在都有智慧門鈴了，甚至還有社區群組。她經常在手機上收到通知：我家門口有陌生人！有包裹不見了！這隻狗在我家草坪大便！

「我們會在這條街待上一陣子。」克洛說。「如果聽到她的消息請立刻告訴我們，或是——你知道——如果想起任何事的話。」

待在這條街上？問問題？跟左鄰右舍說話？

「不過，這件事也可能沒什麼，對吧？」薩琳娜問。「她說不定只是遇見了誰，完全忘了時間。」

「很難說。」克洛說著，抬頭看向天空。「放姊姊鴿子是一回事，但我不喜歡她沒來上班這回事。以一個那麼有責任感的人來說。」

所有的話都懸在她嘴邊欲言又止。她想像自己一股腦兒地全盤托出。坦承——這對靈魂有益，對吧？潔妮娃和我老公上床。我拿東西丟他，弄傷他的臉。我叫他滾，但他趁半夜跑回來。我看在孩子的份上讓他進來，雖說我一點也不希望他回家。我在火車上遇見一個陌生女子。這週末我的手機上多了一些奇怪訊息。那場邂逅很怪。她說了一句像這樣的話：說不定她會莫名其妙消失。

但這一切都太瘋狂了，跟潔妮娃的失蹤一點關聯都沒有，對吧？她的生活只是暫時有點混亂。情況是何時變得如此失控的？

「墨菲太太。」克洛警官說。「妳還好嗎？」

克洛看了格雷姆一眼，再回看薩琳娜。她喜歡他那冷靜、真誠的目光。格雷姆與威斯特聊到有趣的話題，笑聲傳遍寧靜的社區。有個女孩失蹤了。他到底在笑什麼？她老公真的那麼善於說謊嗎？

「我只是很擔心潔妮娃。」她輕輕說著，對警官慘然一笑。「她就像我們的家人一樣。」

第十二章　奧立佛

大人愛撒謊，一天到晚撒謊。

他們撒謊，說每樣食物都好吃。吃吃看！很好吃喔。

他們撒謊，說打針不會痛。只會有點刺刺的，你還沒感覺就結束了！

奧立佛知道他不應該站在門口偷聽，但他還是這麼做了。

「不過，這件事也可能沒什麼，對吧？」他媽媽問道。那是她擔心的語氣。「她說不定只是遇見了誰，完全忘了時間。」

「很難說。」那個陌生人說。「放姊姊鴿子是一回事，但我不喜歡她沒來上班這回事。以一個那麼有責任感的人來說。」

爸媽都眉頭緊皺。奧立佛一步步挪到門口，雖然他應該要去照顧史蒂芬才對。

「墨菲太太。」陌生人說。「妳還好嗎？」

大人喜歡在事情不對勁的時候告訴你一切都好。媽媽總是說她很好，即便他看得出來她剛剛在哭。復活節小兔、聖誕老人、牙仙子，全是謊言。這是學校的伊萊告訴他的。伊萊晚讀幼兒園，所以比奧立佛和其他人都大一歲。大家都知道伊萊被留級，但沒人敢說，因為伊萊很壞，人又高大，欺負人的時候動作超快，所以老師都看不見。起初，奧立佛不相信他的話。

去啊，伊萊說，去問你媽媽聖誕老人是不是真的。

於是他問了。

不相信聖誕老人的小孩拿不到禮物喔。這是媽媽的回答。但就連奧立佛都知道這算不上答案。

他繼續追問。你能對天發誓，世界上真的有聖誕老人嗎？

媽媽只是別開目光。我們可以相信各式各樣看不見或摸不著的東西。聖誕老人不是真的也不是假的。他是魔法。

魔法。

魔法是真的嗎？

為什麼問那麼多問題？媽媽想知道。他告訴她是伊萊說的，接著看見她擺出那個每次她很生氣又想假裝自己沒生氣時會有的表情。

你知道嗎？她說。永遠會有人企圖奪走你生命中的快樂。別讓他得逞，好嗎？儘管享受故事，暫時別去擔心什麼是真什麼是假。一言為定？

他之所以接受，是因為他喜歡拿禮物和找彩蛋和收到牙仙子的錢。但即使伊萊是個愛欺負人的惡霸兼奪人快樂的小偷，他顯然說得沒錯。

大人愛撒謊。

史蒂芬坐在電視機前，奧立佛則在門外徘徊，偷聽爸媽和那些陌生人說話。頭上的傷，爸爸說謊。那面牆，爸爸也說謊。修櫥櫃的事，八成也是謊言——因為爸爸根本不是巧手工匠。就連後院的圍牆工程也差不多是個笑話，因為他確實對那類事情超不在行。奧立佛的木頭賽車是所有人之中最爛的，真的很爛。但他不在乎，因為他們做得很開心。史蒂芬還幫車子貼了塑膠大眼睛，整輛車搖搖晃晃的，非常搞笑。想當然耳，絕對不會有人打電話請爸爸幫忙什麼居家工程。

媽媽撒謊說一切都很好——她的語氣尖銳，笑容很假。

爸爸的放風之旅，她說謊。

門鈴的事，爸爸也說謊。他跟警察說門鈴沒有錄影。但他跟奧利佛和史蒂芬說有，說每台監視器都有。爸爸就是這樣知道他們所做的每件壞事——即使他不在場。總之，他是這樣跟奧利佛和史蒂芬說的。

*我隨時都在看著你們！*他會用可怕的嗓音說，然後像怪獸一樣在走廊上追逐他們，所有人都放聲尖叫。

他那時候在說謊嗎？還是他現在在說謊？

奧利佛朝門口走近。只要他夠安靜，不輕舉妄動，爸媽就會忘記他在場。就像現在。

今天潔妮娃沒有來家裡接他們去上學，而媽媽仍待在家。爸爸則是擺出每次有別人在場時的那副德性——嗓門有點太大，笑得太假。確實有事不對勁。

星期五那天，奧立佛看著潔妮娃離開房子。他每晚都會在房間的窗前看她離開。他甚至用iPad錄了下來，因為那天下午他和史蒂芬待在房裡沒吵架的時候，就一直在錄影。他們用某種可以倒著播放錄製內容的應用程式拍對方，這樣你就能飛回床上，或倒退跑出門外。後來，他們用慢動作拍影片，讓絨毛娃娃看起來像在天上飛。所以當他一看見潔妮娃，就直覺按下播放鍵。

他很好奇她離開他們後都去了哪裡；他企圖想像她居住的地方。

他曾經問她：妳住在哪裡？獨棟的房子裡嗎？

我住城堡，她告訴他，就在一座高山上。

才不是呢，他說。這附近根本沒有城堡，對吧？

妳有養噴火龍嗎？史蒂芬問道。

真是個蠢問題，奧立佛告訴他。她沒有住在城堡裡，她也沒有養噴火龍。

潔妮娃放聲大笑。她的眼神明亮，嘴唇是閃亮亮的粉紅色。她有很多雀斑，臉頰總是紅通通的。傻孩子，我住在公寓裡而已啦，離這裡大概二十分鐘的路程。

妳結婚了嗎？

妳有小孩嗎？

有養狗嗎？

沒有、沒有、都沒有。

妳會寂寞嗎？一個人住？

他們問問題時，潔妮娃送上烤起司三明治和切片蘋果。她在兩人面前各放了一個盤子。奧立佛喜歡她把三明治斜切成兩個三角形，就跟媽媽切的一樣。爸爸每次都切成兩個長方形，有時候甚至連切都沒切，就只是一個大正方形放在盤子上。有時候他沒有把起司烤透，或是把一面的吐司烤焦，因為玩手機分了心。

我有你們怎麼會寂寞呢？她說。

史蒂芬對答案很滿意，但奧立佛善於察言觀色。他看得出來她的眼神很悲傷。

我覺得妳住在城堡裡沒錯，他為了讓她開心說，*因為妳像公主一樣漂亮。*

她揚起微笑，溫柔地摸摸他的臉頰。*你是個非常貼心的孩子。*

他不記得接下來發生什麼事，因為他們正在忙其他事情。但每晚她離開時，他會目送她走，好奇她要去哪裡，好奇她為什麼傷心。

上次，他看著她一路走到她的車子旁邊。來到車邊後，她停下腳步轉身，好似有什麼引起她的注意。她皺起眉頭，包包緊緊抓在胸前。她開口說了什麼——她的嘴巴在動。後來她離開她的車，走到了他的視線之外。街上還有別人，但他看不清楚；院子裡的大橡樹遮住了大部分的視線。他企圖看個仔細。

但後來史蒂芬把他撲倒，因為他把電視遙控器藏起來，結果媽媽前來制止，兩人被懲罰了一陣子。他放在窗台上錄影的iPad被關掉沒收。他完全把潔妮娃娃給忘了。

但晚些時候，他探出窗外時，她的車仍在那裡。睡覺時間，他想告訴媽媽，但她不肯讓他說話。

整個週末，車子都停在那裡。他覺得很奇怪。但大人確實喜歡做一些連他們都無法解釋的怪事。所以他也把那件事忘了。

現在，他不安地覺得自己好像做錯事，做了一件可能會害他的iPad被沒收的事。

他站在門外偷聽爸媽對陌生人說謊時，納悶自己是不是該說點什麼——告訴大人他錄到潔妮娃離開的影片。但後來，他還是選擇不說了。

有時候多說多錯，有時候他因為說了不該說的話而惹上麻煩——例如那次他告訴媽媽，白天她在上班的時候，爸爸穿內褲在沙發上睡覺。或是爸爸讓他們吃格子鬆餅當晚餐，或是讓他們看了害史蒂芬做惡夢的電影。嘿，老兄，爸爸說。有種東西叫義氣。別對你媽打你老爸的小報告，這樣不酷。

不酷。

根據伊萊的說法，不酷是你能得到最糟糕的形容詞了。

所以，他只是保持沉默。等陌生人總算離開後，他很高興。他希望他們不會再回來，希望明天潔妮娃就會從她的城堡回來，一切都會恢復正常。

第十三章　薩琳娜

謊言就像病毒，會蔓延、複製，越滾越多。薩琳娜的母親總是這樣耳提面命，通常是提到薩琳娜的父親時。說一個謊，得用更多的謊去圓。此刻薩琳娜站在人行道上張望時，腦海反覆思索這個念頭，明知自己應該掉頭進屋，卻動彈不得。

警官穿過馬路，風把樹葉吹落草坪，太陽沒入雲層。她感覺到有人在看她，轉身只見格雷姆站在窗前，身形漆黑，一張臉籠罩在陰影下。兩名警官一走，他立刻卸下他最擅長擺出的和藹外表。他變得惱怒不悅，不肯看她一眼便走回屋內。

你是誰？她心想。

他是住在她屋簷下的陌生人，是她枕邊和心中的陌生人。

潔妮娃又在哪裡？

薩琳娜的母親把爸爸的眾多外遇全盤托出時說過，你總是會發現一些枝微末節的小事。在奇怪時間打來的電話。有一次是她清理車子時發現的廉價耳扣。口袋裡的一張餐廳發票，地點位於她不知道他去過的城市。他經常出差；生活中認識不少女人——客戶和同事。所有質疑都被輕易推開。她想要選擇推開；這她承認。她相信萬一她打從心底知道的事情不是假的，就不得不有所行動了。漠不關心，這是她用的形容詞。刻意地漠不關心。

後來，薩琳娜的父親變得囂張，簡直到了明目張膽的地步。母親也越來越盲目，開始出現偏頭痛。薩琳娜記得那扇緊閉的房門，記得她推門走進漆黑的房間時，看見母親躺在床上，一條冷毛巾蓋住雙眼。薩琳娜會鑽進她旁邊的被窩，母親會用纖細的手臂把她擁入懷裡，不發一語。母親肯定非常不快樂。她是怎麼撐下來的？

在父母離婚多年後，母親總算向她和瑪麗索爾坦承她父親的那些外遇時，薩琳娜其實無法理解。她假裝自己理解了，但暗地裡，她心想——媽，妳怎麼可以？妳怎麼可以讓他那樣對妳？她現在理解一個人有辦法再三視而不見，直到再也受不了為止。直到知道得越多卻選擇無作為的痛苦大過擔心接下來可能發生什麼事的恐懼。

星期五晚上，她理應把格雷姆拒之門外。她理應告訴警方，他和潔妮娃有一腿。但孩子們該怎麼辦？

現在又會發生什麼事？

妳有時候會不會希望自己的問題可以莫名地自動消失？

潔妮娃不是問題，格雷姆才是。

她進屋，把門關上。整棟房子感覺異常安靜，彷彿所有人都屏住了氣。孩子們不吵不鬧；電視的聲音隱約從樓上傳來。

「我不必多說什麼吧？」

她嚇了一跳。格雷姆站在客廳和走廊之間的拱門下。「什麼？」

「不管到底發生什麼事，總之與我無關。」

他站在那裡看著她。這一刻，她彷彿是第一次看見他。她的丈夫。不忠的姦夫，不義的騙子。還有什麼是她沒看見的？

「薩琳娜。」他說著，聲音近乎嚴厲。「說點話。」

整個世界天旋地轉。

就在這時，門鈴響了，把兩人嚇了一跳。她打開門，克洛警官站在門前等候。

「墨菲太太。」他說。「我們發現潔妮娃．馬克森的車子停在你們家的路邊。你知道她沒把車開走嗎？」

薩琳娜搖搖頭，喉嚨一陣哽咽。「不知道。」

她連潔妮娃開的是什麼車都不清楚；潔妮娃從來沒有把車停在車道上，而且她總是用他們家的第二輛車載孩子們上下學，一輛新型的速霸陸轎車。

她沿著警官的目光，看見對街停了一輛白色的豐田轎車。附近開始有人聚集。一輛巡邏警車抵達現場。

「你們今天打算去哪裡嗎？」他問。

她搖搖頭。「我會在家上班。」

「妳先生呢？」

他說這句話的方式不知怎地讓她心一沉。「他——目前暫時失業。」

暫時失業？聽起來很可疑。但警官只是禮貌點頭，神情平靜。

「所以，嗯，他會在家。」格雷姆站在玄關的暗處，全身僵硬，動也不動。

「我們可能會再回來問些問題。」警官說。他的語氣是不是有點怪怪的？「請你們盡量不要跑遠。」

「沒問題，我們都會在家。」

警官沿著小徑離開後，她關上大門。

「薩琳娜。」格雷姆說。

她的手機在廚房裡嗡嗡作響。她離開丈夫身邊，立刻進入危機處理模式。她會打給她母親，請她把孩子們帶走幾天，等這一切解決後再說。接下來，她會打給貝絲，告訴她目前的情況——盡可能簡截了當。威爾是一名執業律師；他會是她下一個打電話的對象。並不是說他們需要律師，但有可能派上用場。威爾老愛說，如果警察出現在你家門前，而你不打給你的律師，等於白白交出自己的權利。這聽起來很危言聳聽，非常像律師會說的話。但真正碰到的時候，聽起來就成了可靠的建議。

她拿起手機時，又有一個未知號碼傳來了一串訊息。

嘿，朋友。

妳今天過得怎麼樣？今晚下班後要不要去喝一杯？

對了，我是瑪莎。

火車上那位。

第十四章　安

安用手指來回撫摸纖細手腕上的鑽石手鍊。一條Tiffany的鑲鑽手鍊。鑽石很小，克拉數低，但已經不得了了。肯定超過一萬美金，一萬五左右。窗戶透進的陽光照在鑽石上，在牆壁和天花板投射出彩虹般的繽紛光點。凱特的補償金加上她臉上的表情本來已經足夠，但不知怎地，感覺就是遠遠不夠。

「你喜歡嗎，親愛的？」休說。她愛死了他即使被抓包，即使現在跟凱特的關係已是凶多吉少，他仍然無法抗拒她。這種權力實在令人愛不釋手。

「我好喜歡。」她裝腔作勢地說。「太美了。」

詐騙、騙徒，幾乎是犯罪小說和黑白電影裡才會出現的舊概念。

向海外尋求幫助的奈及利亞王子：給我你的銀行帳戶，我會把我的錢轉給你，給你一大筆錢當作謝禮！三個紙杯的把戲：下一次你就會猜中了！湊數騙局：嘿，老兄！這錢包是你掉的嗎？哇——裡面也太多錢了吧。騙走一個蠢蛋的錢有成千上萬種方法。但她的目的從來不是為了錢，而是興奮感，取得某人信任的那種親密感，拿走他們甚至不曉得自己想付出的一樣東西。而他們確實想要付出。

誰也騙不到一個正直的人。老爹總說。

這句話對也不對。安稍微修改了一下。誰也騙不到一個無欲無求的人，一個不願意為了滿足私欲而踏入灰色地帶的人。

拿休的例子來說，他以為是他引誘了安。但話說回來，難道不是她微妙地、不動聲色地帶領他走到這一步的嗎？表面上，她來到這家公司是為了努力工作，重新做人，像老爹愛掛在嘴邊說的那樣。但難道不是她一眼就看到了有機可乘，甚至是下意識看見的？她很快就知道休是哪種男人。直接勾引他這招不會奏效。他得以為這是他的主意。

偶爾奉承一番：*我從你身上學到好多喔！*偶爾表露脆弱：她故意讓他發現自己與男友分手在哭。（其實根本沒有分手，她也從來沒有真的哭過，尤其是為了男人哭。）在電梯裡站得太近。幾次不小心輕拂他的手。一切是如此細微。她表現得很細微。也許有點太細微了。過了一陣子，她還以為她看錯他了。其實他真的是個忠誠的丈夫，深愛自己的妻子。

直到他把手放上她的膝蓋。從那之後，她的原定計畫直接拋到九霄雲外。

明白我的意思了嗎，孩子？江山易改，本性難移。

休要的是什麼？他要的是受人渴望。他要的是重返年輕。他要的是能擁有一樣不屬於凱特的東西，什麼都好。知道他要的，給予他要的，再一下子奪走——這過程讓人興奮不已。

安和休四肢交纏躺在大床上，飯店房間遠眺中央公園。她縱情窩在精緻的被窩裡，看著香檳杯裡的氣泡。

她讓他傳訊息傳了好幾天。

對不起，安。請原諒我。

我不能離開她。她需要我。她——狀況不太好。

我好想妳。喔，天啊。拜託跟我見個面吧，安。

我走投無路了。

她挺享受的。其實，她滿喜歡休的，這種情況其實並不常見。他是個面面俱到的情人，身材好，大方，溫柔。他願意的話，可以很幽默。安看得出來凱特抓著他不放的原因；多數男人的內心深處都是禽獸。但休不是。休的內心深處只是一個小男孩。

他撥開她眼前的一縷髮絲，輕撫她的臉。「沒有妳，我簡直快活不下去了。」

「這是最後一次了，休。」她說，努力擠出勇敢卻又受傷的表情。「我不是情婦。我以為我們總有一天會在一起，真正在一起。」

「我知道。」他嘆口氣，深深吻了她。「我知道，這對妳不公平。」

這場遊戲，真是太有意思了。

是老爹讓她知道她的美貌是武器。她的身材精實勻稱——不會太瘦。淡褐色肌膚完美無瑕，藍黑色長髮筆直地披在背後。她精心打理自己——除毛、修眉、去角質、做指甲、保濕、定期運動，把自己照顧得好好的。她的美貌有如商品，是人人想要的一樣東西，可以同時用來操控男人和女人。男人渴望擁有她，控制她。女人想要相信這份美貌觸手可及，是她們也能行使的武器。

妳的頭髮是誰弄的？妳的秘訣是什麼？

她朝他撇開頭，露出嬌嫩的脖子，他趁機親了一下。她微微顫抖——他以為是愉悅的關係。

妳現在想玩的是什麼遊戲？老爹想知道。妳已經從他妻子身上得到妳想要的一切了。

是嗎？

對老爹而言，重點在於錢。遊戲玩完了，就快點拍拍屁股走人。但安要的不只如此。她對自己身為木偶操控師的角色很著迷。

妳就是這樣惹上麻煩的。妳不必每次都要在傷口上撒鹽。

「我必須離開這座城市。」她輕輕地說。

「什麼？為什麼？」

「是我妹妹。」她說。「她病得很重，來日不多了。」

「我很遺憾。」他說，褐色雙眼閃爍著擔憂。他是真心誠意的，她不得不承認。以休這種除了自己誰也不在乎的人來說，他是真的關心她。「我能幫什麼忙？」

他不知道她在玩弄他嗎？

最有趣的地方就在這裡，他們幾乎從不懷疑。即使後來弄明白了，仍會自我懷疑，想要相信是自己搞錯。儘管他們被騙已是不可否認的事實，你卻總是可以再繼續多騙幾次。例如戀愛詐騙，那是她的最愛。世界上有許多孤單寂寞的人。當中有那麼多有錢人。他們在網路上尋找愛情，也清楚知道被騙的機率有多高。但他們願意孤注一擲，一試再試。

他們有一種特定的模樣，眼神友善，有點無精打采的感覺。除此之外，還散發著一股希望。有了希望，日子才不至於難熬。休是完全不同的類型：自大狂妄，容易吹捧。

「我必須放棄這裡的家。」她說。「我不知道我什麼時候可以回來。我手上這些錢——我必須拿去照顧她。她——一無所有。她有兩個年幼的孩子，我的外甥和外甥女。」

「有老公嗎？」

「離開了。」她說著，嘆口氣，一臉無助、哀傷。「不是每個男人都像你一樣。」

他再次親吻她。

他的錢包裡有一千塊現金。他把錢遞給她。那條手鍊的淡藍盒子就放在床頭櫃上敞開著。他還給了凱特不知情的信用卡號碼，讓她刷機票和旅館。喔，休，我該怎麼謝謝你才好？

她和他一起淋浴，跪在蒸氣騰騰的浴室磁磚上幫他口交，空氣中瀰漫著薄荷和鼠尾草的氣味。

她喜歡他們全身赤裸、呻吟、無助的時刻。

接著，安看著他更衣，下午的會議已經遲到。不曉得凱特認為他在哪裡？如果他是安的丈夫，一定每分每秒尾隨在後。但也許凱特懶得這麼做。她知道他暫時離不開她。又也許她只是另一個受害人，被她帥氣、迷人、不忠的丈夫一次又一次耍得團團轉。

休在調整領帶的同時，安穿上厚實的睡袍，回到被窩。他從鏡子裡看著她。

「需要的話，把房間留著。」他說。「去做個SPA，趁還有機會好好放鬆。我晚點再打給妳。事情一定有辦法解決的，安。」

她點點頭，擺出脆弱不安的表情。是啊，當你是有錢的白人，事情總有辦法解決。

他走向她，在床邊坐下，把她擁入懷中，給了她一個深長的吻。兩人親吻的那段時間，她讓自己成為他以為的那個女人——愛他、想嫁給他、不得不去照顧生病妹妹的女人。她想像自己是那個溫柔、甜美、痴痴等待他離開妻子的情婦。她能想像她有多脆弱，懷抱多少希望。那種女人會緊抓他不放嗎？她會。他準備抽身時，安又多抱了他一會兒。

「我保證。」臨走前他說。「我們會想出辦法的。」

她送他到門口。門關上時，門鎖發出的喀噠聲彷彿有種終結的意味。

每個騙徒都是方法派演技的高手，老爹總說。讓自己成為謊言的一分子。

而她擅長於此，消失在她扮演的人物之中。她是安．波特——年輕、有野心、有數學頭腦、紐澤西人、畢業於羅格斯大學。她有一個妹妹，一個她疼愛的人。這部分還算屬實，她確實有個妹妹。算是吧。但她妹妹並沒有因為某種不知名的疾病而垂死病中。她也沒有外甥或外甥女。每個角色都有部分的自我，用來幫助她保持真實的小手段。她確實怕高；她喜歡壽司。她母親已經死了。她從未見過她的父親。這些小事一再出現在她的每個角色中。

在安之前，她是艾莉．馬丁，一個不知道自己能否再次愛人的年輕寡婦。在那之前，還有瑪麗．庫夫特，一個尋找失散家庭的孤兒。好多好多的之前。她是一個俄羅斯娃娃，每一層都有不同的面孔，不同的顏色。現在她的頭髮是黑色的——但她也染過金色、紅色、灰褐色。她增過肥，也減過重。她善於改變。唯一的問題在於真正的她埋得好深，如此微小無形，安都快不記得她了。

過去的妳已經消失了。未來的妳——尚不存在。唯一重要的是現在的妳。老爹，是騙徒，是禪師。

妳得到妳要的了嗎？他肯定會這樣問。妳玩夠了嗎？

還沒。

她吃完他們點了卻沒碰過的午餐——繽紛的龍蝦沙拉、全麥麵包配松露奶油、切片草莓。她又替自己斟了一杯香檳，望著烏雲慢慢在樹梢聚集，望著遠在腳下的城市街道。

喝完，她不疾不徐走到浴室，來到先前她架起手機、按下錄影、並在完事後關掉手機的地方。回到床上，她播放影片，看著她和休在淋浴間的火辣畫面。畫面有點模糊，但絕對是他不會錯——特別是那些呻吟聲。她背對著鏡頭。他的呻吟嘶啞、充滿原始的野性，持續了好長一段時間。她不得不佩服自己：耐力是她的強項。接下來，等休拙劣地高潮後，安回頭面對鏡頭微微一笑。那是一抹甜美又淘氣的笑容，彷彿她覺得凱特能理解當中的玩笑。因為婚姻難道不就是終極的耐力賽嗎？

她想像在某種程度上，凱特會對安心懷感激，徹底讓她知道她丈夫是個下三濫。凱特會毅然決然甩掉休。她什麼都不缺，即使現在，她大概也有上百個條件優秀的男人任她挑選。他配不上像凱特這樣的女人。她喜歡這個男人，但他就是個不知悔改的叛徒。

此刻，安舒服地靠在蓬鬆的枕頭上，把影片稍微剪輯一下，甚至套了一個濾鏡——她背部的皮膚在浴室的日光燈底下看起來有點蒼白。

接著，她不疾不徐地獨自沖澡——享受熱水、濃稠的沐浴露，以及水打在大理石磁磚地面上的沙沙聲。換好衣服，她在書桌前坐下，打開筆電。她用休給她的信用卡買了一大堆東西——一雙Jimmy Choo平底鞋、一只Gucci托特包、一副閃閃發亮的Prada墨鏡——她把商品丟進購物車，選擇隔天配送至一個無法追溯到她身上的地址。

她打給客房部，要他們送來更多的豪華洗浴用品，那些帶有清晰黑白標籤的琥珀色瓶罐。服務人員抵達後，安給了那寬臉的年輕女子優渥的小費。女子從推車裡拿了更多東西給她，一邊咯咯笑，一邊用另一種語言說了幾句話。真要猜的話，安覺得是捷克語。安把瓶瓶罐罐塞進滾輪行李箱，連同衣櫃裡沒穿過的睡袍和一些乾淨的毛巾。

她再次上網，寄出幾份電子郵件，處理幾個進行中的身分。

親愛的，好一陣子沒聯絡了，真是抱歉！最近家裡有些急事。晚點我們能聊一聊嗎？

等不及星期六的到來！能夠成為一個家庭的一分子感覺真好。

接著她傳了一封訊息。

這個目標特別固執。她到現在還沒收到任何回應。

安要再更挑釁一點嗎？還是算了？這整件事特別——棘手。這是老爹會用的形容詞。有些人就是太聰明了，第六感太強。或疑心病太重，很難相信人。或他們要的東西不多。結果突然間，你成了那個渴望從目標身上得到某樣東西的人。這向來沒有好下場。安看著她的手機。沒有已讀標示，沒有顯示對方正在打字的三個小點。

此外，狀況有點複雜。有好幾個角色不肯合作。而她插手處理的次數老早多過她的預期。再加上動機……嗯，對老爹而言，動機向來與錢有關。但有時候，安有不同的安排。

她等待。沒有回音。

安把行李打包好，站在門邊準備就緒，對這間高級客房和美景看了最後一眼。*別忘了呼吸。好好享受這些時刻，仔細品嘗。這些美好事物稍縱即逝。*

她聽話照辦。

她揹起包包，把塞滿東西的行李箱拖上藍色長毛地毯，然後趁臨走前做了另外兩件事。

她把影片寄給凱特。檔案挺大的，停頓了一會兒，接著發出咻一聲的療癒音效，影片便傳了出去。

好，她心想。一切大功告成，老爹。

接著，她又傳出一則訊息，替那個頑固目標的前一則訊息加註說明——確保沒造成任何混淆。

對了，我是瑪莎。

火車上那位。

第十五章　珍珠

「所以——妳父親是誰？」

儲藏室悶熱不已，冷氣又壞了。珍珠和查理正在幫書裝箱，忙得大汗淋漓。

「我沒有父親。」過去，她會想像她爸爸是什麼樣的男人，替他編造故事。現在長大了，便沒再這麼做。

「每個人都有父親。」查理說著，看也沒看她一下。他正在填寫運送資料。他的字非常工整。

「不是每個人都有。」她說。

他隔著眼鏡看她。「以生理學的角度來說，是的，每個人都有父親。」

「我不知道。」珍珠不耐煩地吐一口氣。她不是特別喜歡這個話題。

「妳母親沒跟妳說過嗎？」

「她不確定。」她說。「有好幾個人都有可能，你知道我媽的德性。」

他安靜片刻，她以為他就此放過這個話題。

「妳難道不好奇嗎？」他問。

她剛裝完一個紙箱，用膠帶封好，接著兩手一攤。

「對一個不知道有我這個人存在的男人好奇？說穿了他就是個捐精者。」

查理聳聳肩，仍隔著眼鏡凝視她。

「你知道嗎？有些人對真正的捐精者都會好奇。」他說。「想知道自己是從哪裡來的很正常。」

「過去不重要，我媽總是這麼說。我們能把握的只有當下。」

「真成熟。」

「我只是不在乎罷了。」她不悅地說。他一旦開啟一個話題，就無法讓他閉嘴。「你見過她交往的男人是什麼樣子。就算我真的找到他又如何？萬一他又是一個全身刺青、綁著丸子頭的大塊頭怎麼辦？萬一他是做行銷的怎麼辦？」

查理放聲大笑。他們正在打包準備退貨的書，裝箱，封好，印出地址標籤。每次有新書抵達時，他們總是滿懷希望，把暢銷書、艱澀的文學書、新出版的非虛構小說一一上架。每本書整潔硬挺、未經拆封，等待它的讀者。過了一段時間後，如果沒賣出去，這些書就得打道回府，再由出版社退錢。

珍珠發現被退回去的書似乎越來越多。儘管查理努力在提升客流量，但店裡多數時候門可羅雀。媽交了新男友；但查理沒有跑掉。他打理書店，照顧珍珠——載她回家，替她張羅晚餐。他甚至幫忙檢查她的功課。查理在她的生命中待了才不到六個月，卻比任何人都像她的父母。她把這個想法放在心裡。

「妳媽今天沒過來。」查理說。他把紙箱黏好，封住箱裡那些書的命運時，封箱膠帶發出響亮的嘶嘶聲。寄回發貨人。

昨晚珍珠做了個惡夢。夢裡許多咆哮聲，某種響亮的撞擊聲。一記尖叫。她嚇得驚醒。但走出房間時，房子安靜無聲。母親房間的門縫底下透出微光，房內放著音樂。她知道最好別敲門去尋求安慰。到了早上，她沒看見史黛拉，但聽見廁所傳來沖水聲，還有洗澡的放水聲。

珍珠吃了一碗含糖麥片，出門搭公車；後來一直沒再去想她的母親。

「昨晚熬夜吧？」

查理個子雖然不高，卻非常強壯，搬重物、堆箱子都不成問題。

「店裡生意很差，珍珠。」他說。「我一直想跟她談，但她不肯聽。」

「店裡的生意沒好過。」珍珠說。「這是一家書店，生意不好才正常。」

「是啦，可是整年都是赤字。」

珍珠聳聳肩。母親是如何打平收入的秘密，她向來不感興趣。妳的任務是負責當個孩子，其他事情由我來煩心就好，不具母性的史黛拉經常說出像這樣有母性的話。

「逾期帳單有一大疊。」查理說著，搖搖頭。「抱歉，我不應該跟妳說這些。妳只是個孩子。」

「書店的產權是她的。」

這裡是位於城裡治安較差的一間大倉庫，一個本應轉型仕紳化卻沒成功的區域。過去在史黛拉的生命中曾經有個人會給她錢，很大一筆錢。每次她手頭緊，就會去找他，他總是會幫忙度過難關。珍珠不曉得他是誰，也不曉得他為什麼給史黛拉錢。史黛拉稱他是「施主」。不過她一陣子沒提到他了。

「是，可是她還有一張稅金帳單沒繳。」查理說。

珍珠聳聳肩。

「算了，我再跟她談談吧。」查理手一揮說。「以我對史黛拉的了解，接下來該怎麼經營她會有計畫的。」

有人了解史黛拉嗎？

珍珠拿著一本原封不動的平裝書。封面上，一個身穿碎花洋裝的無臉女子如夢似幻地飄過一間濱海小屋。她把書放進紙箱，與其他書堆作伴。

珍珠看著查理打包封箱，扛扛走走。她假裝自己沒在看他，假裝沒注意到他不時也在看她。她不知道他年紀多大；他看起來沒比學校的高年級生大多少——他身形瘦長，眼睛很漂亮，鬍子總是刮得乾乾淨淨。他有細長的鼻子和寬厚的嘴唇，沒笑的時候看起來非常嚴肅。

「那你父親呢？」珍珠問。他鮮少談到自己，談他的家人，或他從哪裡來。只有零星的隻字片語。

「我父親是個禽獸。」他說著放下一個紙箱。

「真的嗎？」

他轉向她，用前臂擦去額頭的汗水。「是的。他是酒鬼、毒蟲、一個騙徒。」

「很遺憾。」

「他已經死了。」他在推車上再放了一個紙箱。他的表情平靜，沒有一絲不安，彷彿只是在陳述事實。「那你媽媽呢？」

「她也不在了。」他用膠帶封好最後一個紙箱。

「就只有你。」

「對，孤兒一個。不幸家庭中的獨子。」

「真是——爛透了。」她說。不然她還能說什麼呢？

他聳聳肩。「是你的就是你的，生氣也沒用，對吧？這是哪本書說的？粉紅控？」

粉紅控講的是一個被寵壞的女孩為了杯子蛋糕而抓狂的書。

「可是她超生氣的。」

查理用一貫世故的表情揚起微笑。

「結果她的下場如何？」他問道。

「我記得她害自己生病了——或之類的。」

「這就對了。」他肯定地點頭，於是珍珠笑了起來。他把推車推到大門口，好讓送貨員把紙箱取走。夕陽西下，書店空無一人。放學過後的人潮已經逐漸消散。即興表演夜在他們停止贈送打從一開始就負擔不起的免費酒水後，觀眾也開始人去樓空。

回家途中，他們順道買了中國菜。他把車停在屋前，送她進去。他提著食物和她沉重的背包。她打開大門。

「我得去跟妳媽談談。說不定她願意跟我們一起吃晚餐。」

他準備離開了，她看得出來。他出現每當大人準備讓你失望時會有的那種故作鎮定的悲傷表情。史黛拉把他利用完了，她大概是停止付他薪水之類的。她就是這種人。她對別人予取予求，等他們失去利用價值，她就立刻把他們請出門外，不在乎他們用走的或跑的，是哭是叫。

我從未開口跟你要過任何東西，珍珠不止一次聽見史黛拉對著生氣的男友或鄰居朋友說。這話說得沒錯。史黛拉從來不需要開口。

然而他們進屋時，房子漆黑又安靜。珍珠開燈，查理把背包放下，帶著晚餐走進廚房。珍珠早餐吃的餐盤仍放在原位。

有事不對勁。她能感覺到頸背的寒毛直豎，難以呼吸。

「史黛拉？」查理大叫出聲。

他們的目光在昏暗凌亂的廚房下相遇，某種默契一閃而過。她甚至說不出來是怎麼回事。是一種不言而喻的領悟，意識到一股能量的微妙變化。多年後，她經常想起那一刻。每一次都代表著不同的意思。

他匆匆與她擦身而過。她聞到他的氣味——肥皂和紙張。珍珠動也不動站在原地，聽著他的腳步聲在各個房間穿梭。

他震驚地大叫出聲，聲音帶著絕望的顫抖時，她仍如石頭一般愣在那裡，動彈不得，無法思考。時間靜止了。

喔，天啊。喔，史黛拉。不！喔，不、不、不、不。

珍珠跟隨他的哭嚎聲，全身顫抖地來到房門邊。查理跪倒在床邊。史黛拉呆滯地瞪大了眼，雙眼充血無神，頸子因為瘀青而黑了一片。珍珠覺得一部分的自己也死了。

第十六章　薩琳娜

她把車停進母親家的車道上，兩個孩子在後座異常安靜。她從後照鏡看見史蒂芬正在打瞌睡，奧立佛則是望著窗外，眉頭緊皺。

「一切都很好。」她說。「只是臨時去外婆家拜訪一下。」

奧利佛在後照鏡與她四目相交，模樣比實際年齡成熟得多。史蒂芬就像一輛玩具小卡車，矮矮胖胖、吵鬧魯莽、專注在自己的小世界裡。但奧利佛是個觀察家。他那一臉不信、近乎藐視的表情，就跟她企圖保守聖誕老人的秘密或向他保證他有一天會喜歡球芽甘藍的時候如出一轍。

「好吧。」他說。

她抬頭看房子。母親柯拉就站在門邊揮手。她是個嬌小的女人，薩琳娜每次見到她，總覺得她又更嬌小一些。柯拉和瑪麗索爾都是屬於袖珍型的女人。薩琳娜則是高挑健美那一型的。她在心底總是希望自己能像姊姊一樣嬌小。柯拉的第二任丈夫保羅高高站在她的身後，簡直佔滿整個門框。

「保羅！」奧立佛叫著鬆開眉頭，換上大大的笑容。史蒂芬一下子驚醒，昏昏沉沉的。

保羅是個善良開朗的大個子，孩子們非常喜歡他。他總是給人溫暖的擁抱，揹著孩子們玩耍，是那種會陪他們組樂高，帶他們去遊樂場蹦蹦跳跳一整天的外公。他喜歡說他沒有自己的孩子或兒孫，所以對這一切很新鮮。他對她和她姊姊，以及她們的孩子非常大方。薩琳娜覺得很溫馨，因為她真正的父親是個沒耐心的王八蛋——總是覺得孩子很煩，愛製造噪音，打打鬧鬧，餐桌禮儀很差。罵人和皺眉是他的標配。他覺得他們被寵壞了，叨叨絮絮對薩琳娜和格雷姆說他們缺乏紀律，作息不正常，到頭來讓自己變得更難相處。最後他又會納悶她們為什麼那麼冷漠，抱怨她們不常來看他。

柯拉和保羅來到車旁迎接薩琳娜。保羅給了她一個大擁抱，在她背上拍了拍，接著拿起孩子們的行李和一大箱玩具，帶他們進屋。柯拉也給了薩琳娜一個擁抱。

「我相信只需要幾天的時間。」薩琳娜說。她的雙肩有種甩不掉的沉重，強烈的疲倦感拉扯她的大腦。

「只要妳有需要，我們隨時都在。」她說。

進屋後，柯拉和保羅帶孩子們在他們的專屬房間安頓下來，隔壁是表兄姊莉莉和賈斯柏的房間，以一間共用浴室相連。保羅說他會照顧兩個孩子，於是薩琳娜和母親走進廚房，在那裡，薩琳娜把所有事情一五一十告訴她。外遇的事，潔妮娃沒來上班的事，但省略了火車上的女人。

「全是一些瘋狂的小事。」她聽見自己說。「只是一場誤會。」

這仍有可能，對吧？她抽了一張柯拉遞給她的衛生紙，輕擦雙眼。

柯拉把披在身上的藍色喀什米爾圍巾拉緊。「但他和她上床？」

薩琳娜轉向廚房的門，母親已經把門關緊。孩子們有可能偷偷靠近，尤其是奧立佛。

「對。」薩琳娜承認。她感覺自己兩頰漲紅，眼眶再次泛淚。「他和她上床。」

母親牽起她的手。

「但妳不認為——」

「他和她的失蹤有關？不。」薩琳娜說著，一陣不寒而慄。「我當然不認為。」但不用說，如果事情傳開了，所有人一定會這麼想。話雖如此，這事仍可能不會發生。潔妮娃會出現的。這一切都將是虛驚一場。就算潔妮娃的車整個週末都在那裡、放姊姊鴿子又沒來上班又怎樣？她可能只是認識了某個人，縱酒狂歡去了。這不無可能，對吧？即使是像潔妮娃這樣的乖女孩。況且到頭來，她也不是那麼乖，對吧？跟格雷姆上床，現在又傳聞與前任雇主有染。所以，說不定潔妮娃私底下完全是另外一個人。這是常有的事。

「不，我不認為。」薩琳娜又說了一次，在母親的沉默之下態度堅決。「媽，他雖然是個巨嬰，但不是禽獸。」

「他當然不是了。」母親拍拍她的手，溫柔說道。

她想起他站在陰暗處，那張高深莫測的表情。也許格雷姆私底下一樣是完全不同的人。而她，就像母親一樣，是個漠不關心的妻子，忙於工作和家庭，陷在內心思緒的風暴中，完全沒看見眼前的一切。正如某支影片中，背景有一隻大猩猩在跳舞，觀眾卻專心在計算籃球的傳球次數。幾乎沒人看見大猩猩，只是全神貫注地盯著彈跳的橘色球體。

「薩琳娜。」母親說。「妳有在聽嗎？」

「抱歉。」她說著，回過神來。

「妳需要一位律師，親愛的。妳得聯絡威爾。」

「我已經打電話給他了。」她說。「我們約了一小時後會碰面。」

這令她心痛。打給她體貼忠誠的前男友，同時也是善良、英俊、事業成功的刑事辯護律師。

是啊。她怎麼會想跟那種人共度一生呢？

母親把一縷銀灰色髮絲勾到耳後，低頭看著兩人之間的餐桌。

「我每次回想起自己在婚姻中犯的錯，總是很羞愧。」她說。「我以為我是在保護妳們。我對真相視而不見，為了一個不值得的男人找藉口。」

「我沒有。」薩琳娜說。她不喜歡她那防備的語氣，整個人充滿戒心。「我知道他的為人。」

廚房中島上有一張所有人的大合照——薩琳娜、格雷姆、史蒂芬和奧立佛、瑪麗索爾、她現在的前夫肯特（又一個外遇的渣男）、賈斯柏和莉莉。那是去年的聖誕節。不到一年前，家族還很完整。

「過去的日子，一個女人會為了孩子而勉強維繫婚姻。」她說。「但現在我們知道，孩子們在如此醜陋的婚姻中成長有多麼毒害身心。」

「媽，拜託。」她說。她真的不想談論母親的婚姻，不想探討那場婚姻有如毒藥，至今所有人仍然深受其害。「這些我們都聊過了。妳做了當初認為是對的事情，現在的我也一樣。」

柯拉握住薩琳娜的手。

「妳們兩姊妹很堅強。」柯拉說。她的手摸起來很瘦弱，但手勁很牢固。「比我堅強多了。」

真的嗎？一段不幸的婚姻，是留下需要更多勇氣，還是離開？

「這是什麼意思？」

「意思是妳不會重蹈我的覆轍。妳不必如此。我們都在妳身邊，支持妳改變。」

薩琳娜發現她不敢直視母親的雙眼。她不想讓母親看見她有多害怕，多不知所措。她接下來的人生宛如走近一道即將墜落的懸崖，只能祈禱她有翅膀飛越了。

「我們對那些來收容所的女孩說我們主要的目標是給她們時間、空間和安全感去尋找一個新的生活方式。」柯拉說。「她們很多人一無所有。而妳什麼都有。」

柯拉和保羅在市中心的女子收容所當志工，保羅同時在自殺預防熱線輪班。他們是幫助他人不求回報的那種人，兩個都是。但她的話惹怒了她。

「我不是受虐婦女，媽。」

她想起她拿機器人玩具丟向格雷姆的時候，他就只是站在那裡概括承受。這不是第一次了。有一次，她狠狠甩了他一巴掌。

「虐待有各式各樣的定義。」柯拉說。「我恨不得當初有人能對我說，嘿，我會幫助妳找到辦法擺脫這個爛攤子。這就是我現在要告訴妳的。」

薩琳娜不知道該如何回答，謝謝兩字與恐懼和她受損的自尊纏成一團，讓她吐不出口。所以她只是站了起來。

她得去警局與格雷姆和威爾見面，警方安排他們過去回答一些問題。她和格雷姆協議不提起他和潔妮娃搞外遇的事。格雷姆已經刪除電腦和錄影應用程式裡所有的影片。

如果警方真的來搜查，他們會發現那些檔案，也會知道是我刪除的，他說。

他說得沒錯。她研究過。顯然，像Oxygen Forensic這類的軟體可以讓警方找回已刪除的檔案。或許警方能透過攝影機製造商取得那些影片，他們很有可能把影片儲存在公司的雲端。當然，他們會需要搜索令。她祈禱事情不會發展到那個地步。

她為什麼讓他這麼做？她為什麼不逼他向警方老實交代一切？因為她不能。她不相信他會傷害潔妮娃。但那些影片會形成一種輿論，容易讓警方做出一些不利的假設。

什麼也別給他們，威爾也同意。讓他們自己來找。除了你們已經告訴他們的事情之外，別回答他們任何問題，等我過去。一個字也別說。清楚了嗎？

這不會讓我們看起來有所隱瞞嗎？

表面上看起來怎麼樣不重要，重要的是別說出任何讓他們可以用來傷害妳和格雷姆的言論。

威爾實事求是的冷靜態度向來是讓薩琳娜討厭的特質之一。她個性火爆——容易生氣，急著反抗，解決問題，彌補過失。他則是字斟句酌，冷靜到了讓人昏昏欲睡的地步。如今，他那平靜的語調卻令她感到安心。

一切都會迎刃而解的。別擔心。

也許他對每個客戶都是這麼說。因為他怎麼可能知道呢？也許他只是自以為了解他們，了解格雷姆。這些年來，他們倆漸漸接受對方，發展出某種友情。薩琳娜也與威爾當時的妻子處得越來越融洽。貝拉為了另一個女人離開威爾。可憐的傢伙。薩琳娜有時候仍會在星期六的早晨瑜伽課見到貝拉。她的身材苗條又精實——她的新女友也不例外。

「薩琳娜。」母親說道，再次把她喚回現實。她似乎無法集中注意力。「妳有在聽嗎？」

「沒有。」她說。「抱歉。」

母親重複一遍，灰色眼眸似乎突然變得很累，略顯倦色。

「如果妳堅持，就陪他走完這次的難關。」她說。「但別留下來。這不值得。他不會停止的。妳永遠以為這是最後一次，但只有等妳離開他才會是最後一次。」

她看著柯拉佈滿皺紋的臉上那張嚴肅的表情，覺得腸胃一陣翻攪。她看得出來這件事的進展可能有多難堪。外遇已經夠糟了，一場天崩地裂的大事。但現在有個女孩失蹤了。她和格雷姆對警方隱瞞事情。某個有毒的東西滲進了他們的生活。他們對外界呈現的一切，她為他們計畫的未來——如今都籠罩在傷痕累累的灰色陰影中。

她拿起包包，走進客廳親吻兒子。史蒂芬無關緊要地跑開，繼續他們和保羅玩到一半的遊戲。但她在奧立佛面前蹲低時，他緊緊抱著她。如果說史蒂芬比較像格雷姆，那奧立佛就是像她。她吸著他的氣味，感覺他的體溫。

「要多久？」他輕聲說，吐在她脖子上的氣息暖洋洋的。

「不會很久。」她說。「我保證。」

她沒說她考慮今晚回來這裡。她晚點兒再做決定。這棟溫暖的豪宅也有一個屬於她的房間。沒錯，她很慶幸自己和孩子能有一個安全之地。不是每個身陷麻煩的女人都有這種待遇。

「我——」他開口。但薩琳娜在他還沒說話前打斷他——我不想留在這裡。或我想跟妳一起走。因為她已經夠內疚了。

「我會在睡前打電話給你。」

「媽。」他說。

「奧立佛，拜託，我已經遲到了。我愛你，親愛的。你越快放我走，我就能越快回來。這一切很快就會結束了，好嗎？」

他垂下目光，點點頭。「好。」

她開車離去前，看見奧立佛和母親在窗邊揮手道別。房子消失在後照鏡後，她又讓自己大哭一場。等紅綠燈時，手機發出聲響，她從包包裡撈出來。

也許我們應該見面喝一杯？我很希望能繼續先前的話題。

接著，又是叮的一聲。

對了，我是瑪莎。火車上那位。

第十七章　薩琳娜

廚房燈光昏暗。威爾和格雷姆坐在餐桌前——威爾脫掉外套，靠著椅背，格雷姆則把臉埋在手心。

有那麼一瞬間，她不禁對她的老公一陣同情。但那瞬間稍縱即逝。

薩琳娜凝視掛在廚房另一頭工作區上方的軟木板。上面釘滿孩子們的美勞作品、感謝卡、照片、折價券、黃色便條紙——日常生活的種種片段。

薩琳娜坐在中島邊的一張高腳椅上，與兩個男人保持一段距離。她開了一瓶卡本內紅酒，現在已經喝到第二杯。他們在警局待了三個小時，分別待在不同的偵訊室接受警方質問。她覺得頭暈目眩，神經耗弱。他們怎會淪落至此？她一直等著從惡夢中醒來。

「好消息是現在沒有太多證據證明潔妮娃遭遇到任何不測。」威爾輕鬆地說。「就我感覺，警方不認為她的失蹤與你們有關。你們是雇主，是最常見到她的人，也是最後一次看見她的人。在某些方面來說，你們是最了解她的人。」

格雷姆點點頭，仍舊沉默不語。

「所以警方想找你們談話合情合理。」威爾繼續說。「目前，他們只是在做些基本工作。」

威爾來來回回看著他們。他的五官端正——高高的顴骨、細長的鷹勾鼻，刻意留著一頭蓬亂的金色捲髮，那雙灰綠色的熾熱雙眼有如雷射光。他善於解讀人們的表情和肢體語言。他們以前在交往時，他總是知道她什麼時候心情不好或有事憋在心裡不說。他目不轉睛看著她，她則低頭看著酒杯。

「你們有什麼沒告訴我的嗎？」最後，見他們兩人都不說話，威爾便說。

充滿果香的濃醇紅酒在她的血管流動，製造暖意，消除了緊繃的肩頸。

「格雷姆和她上床。」薩琳娜說。格雷姆一下子抬起頭來，驚訝得彷彿她剛剛拿電擊棒電他。威爾的目光來到她丈夫身上，冷靜，毫不意外。

「這樣啊。」

「我在監視器上把他們逮個正著。」薩琳娜說。

她又喝了一大口紅酒，然後再斟了一些。

「好吧。」本來坐姿慵懶的威爾挺直身子。「影片在哪裡？」

「刪掉了。」格雷姆說。「從薩琳娜的電腦和應用程式裡刪掉了。」

威爾揚起眉毛。「那些影片現在仍有可能存在雲端。」

「我知道。」格雷姆說著，又把頭埋進手心。

「你和褓姆上床。」威爾說。「而現在她失蹤了。」

這些話意有所指，讓他們之間的氣氛沉重。

「那不重要。」格雷姆說。「只是件蠢事，一時沖昏了頭。」

「別再說了。」薩琳娜厲聲說。「那件事對你而言重要還是不重要有差別嗎？」

她丈夫眼神哀戚地看著她。曾幾何時，那個神情可以讓她融化。為了讓自己擺脫麻煩，這招他用過多少次了？今晚，她才看見那個神情一直以來的真實模樣。虛偽、做作。現在，這個神情只會讓她生氣。

「不是的。」他說。「對不起，薩琳娜。」

薩琳娜能感覺到威爾在看她，雖然她在凝視格雷姆。格雷姆垂頭喪氣、心如死灰的模樣，彷彿隨時可能從椅子上滑下來，在地上變成一灘爛泥。

她總算轉頭看著威爾時，幾乎能讀到他的心思。

妳為了這傢伙離開我？

過去幾年，她也好幾次萌生同樣的念頭。當她的婚姻陷入危機之際、在威爾離婚的時候。他們的友情隨著時間越來越深厚。

當初要是我們在一起是不是比較好？

可能吧。但那時，沒有奧立佛也沒有史蒂芬。威爾和前妻沒有孩子，所以他不明白後悔與別人結婚這件事有多複雜。

「威爾，老兄。」格雷姆用他最真摯的「情義」語氣說。「不管她在哪裡，都與我無關。我們說好不再亂搞了。這沒什麼——真的。我們之間沒感情，沒火花。她沒有任何威脅。」

「是啊，事實正好相反。」薩琳娜說著，再啜飲一口紅酒。「她等不及從你身邊逃走。」

威爾對薩琳娜舉起手。「我們所有人都冷靜點吧。」

但薩琳娜不想冷靜。

「她大概只是想離開這個愚蠢的城市，離這些偷吃的老公和在外工作的無知妻子遠遠的。」

她說。

酒精讓她變得充滿攻擊性；這是眾所皆知的事。她把酒杯推開，接著又拉回來喝了一口。

「妳指的是塔克那家人。」威爾低頭看著筆記說。「潔妮娃和艾瑞克．塔克有染。據塔克先生的說法，似乎有勒索信的存在，要一輛新車堵嘴，然後她就辭職。」

她的前雇主塔克家所謂的「問題」包括了婚外情和敲詐。

顯然，潔妮娃那張優秀履歷上的其他推薦人都不是真的。根據克洛警官的說法，很多電話號碼打了不是沒人接，就是被切斷。電子郵件也被擋了回來。

「妳有聯絡上面這些人嗎？」警官曾經問她。警方沒有帶她到跟格雷姆一樣的地方拷問她。他被帶進一間偵訊室，由威斯特警官和威爾作陪。薩琳娜則是被帶到克洛警官無窗又狹小的辦公室。

克洛給了她一張又硬又難坐的椅子和一瓶水。她緊張地坐下，仍穿著她本來要穿去上班的衣服，裙子上的腰帶勒得難受。

「我認識塔克夫婦。」她告訴他。「我寫信給他們。他們說她是個優秀的褓姆，孩子們都很愛她。而且我早就認識潔妮娃了，在公園認識的。」

他低頭看著面前的文件，然後遞給她。

「那其他人呢？妳到底有沒有跟這些人說過話？」

她看一眼他遞來的清單；她已經好一陣子沒看見這些名字了。

「我給姓倫斯的這家人寄了一封電子郵件，但沒有收到回信。」

他皺眉看著她。「妳不覺得很奇怪嗎？」

不，當時的她不覺得奇怪。男人不懂。他們不懂生活是多麼匆忙混亂，電子郵件一封封湧入信箱，大小瑣事一件件閃現眼前——工作上的、學校裡的、家庭中的。看醫生、看牙醫、理頭髮、這邊請求捐款、那邊邀請參加生日派對。她不覺得沒收到回信很奇怪。事實上，她大概根本忘了她有寄出那封郵件。聯絡推薦人只是一種形式。她很了解——或自以為了解——那個她請回家照顧孩子的年輕女人。

「我認識潔妮娃。我習慣憑直覺行事。」

「那過去，妳的直覺有幫上妳嗎？」

這句話充滿濃濃的諷刺意味，帶著些許憤怒。她置之不理。

「還可以。」她說。還可以。真的嗎？端看目前的情況，大概不是真的。

克洛就是這時告訴她那封勒索信的事。他告訴她潔妮娃和艾瑞克．塔克有染。依塔克夫婦的說法，她威脅艾瑞克給她封口費，否則就告訴他老婆。她想要車子；艾瑞克買了一輛給她。艾莉莎．塔克最近發現了這筆消費。她納悶怎麼會有男人以為他買了車還能瞞過自己的妻子？格雷姆連去星巴克買咖啡都會傳來消費紀錄的通知。

「這真是——太可怕了。」薩琳娜說。

真是難以置信，跟她以為她所認識的形象不符。這表示潔妮娃，這個去公園總是隨身攜帶額外的濕紙巾或金魚餅乾的女人，也是個會敲詐別人的傢伙。但話說回來，薩琳娜見過潔妮娃和她丈夫的影片，當時的她也難以接受。那總是面帶微笑的親切好人，既是能幹的員工、體貼但堅定的褓姆、彬彬有禮的雇員，同時也是跟辛勤職業婦女的老公上床的女人。

潔妮娃是變形金剛，是女演員。薩琳娜不是唯一一個被愚弄的人。

「塔克夫婦是潔妮娃失蹤案的嫌疑犯嗎？」薩琳娜問。

嫌疑犯、失蹤案，這些都不是她想從嘴裡說出來的話。

但克洛沒有回答，只是繼續往下問。

「所以，你們家沒有發生類似的事？」

「沒有。」她說謊。「她是很棒的褓姆。認真負責，對孩子有一套，家務、雜事等等都做得很好。」

她覺得口乾舌燥。警察是不是會知道你何時在說謊？他們是不是有接受過類似的訓練？她發現自己在跺腳，緊張時的舉動。她蹺起二郎腿，強迫自己停下來。他有注意到嗎？

「但妳丈夫天天在家，對吧？妳為什麼還需要請褓姆呢？」

她輕笑一聲。

「好問題。」她微微翻個白眼，尋求同感。但他面無表情，直視著她。她清清嗓子。「格雷姆在找工作，我們不打算讓他長期待在家。而且他需要有空檔面試。」

聽起來像屁話。因為確實就是屁話。格雷姆從頭到尾不僅沒照顧孩子，沒上班，甚至沒有在積極尋找下一份工作，不是嗎？

「他丟了上一份工作，對嗎？」他的口氣聽起來充滿質疑。

「他被解雇的。」薩琳娜說。「他的部門被解散了。」

「真辛苦。」

她不喜歡他語氣中的憐憫。

「天有不測風雲。」她僵硬地說。

他草草寫了些東西，雖說他告訴過她這場對話會錄音。

「妳不擔心妳丈夫和褓姆整天獨處在一個屋簷下嗎？」

「不。」她說。「我不擔心。」

「你們的婚姻狀況大致如何？」

「很好。」她說著，全身僵硬不已，只要強風一吹，她就會斷成兩半。「就像任何結婚很久的夫妻一樣好。我們——很快樂。」

她環顧他的辦公室尋找一些私人物品——照片、孩子的黏土作品、球隊隊旗之類的。但她一無所獲——只見一疊疊的文件、一台筆電、手機、插滿筆的舊馬克杯。檔案櫃上方擺了一盆枯萎的植物。

「沒有發生過婚外情？」他追問。

「這有關聯嗎？」

這個問題涉及隱私，像在打探什麼，他可能也正有此意。威爾陪同格雷姆進去，但分開前，他叮嚀她別向警官提供任何消息。他提議聯絡一名同事跟隨格雷姆，他留下來陪她。但她只是揮手打發他。她告訴他，她沒什麼好隱瞞的。否認、犯蠢、絕望，也許三者皆是吧。

「鑑於目前的情況，我想有關聯。」他看著她說。

「沒有。」最後她說。「沒有婚外情。」

她是不是應該數一下?數一下她說了多少謊?是了,最好買一本筆記本,把她對自己和其他人說過的謊言全部記錄下來。肯定很實用。

「潔妮娃會不會就只是出城了?或許她認識了什麼人?對褓姆的工作厭煩了?我是說,現在沒有跡象暗示她遭遇不測對吧。」

「此時此刻,什麼都有可能。」警官說。「不過,那輛車挺令人擔心的。為什麼她會丟下她的車呢?」

她心想,一個人做一件事有千百種理由,是那些生活安穩的人可能從未想過的理由。那些記得鎖上門窗、保護自己安危的人,那些辛勤工作支付開銷的人、那些為了孩子的教育費拚命存錢的人——那些不會跟別人的老公上床,然後藉此勒索他們買車給她的人。

比起他們家,警方照理應該對塔克一家更有興趣才對,但她不打算這麼說。她才不會為了轉移警方對自己的注意而把另一個家庭推入火坑。但,真的嗎?除非到了萬不得已的地步。

「就我目前所知,」威爾開口說,把薩琳娜拉回現實。「警方其實沒多少資訊可以繼續辦下去。潔妮娃失蹤了,但尚未有證據表示與謀殺有關。到目前為止,她可能只是個普通的詐欺犯。處心積慮進入不同的家庭,從他們身上得到想要的東西後就消失。也許是塔克太太發現那輛車的事,跑去跟她對質。也許潔妮娃覺得她從格雷姆身上可能得不太到什麼,該離開了。」

他們三人坐在那裡——格雷姆呆滯地凝視前方,威爾和薩琳娜目不轉睛看著彼此。

「你們家有什麼東西不見嗎?珠寶?現金?藥品?」

薩琳娜聳聳肩。「我想沒有吧。我會檢查一下。」

威爾在座位上挪動身子，手指在桌面上敲打。

「我猜，如果沒有進一步的證據證明她遭到謀殺，也沒出現她的屍體的話，警方就不得不放棄這件案子了。」

「出現她的屍體？」薩琳娜震驚地說。「怎麼能說這種話？她是人耶。」

他聳聳肩。

「我只是說說。」他替自己辯護。「除非發生那種事，否則警方使不上力。拋棄自己原本的生活算不上一種罪。至於勒索信、新車等等——是她和塔克先生各執一詞的局面。她可以說那是他送她的禮物。」

「萬一他們帶著搜索令回來，想搜我們的電腦或檢查監視器的應用程式怎麼辦？」格雷姆說。

「機率不高，除非是調查謀殺案——但目前尚未走到這一步。萬一事情發生了，我們就必須重新評估，決定是否要坦承外遇的事，還是讓他們在搜查期間自行發現。」

「所以——接下來該怎麼辦？」薩琳娜問道。

「接下來是最難熬的部分。」威爾說。「繼續忙自己的事，等著看接下來會如何。除非她姊姊繼續施壓，或有媒體來攪局，或是案情有進一步發展，不然我猜這件事應該就不了了之。」

她燃起一絲希望。

妳有時候會不會希望自己的問題可以莫名地自動消失？

說不定有時候真是如此。

格雷姆看起來快吐了。最後，他起身離開廚房。薩琳娜聽見他一屁股坐在沙發上。下一秒，電視打開。她看向威爾，那雙熾熱的雙眼高深莫測。他開口彷彿準備說話，後來又把嘴閉上。

「我該走了。」最後他說。

「我送你出去。」

「這件事謝謝了。」她站在他的車旁說。「很抱歉把你扯進我混亂的生活。」

外頭空氣沁涼，風勢強勁，大街上成排高聳的橡樹沙沙作響。街坊家中燈光熠熠，呈現溫潤靜好的景象。

「很遺憾這種事發生在妳身上。」他靠在他最新型的黑色BMW引擎蓋上說。「妳值得擁有比這更好的日子，薩琳娜。兩個孩子也是。」

她搖搖頭，雙手環抱腰間，不敢出聲。她回頭看一眼她的房子——孩子不在家，出軌的丈夫躺在裡頭的沙發上。她年輕時要的是什麼？她腦中的想像是什麼？絕不是現在這個樣子。

「妳打算怎麼做？」他問，語氣低沉溫柔。

「我不知道。」

他把手搭上她的肩膀。

「有我在。」他說。「妳知道的。我們是這麼久的朋友了，這不會改變。」

「謝謝。」她輕聲說。

他始終有股吸引力；那股牽絆、那份愛慕，從來沒有消失。她只是選擇了另一個人。這就是人生——人生就是一連串的選擇和後果。格雷姆的魅力在哪？他放蕩不羈，反觀威爾一本正經。他與她心中渴望冒險的那個自己一拍即合——像去玩高空跳傘和空中飛索。威爾做事腳踏實地，也希望她和他一樣。威爾總是那個鞭策她的人——要她在學校用功念書，要早睡早起，要運動健身。格雷姆會狂歡一整晚——他們會一起去夜店，及時趕回家沖個澡、小睡一下，然後出門上班。與格雷姆在一起的日子很有趣——臨時起意的拉斯維加斯之旅、奢華晚餐、大肆血拼他們負擔不起的東西。威爾沒有驚喜，只做正確的事。他儲蓄、討厭負債、只買他買得起的東西。

她選擇格雷姆的理由，當初看起來似乎很合理，如今只覺得幼稚。她想趁年輕時活得刺激精采，不給自己設限。她還沒準備收心，過一個她從開始到結束都已經知道的生活。格雷姆讓她快樂，她瘋狂愛著他。她也愛威爾，但就是——不一樣。

「前幾天晚上我遇到一個人。」她說。威爾的表情讓她不得不澄清。

「不。」她說。「不是你想的那樣。前幾天晚上在火車上，我遇到一個女人。」

他輕笑一聲。「這句話我之前也聽過。」

「別鬧了。」她微笑說。「她一直——傳訊息給我。」

他皺起眉頭。「傳什麼？」

她把火車上的相遇、奇怪的氣氛、為什麼她不得不把她的生活告訴這個陌生人，以及那女人對她說過的話，一五一十解釋給他聽。她也一直忽略她傳來的訊息。

「你有給她你的電話號碼嗎？」

「沒有。」她說。「我沒給，我連我姓什麼都沒告訴她。」

威爾的眉頭皺得更深了。「真怪。」

「我想說跟你說一聲，因為外面有個人知道格雷姆有外遇，或至少知道我懷疑他有外遇。」

他謹慎地點點頭。「她叫什麼名字？」

「瑪莎，我不知道她姓什麼。我第一次就把她封鎖了，但後來傳來的訊息是不同的號碼。感覺就像她知道我封鎖她。」

她把手機遞給威爾，他邊滑動邊查看內容。

過了一會兒，他聳聳肩。

「別理她就好，更別聯絡。」

「你覺得她想幹嘛？」

「可能沒什麼。」威爾說。「她可能只是想交朋友。」

薩琳娜聳聳肩。她們之間確實有股連結，不是嗎？也許那女人也感覺到了。也許她很寂寞。

「試圖用這種方式聯絡感覺滿怪的。」

「這年頭，世界上多的是不懷好意的人想著要怎麼與其他人聯絡。」

「要是案情越演越烈，她會知道格雷姆和褓姆有一腿，或知道我懷疑他。」她說著，牽起他的手。

「但還沒演變到那個地步。」威爾說著，兩手搭住她的手。「現在媒體沒有涉入——我們有的只是一個跟姊姊失約、沒來上班的女孩。沒有更多證據了。潔妮娃隨時可能回來。妳總是想得比別人遠，目前先暫時別想那麼多。」

「好。」她說。但這個無奇不有的世界感覺是如此瘋狂、不受控制。

「下次妳需要找人吐露心事的時候，找個真正的朋友，像我。」

他把她拉進懷裡，緊緊擁抱她。她感覺自己陷入他的胸膛——高級西裝的觸感、古龍水的隱約香氣。她年輕時，為什麼覺得安全平淡的日子像個緊箍咒呢？現在這是她唯一想要的。

她看見格雷姆望出窗外，漆黑的身影站在窗前之際，她仍沒有抽離威爾的懷抱。

第十八章　珍珠

「妳的名字是取自那個作家賽珍珠嗎？」

查理企圖找話聊。他的話穿透了包圍她感官的濃霧滲透進來。外面的馬路黑鴉鴉的，輪胎隆隆作響，車外風聲嘯嘯。她停頓了好長一段時間才開口，「不是。是約翰．史坦貝克的那本小說《珍珠》。」

她的聲音嘶啞，手腳累得如鉛一般沉重。

「那本書讀起來挺沉重的。」

那本書內容艱澀、哀傷，結局以悲劇收場。即便如此，史黛拉仍愛它那真實赤裸的優美筆法。

看它躺臥於斯，那美麗的珍珠，如皎月般無瑕，母親常在珍珠小時候低聲唸給她聽。

「史黛拉算不上活潑開朗的母親。」珍珠說。可是，我想她愛我，珍珠心想。用她自己破碎的方式愛我。而如今她不在了。

「她有過她輝煌的時刻。」查理說著，露出哀傷的微笑，眼睛直視前方。

「我想是吧，一些零零星星的時刻。」

他們往前開啊開，已經好幾天了。

珍珠這輩子沒離開過東北部——沒離開過冬季的陰沉天空和夏季的肥沃綠地，秋季落葉的氣味，二月底髒兮兮的灰色融雪，以及三月各種萌芽的色彩。這是她所知道的一切。從高速公路上望出去，景色看起來大同小異，直到他們抵達德州後，地勢變得平坦，到處塵土飛揚。接下來，西南部褐色高原和常綠樹木，加上整片鮮豔醒目的紅土一下子映入眼簾。小餐館的裝潢變得俗氣又誇張。開闊的藍天，高聳的積雲。夜空繁星點點，看起來好不真實。日落時，沙漠彷彿刷上一層顏料。一棟棟低矮的土磚小屋，被灌木叢和寧靜圍繞。大都市的喧囂變成了昏暗的寂靜。

「我們好像來到了月球。」她說。

車上，他們大多安靜不語。她睡了好幾天，不確定何為真實何為夢境。小餐館裡身穿黑衣的老婦人一直盯著她看。查理絕望的哭嚎聲。史黛拉死去時那瞪大的雙眼。一間破餐廳外頭捲起沙塵暴，一個牛仔從黑暗中走出來。汽車旅館裡，她睡在床上，查理睡在旁邊的地板。跪在路邊，嘔吐。

「很好，那裡正是我們要去的地方。」

查理說他在聖塔菲近郊一個叫佩科斯的小鎮有個住處，他們正往那裡前進。抵達後，她還沒回過神，他們就已經兜完整座小鎮。小鎮有一間雜貨店和一間酒吧、一間改建成藝廊的加油站、一間小餐館、一間寄售商店。不用五分鐘就能經過所有的店。

他們沿著泥土路蜿蜒前行，行經隱身在樹林裡的房舍，風吹打著門廊，鳥鳴嚶嚶，最後總算抵達目的地。一棟土磚小屋在那裡恭候大駕，四周被樹林、山巒和天空包圍。他們途中經過的其他房舍遠在數英里之外。

「我們會在這裡待上一陣子。」他說著，在私自佔用的車道上停下來。

「這是誰的房子？」她問道。這棟房子看起來異常眼熟，儘管她從未到過類似的地方。

「現在暫時是我們的了。」

房子旁邊有一個用相同的土磚所砌成的郵筒、木門前的門廊擺著成堆的陶盆，上方掛著一排風鈴。

珍珠打開車門，走出車外，揚起紅色塵土。杜松和鼠尾草的氣味新鮮濃郁，充斥她的感官。她心中某個緊繃的東西放鬆了。寧靜向外延伸——沒有車水馬龍的噪音、沒有吵雜的說話聲。

「學校怎麼辦？」她問。她的聲音彷彿消失了，被風聲給吞噬。

查理關上車門，關門聲在他們後方的平底山發出回音。「妳可以線上上課。」

自從她回過神後，他對每件事都有簡單的答案。她不多問，點點頭。是的，當然了。她可以線上上課。有何不可？

珍珠看見史黛拉殘破、淌血、在床上扭曲的屍體時，內心起了某些變化。地板、床單到處是血。史黛拉瞪大雙眼，困惑又憤怒地凝視前方。珍珠進房發現查理跪倒在這團混亂之際，肯定昏了過去。他的哭嚎，有如警報器一般。她昏倒時，頭撞上地板；凹痕仍清晰可見。接下來她只記得她躺在查理的車子後座，身上蓋著一件毯子，頭枕著從床上拿來的枕頭。

女人慘遭謀殺，孩子失蹤。

他們在路邊小餐館聽見的廣播、在網路上讀到的新聞全是這樣說的。

對也不對。

她沒有失蹤，珍珠邊想，邊環顧周遭。她被找到了。

他們從車上拿下在阿布奎基買的一些雜貨。他有鑰匙，打開前門的樣子彷彿對這地方很熟，接著他打開屋內的燈。小屋裡到處是窗戶——客廳、餐廳、廚房全是一個相連的大空間——拱形天花板給人一種高挑的印象。玻璃窗佔據了四面牆，迎進後方的平頂山、聖菲國家森林、下方山谷的景色。

他把她安置在一個有雙人床和木製梳妝台的簡單房間，把她的行李擺在門邊。牆面是白色的，沒有任何畫作，只是一片空白。有一扇大窗。床鋪潔白如雲，乾淨的純棉床單、棉被、枕頭。

「妳會沒事的。」他說。這句話他像唸咒語般說了好幾次，鎖著眉，一臉擔憂。「我會照顧妳。」

他們對發生的事尚未聊太多；她幾乎沒吐出隻字半語。他說當初他們發現史黛拉的時候，他慌了手腳。打包珍珠的東西——她的寢具、書本、衣物、盥洗用品、小熊玩偶——放到他的車上。珍珠跟著他走；他沒有牽她。他重複了好幾遍，彷彿在強調她是靠自己的力量前行的。震驚、失去反應的珍珠，讓自己被帶出家門。

「他們會把妳帶走，對吧？帶到兒童保護單位？史黛拉不會想要這樣的。她會希望由我來照顧妳。這就是我們跑走的原因。」隔天他說。這話他也重複了好幾次，他的一個說法。她想他所言不假。確實沒其他人可以照顧她；她還未成年。查理不是她父親，連繼父也不是。嚴格來說，查理甚至不是母親的男朋友。她不知道她的親生父親是誰。珍珠大概得去寄養家庭之類的。

「妳會沒事的。」他又說一次。「我保證。」

此刻，她躺在床上，點著頭。

「我去做點晚餐。」他說。「等妳準備好了，我們再繼續聊。」

梳妝台上方有一面鏡子。她不認得她在鏡中看見的女孩。在德州，他們把她的頭髮剪成短短的學生頭，再染成黑色。查理把他的深色長髮剪成平頭，蓄了山羊鬍。他們與當初在書店打包裝箱的那兩個人不一樣了。時間還不到一個星期。人生可以轉變得那麼快嗎？你有可能星期一是一個人，到了星期天就成了另一個人嗎？她觸摸她身上的項鍊，那是史黛拉的盒式吊墜。查理幫她拿的。除此之外，還有一本相簿、幾本珍珠根本不知道母親在寫的日記。她還沒打開看。他也給了珍珠一個鞋盒，裡面裝了一堆鈔票。他匆匆帶走一些文件——她的出生證明和社會保險卡。她擁有的一切都放在那個大行李箱內。

她洗了個澡。水溫不冷不熱，水壓疲軟無力，但洗完後，她覺得精神好許多。她換好衣服，聽見查理在廚房裡走來走去。最後，她跟著來到廚房。他已經擺好餐具，正在分盛食物。

「坐吧。」他說。

晚餐是烤雞胸肉、新鮮的綠色沙拉、奶油佐馬鈴薯泥。他們一口接一口吃個不停。已經有好幾天，他們吃的都是漢堡、薯條、汽水、微波的墨西哥捲餅、洋芋片。現在餐盤裡的食物新鮮又乾淨，而且健康。他們喝了將近四公升的水。席間兩人不發一語，直到吃完後才開口說話。

「很遺憾妳碰到這樣的事。」查理說。「我無法想像妳的感受。」

但她一點感覺都沒有。最奇怪的就在這裡。她想要感覺到什麼——悲傷、害怕、憤怒。但心裡只有一股飄飄然的麻木感，理智告訴她過去並不能影響現在。

「但這都過去了。」他說。她也從他身上看見了那股奇特的冷靜情緒，那不沉溺於過去，一切向前看的能力。「短期內他們找不到我們的話，這件案子就會冷卻下來。妳沒有家人朋友會施壓要他們繼續找，也沒人會去請私家偵探之類的。」

珍珠心想他說得沒錯。

「所以說，只要沒人發現我們，從新聞媒體上認出我們，打去警局報案——加上我們一直很小心……」他暫時停下來，也許是在回想他們去過的所有地方，思索他們是否足夠謹慎。「在我們想到下一步之前，待在這裡應該很安全。」

即使他變了很多——瘦了些、平頭、山羊鬍——那雙眼睛依然如故。

「是你嗎？」她問。

「是我什麼？」

「是你殺了她嗎？」

他驚訝得張大嘴，手飛快捧住胸膛。「當然不是。哇喔，珍珠，不是我。妳也在場。我們整個下午都在一起。」

他說的是事實。但她在學校待了一整天，夜裡聽見聲音，整個早上都沒看見史黛拉，雖說她有聽到一些動靜。珍珠吃早餐的時候，史黛拉是不是早就死在房裡了？殺她的兇手也還在裡面嗎？

「那是誰？」

「我、我、我不知道。」他結結巴巴說道，倚著餐桌往前傾身。「妳這幾天都是這麼想的嗎？覺得是我——殺了妳母親？」

「稍微有想過。」

查理看起來很震驚，她沒料到會見到他這個樣子。他向來冷靜，說話慢條斯理，不輕易表露情緒。她以為他會冷靜地回答她是或不是。

「我——很關心史黛拉。」他溫和地說。「我想待在她身邊，但她不想和我在一起。我和她交往的時候，變得越來越在乎妳。我這輩子犯過很多錯，做過很多我不自豪的事，但我從未傷害過任何人——絕對不會。」

史黛拉殘破的屍體又一次在她腦海閃現。她確實感覺到什麼，腸胃一陣糾結，但說不上來是什麼情緒。她望著他的臉；他也目不轉睛看著她。最後，把臉別開的是她。

「所以如果警方找到殺她的兇手，他們也會以為我遭遇到同樣的下場，對不對？」她說。

「他們會以為我也死掉了。」

查理看著她，臉頰恢復一些血色。「有可能。」

風景如畫的窗外，太陽開始西下，天空有如刷上了一層層的粉色、紫色、橘色。她還是很餓。她覺得她可以再吃下一整頓的晚餐，然後繼續吃啊吃，直到她吞下整個世界。到那時，她仍會覺得餓。

「目前為止，警方除了發現我也失蹤外，沒有任何線索。」查理說。「我會因此成為嫌犯。不過資料庫裡沒有我的DNA，我沒有前科，所以即使警方在現場找到我的DNA也沒關係。他們一定會找到的，因為我確實在場。」

「好。」她一時之間不確定他的意思。因為他們早知道他是誰了。警方不需要DNA去確認他的身分。接著她才恍然大悟。查理．芬奇不是他真正的名字。他的真名是什麼？這重要嗎？

「總之，我們暫時待在這裡，保持低調。」他繼續說。「我們會每天持續追蹤現況，思考接下來該怎麼做。」

她想像史黛拉的房子閒置在那裡，珍珠在學校的置物櫃遭到遺棄。書店大門深鎖。書本開始積灰塵。這樣掉頭就走，那些東西的命運將會如何？她想到一箱箱等著寄出的書本。誰會去拆箱？她沒有朋友會去好奇她發生了什麼事；左鄰右舍個個疏遠冷漠。她沒有家人——沒有愛操心的阿公阿嬤，沒有一群溫馨吵鬧的表兄弟姊妹。

事實是，沒有人會想念他們。她只是消失了，然後遭到遺忘。

「大家會忘了我。」她說。「我等於不存在了。」

他放下叉子，深吸一口氣。

「妳存在於這裡。」他說。「和我在一起。」

「沒錯。」她說。這是鐵錚錚的事實，但她感覺不真實。她覺得自己像是快被吸進九霄雲外的幽靈。

「書店怎麼辦？」

查理推推眼鏡。「書店已經不行了。史黛拉就快破產了，她也很清楚。她債台高築，已經兩年沒繳物業稅，不久就會失去那棟樓。」

「實際來說，到底會發生什麼事？」

她想起那些美麗的書，整潔硬挺，滿心期待等候讀者的光臨。她想起唸故事的小角落，散落著漂亮的筆、有趣的鈕釦、書籤的櫃檯、她和史黛拉一起建造的書架、印在牆面上的名著佳句。

「我猜書店裡的東西，像書啦、傢俱、電腦，會賣掉來支付稅金，建築物本身會進行查封拍賣。」

「那她的銀行帳戶呢？」

查理聳聳肩。「老實說，珍珠，她是靠賒帳在過活的。除了鞋盒裡的那些現金外所剩無幾。裡面大約快三千元，是妳的了；存著以防萬一吧。」

如今還有什麼萬一會發生的話，她可真不想知道。

外面傳來貓頭鷹的叫聲，低沉肅穆。

「好了，現在說點好消息。」他拿著餐盤站起來。「現在該是時候自我改造了。」

「要怎麼做？」

她也拿起她的餐盤，來到他身邊的水槽前。

「我跟妳說過，我父親是個禽獸。」查理說。「但他也是個詐騙高手——直到後來害死自己。」

「怎麼死的？」她問。

「這又是另一個故事了。不過我會知道如何利用人、如何把握局勢和生活，都是他教我的。」

「你以為她還有更多錢，對不對？」

他用海綿和肥皂洗起餐盤。紫丁香的氣味濃烈舒心。

「我確實這麼以為。我初次見到她的時候，她表現出一副有錢人的樣子。名牌包包、昂貴的鞋子、一間看起來很成功的書店、一棟好房子。」

「你打算要騙她的錢？」

「沒有。」他很快回答。他清洗碗盤，放到瀝水架上。「可能吧，我不知道。但我很快就知道史黛拉成不了目標。她吸引了我。後來，我打破了幾個原則。我待得太久，我——分心了。」

「為什麼分心了？」

但她已經知道答案。

「因為妳。」

珍珠才十五歲，但外表成熟得多，她也覺得自己很成熟。她懂的事情比年紀大她兩倍的人還多。有些史黛拉帶回家的男人會用眼神打量她。如果被母親發現了，那男人立刻就會被踢出去。查理的情況不同。他們之間確實有火花，但不怪異。不是那種色情的怪異。

他也洗了她的餐盤。她把餐盤擦乾，放回櫥櫃，再把流理台擦乾淨。這裡已經有了家的感覺。

「我關心史黛拉。」他說。「我想幫她——想幫妳。但她不肯讓我幫忙，她的心已經飄得太遠。」

珍珠明白他的意思。她母親總是行色匆匆，似乎總是來得太晚或走得太遲，似乎總是魂不守舍，總是指望離開。如今她不在了，珍珠不確定她留下什麼讓她可以記住她。連最近比較新的回憶都已經模糊，快速淡化。

「所以，首先呢，我們先幫妳註冊網路學校，讓妳完成學業。我會想辦法搞定身分的問題。」

身分的問題，說得好像她是一件可替換的衣服。

「你要怎麼做？」

「我有門路，有人可以幫我。」

「我不懂。」

「這不重要。」他說。「但如果妳想學，我改天可以教妳。現在沒有以前那麼簡單了，但想要過得與世隔絕，還是有些辦法。」

等他告訴她有關他的工作、他認識的人脈、他們合作的方式，已經是好一陣子之後的事了。現在的她保持安靜；她好累。這世界比她想像的大得多，要找到自己的方向真的很累人。

「嘿，還有。」他說。「妳可以為母親哀悼，感到傷心或害怕都是正常的。我們會一起熬過這段時間。」

她在內心尋找一絲情緒，但一如既往，她什麼感覺也沒有。

「我想每個人哀悼的方式都不一樣。」

或根本不去哀悼。萬一我的內心是一片空白呢？她想問。她覺得這個問題可以問查理，他不會對她有偏見。萬一在靈魂該有的位置只是一團空無的黑洞呢？倘若真是如此，表示我是什麼樣的人？即便產生這些想法、這些疑問，她仍不覺得害怕——雖然她知道她應該要害怕。但到頭來，她始終隻字不提。

「如果妳需要聊聊——」

他不把話說完。

「嗯。」她說。「我知道。」

他們安靜洗完碗盤。

到了客廳，查理用他在後門外找到的幾根木頭生火。她坐在地上，舉起雙手禦寒，感受臉上的熱氣。他坐在她背後的沙發上，閉著雙眼往後躺。這裡的傢俱豪華、舒適，裝潢高雅，簡單的西南部落風格——牛頭骨標本掛在牆上，各種風情萬種的油畫，像是沙漠搭配日落的天空、繁星與地面嚎叫的土狼。他們在哪裡？這是什麼地方？他們是怎麼來到這裡的？

說不定我已經死了，她想。說不定這就是死後的世界。

「妳需要一個新名字，知道嗎？」他對著一片寧靜說。「我也是。」

一個新的名字，一個新的自己。有意思，她喜歡這個主意。鏡中那個頂著陌生髮型、神色憂慮的女孩。對，她需要一個新的名字。

「波西亞？黛利拉？克麗奧佩脫拉？雪赫拉莎德？」她望著爐火提議，然後回頭看他的反應。

他對她揚起眉毛，勉強擠出微笑。

「要簡單、平凡一點，不會引人注目的名字。」

「安怎麼樣？」

他點點頭。「可行，像清秀佳人裡面的主角安，對嗎？」

「對。」她說。「甜美、單純、善良的安。那你呢？」

「我會好好想一下。」

「奧塞羅？亨伯特？奈德利先生？斯文加利？」他被她逗得大笑。

「妳正式被踢出姓名委員會了。」他說。

「巴比怎麼樣？」她提議。

「好多了。」他說。「不過，無論接下來的計畫是什麼，為了我們著想，最好讓大家認為我是妳父親。」

她不知道他所謂「接下來的計畫」是什麼意思，但她隱約明白。她已經學會順著他的意思。

「所以，你是巴比，妻子死了就沒再結婚。」

「這有點高調——會引來太多同情的關注；對某種類型的女人來說是種吸引力。我想妳媽離開了我，也許離開了我們兩人，已經再婚，從來不是一個好母親。但她來來去去的。」

「所以你希望我叫你爸爸嘍？」

「妳介意嗎？」

「聽起來有點普通，不覺得嗎？」

「這就是我們的用意。」他說完，又笑了起來。她喜歡他的笑聲；洪亮且厚實。「妳想怎麼叫我？」

「我想，」她說著，來到他旁邊倚著沙發。「我想我要叫你老爹。」

他把手放上她的頭頂，然後沿著頭髮來到她的肩膀。她把他的沉默當作是同意了。他們像那樣坐了一會兒，接著她起身，她已經累得快睜不開眼。

「晚安了，安。」他說。他的聲音柔軟，爐火劈啪作響。

「晚安，老爹。」

第十九章　安

安向來是由目前使用頻率最高的名字來想像自己的身分。前陣子，她多數時候的身分是安。如今她已經不在休的辦公室上班，也與休玩完了，那個身分將慢慢褪去。接下來她會是誰呢？她有好多名字、好多身分，真真假假，假假真真。也許她會是瑪莎。有時候她在內心仍會聽見自己的真名，珍珠。但極其難得。最近就更少見了。

不管她是誰，此刻的她坐在劈啪作響的壁爐面前，外頭開始夜幕低垂。她打開筆電，一杯熱騰騰的茶放在沙發旁的茶几上。室外氣溫一下子往下掉，狂風不停呼嘯。

她把筆電拿到大腿上，開始滑動翻看電子信箱。回家至今，她結束了幾個進行中的案子——刪除郵件帳號、丟棄拋棄式手機、停用假的臉書個人資料。

老爹不喜歡同時處理好幾件事。老實說，隨著年齡增長，她開始明白為什麼了。一次得記住那麼多不同的謊言、那麼多身分、那麼多予取予求的人，實在耗費心力。她需要專注。

既然她跟休和凱特的事情已經落幕，就只剩兩個案子還在進行中。一個不如計畫中順利。另一個發展得挺好的。

人不會愛上另一個人。他們愛的是那個人給了他們自我良好的感覺。所以，想讓某個人愛上你很簡單——只要你知道他們想要有什麼感覺。

以班為例，膝下無子、住在渥太華的五十五歲鰥夫。戴著一副眼鏡，身材圓潤，不過長得挺可愛，不會讓人倒胃口。一名小兒科醫師。他收養很多獲救的獵犬，幫牠們找好人家。一看他的交友檔案，她就知道他想要的是英雄救美的感覺。他想要做個英雄。他對身陷困難的生物特別心軟。

在網路上談情說愛一陣子後，這週末她和班準備要第一次見面，前往蒙特婁來場浪漫約會。但安（對班來說，她的名字叫葛妮絲——根據他的個人檔案，他偏好苗條的金髮女子，所以取名時也沒必要低調了）突然很擔心自己那患有憂鬱症的妹妹。半夜打來的奇怪電話是第一個讓她覺得事有蹊蹺的徵兆。接著，她妹妹沒去上班。所有跡象都清楚顯示她妹妹停止用藥，整個人頹靡不振。葛妮絲可能沒辦法跟他去度假了。她妹妹有可能需要她，她豈能拋下她去享受一段浪漫的假期呢？

她登入收信匣，看見不久前他傳了一封訊息：**很想妳。需要我的話，我隨時都在。**

對不起，班。我別無選擇，她打下這些文字。**我不得不取消了。還是沒有她的消息。我得去看看她的情況。**

她等待著。他會不會因為失望而惱羞成怒呢？

若是這樣，她就得甩掉他了。接著他回覆：

我去找妳。

他當然會來找她，幫忙葛妮絲和她那虛構的妹妹。心地善良的好人向來是最好的目標，因為他們相信每個人都像他們一樣有副好心腸。挺可悲的，真的。

不。多了一個陌生人，她沒辦法負荷。我到她家之後再打給你。

她再次等待，看著那些小點點跳動著。沒有回應。她很快送出另一行文字。

我是她唯一的家人了。真的很抱歉，班。

接著是：

別傻了。我明白。她很幸運能有妳這樣的姊姊。

我好擔心。

你的班機是什麼時候？

明天早上。

能講電話嗎？

晚點再說吧。

好。別太擔心。需要我的話，我隨時可以過去。

可憐的葛妮絲，她的運氣也好不到哪裡去。剛失業，但不，她不會接受班給她的機票。她向來自食其力。她對班說得很清楚。自從雙親死於車禍後，她和妹妹艾絲米一直相互扶持。她們從不接受任何幫助。事故發生時，她年值十八歲，艾絲米十六歲。她負責照顧妹妹，確保她高中畢業。葛妮絲靠服務生的工作支持自己讀完社區大學。不過她們有些錢，一小筆遺產。這筆錢支撐她們過活，幫助她們熬過許多艱難的日子。

認識你之後，總覺得一切順遂許多，她打道。**謝謝你。**

這是朋友該做的。

朋友……

妳懂我的意思。

我懂，她打道。**我完全明白你的意思。我等不及把你擁入懷裡，讓你知道你的友誼對我有多重要。**

她幾乎能從那些跳動的小點感覺到他澎湃的感情。

我沒想過我還能再喜歡上任何人。

我也是，我們很幸運能找到彼此。

他還沒說出那三個字，但快了，非常快。他們經常通電話。他反對使用視訊通話——這八成表示他本人比大頭照胖得多。但沒關係，他們沒看過她的長相更好。不只是為了讓他們沒辦法認出她的身分。他們認不出來的；她無時無刻都長得不一樣。更好的原因是，這樣他們就能創造出一個幻想中的女人，完美符合他們內心深處的慾望。她傳訊息時盡量保持簡單，甚至不使用表情符號。這麼一來，他們就能用他們需要或想要的口氣去想像她所說的話。

他的回覆比平常慢。

我明天打給妳。

他們剛開始聊天時，她常對那些停頓感到困惑。但聊了一陣子，她才明白他是那種情感豐沛、容易在對話中哽咽沉默的男人，即使是文字對話。

小點點繼續跳動。他準備說那三個字了嗎？不。她猜他會等到見面才說。等他們實際見到對方，做完愛後。但這永遠不會發生。想也知道，她永遠不會飛到蒙特婁或任何地方與他見面。但不用說，這個念頭他肯定想了不下一千次。他不玩訊息性愛，不傳照片，也不會說些淫穢的話。

他是個好男人，只是想找個值得關心疼愛的對象。孤苦無依、美麗勇敢的葛妮絲正是他的夢中情人。

我會一直想著妳。

喔，班，我知道你會的，她這麼想但沒有打出來。

晚安。

「詐騙不是暴力。」老爹總說。「也不是破壞和奪取，而是一段舞蹈，是引誘。妳得先有付出，他們就會把一切都交給妳。」

她花時間與班慢慢相處。他們培養出一段感情，用訊息、電話、落落長的電子郵件交流了近三個月。講電話時，她總是刻意保持聲音低沉，帶著呼吸聲。她告訴他車禍後留下的傷疤。一個在腿上，一個在胸前。她說她常常覺得難為情，不喜歡露出自己的皮膚。

比起喜歡談論前妻或女友的多數男人，他不常提起他的妻子。其他男人總是等不及大肆抱怨，抖出她們一連串的缺點，細數自己受過的委屈，對過去日子裡那些有控制狂的不忠女人描繪不討喜的形象。但班只簡短提過她幾次，都是些溫馨的回憶或有趣的軼事。他從未談過她生病或死亡的事。她也從不打探：她是真的不想知道。老實說，她喜歡他的程度已經有點不明智了。

她闔上筆電，凝視壁爐裡的火焰。

「妳心軟了嗎？」

老爹坐在椅子上，今晚的他只是一道身影。她從不知道他會以哪種形體出現。有時候她仍聽得見他的聲音，清楚、有力。有時候只是風中的回音。他是鏡中的倒影，是樓梯的嘎吱聲。她別開臉不去看他的漆黑身影；她不想看見他。但他總是陪伴在她身邊。

「當然沒有。」

她再回頭看時，他已經消失了。

闔上的筆電，寧靜的房子，呼嘯的風聲。她試圖靜靜坐著，腦袋放空。有時候，她會努力往回追溯，追溯到以前那個女孩，她的真實自我。那女孩是什麼模樣？她最喜歡的食物、顏色、花種是什麼？她曾經想成為什麼樣的人？她喜歡動物。這她記得，她記得自己與貓咪或狗狗相處時很自在。她偶爾會瞥見那樣的自己，有如一道溜進黑暗中的影子。她拿起手機，仍舊沒有薩琳娜的回音。

她打開電視，查看所有新聞頻道。沒有任何女孩失蹤的報導。她重新打開筆電搜尋，一無所獲。

「我不是很認同妳這次下手的目標。」

又是老爹，這次站在房子的角落。他為了他們買了這棟房子。*這裡將成為我們一輩子的家*，他曾經這樣告訴她。*這裡是我們真的可以放心做自己的地方*。有段時間，他沒說錯。但當時，野狼已經追到腳邊，只是他們尚不知情。而一輩子也不是一輩子。

「我看不出來妳的目的是什麼。他們八成根本沒那麼多錢。而且那個薩琳娜沒多壞。」

她感覺到自己有點不爽；情非得已，她不喜歡向老爹辯解。她不必如此。她的本事早就遠遠超過老爹。

「這一個跟錢無關。」她說。

「啊，是那回事啊。」

她再次掀開筆電，查看薩琳娜那些沒做半點安全設定的社群網站。她的生活就攤在光天白日之下任人觀看——她的朋友、她在哪裡上班，孩子們讀哪間學校，她在哪些地方消磨時光，她在哪裡購物。她的生活全貌就像水中的魚餌，白白送給任何碰巧游經的鯊魚。蠢斃了。

週末貼了那些幸福的家庭日常照至今，薩琳娜還沒張貼新照片。為了在那些愚蠢的社群媒體上貼照片，全世界的人都變成了一幫騙子；薩琳娜的老公搞上褓姆，她卻在忙著讓生活裡的每個人去嫉妒她那虛偽的完美小家庭。

婚前的娘家姓叫諾爾斯的薩琳娜．墨菲是個再平凡不過的人物。不是學校票選的返校日皇后，也不是畢業生致詞代表，只是個中上階層的漂亮女孩，在傳統家庭出生長大。聰明、成績優異、紐約大學畢業、在她選擇的行銷公關這一行做得很成功、交遊廣闊、婚姻幸福（至少她喜歡讓所有人這麼以為）、是育有兩個可愛孩子的母親。是的，她一點都不特別，就像老爹愛說的，是個普通人——除了她擁有一切。

「妳該不會是，嫉妒她吧？」

此刻，老爹出現在壁爐旁邊。他就和她上次見到時一樣，雙眼無神，胸口開了一個洞。多年來，她仍能聽見自己的聲音在迴盪。*拜託別留下我一個人，拜託，老爹。*

「我不會說我是嫉妒她。」她說。「我只是覺得有點不公平，不是嗎？有些人要什麼有什麼，茶來伸手，飯來張口，一輩子完全不曉得何謂渴望和求生，不知道如履薄冰的日子是什麼滋味。你從她臉上看得出來，對吧？處處享盡好處卻毫不自知，不了解現實世界的殘酷。」

「所以，妳是為了公平正義嘍？」

他們都很清楚不是這回事，原因比這深奧得多。是私人因素。「可能吧。」她嘴硬地說。

他放聲大笑。「抱歉了，孩子。妳是騙不了一個騙徒的。」

她拿起一顆小抱枕朝他扔過去，抱枕輕輕落在壁爐旁。她仍聽得見他的笑聲迴盪著。

珍珠和查理很快消失了。她僅僅花了幾天的時間就變成了安，把珍珠拋諸腦後。戴上新眼鏡、平頭長出灰白髮色的查理則變成了老爹，她未曾有過、甚至不知道自己需要的父親。他用某種辦法讓自己看起來老了十歲。或許他的另一個樣子，圓形眼鏡、棒球帽、染過的黑髮，才是他為了查理而偽裝的年輕樣貌。查理，那個史黛拉帶回家的年輕雅痞、書店的行銷高手，也不是他的真面目。他只是一個她以前認識的人，雖然懷念，但很清楚是再也見不到了。

「把你拋棄的身分想像成別人或遠房的親戚。你認識他們；他們是你生命的一部分，也是一個個的角色，你可以從他們身上擷取一部分的個性，利用那些個性充實你現階段的身分。但記得別太複雜。謊話說得越多，要記的東西也越多。」

珍珠報名了一所線上高中。在這棟與世隔絕的小屋裡，她每天起床替他們做早餐。早上，她在網路上上課，老爹則出門「找工作」。寫完功課後，她會沿著泥土路慢步前行，尋找小道的起點。她會走過一棵棵高聳的旱地刺柏、白楊、雲杉、三角葉楊，腦袋很平靜，感官也變得敏銳──鼠尾草的氣味、蔚藍色的天空、沙沙的風聲。太陽熾熱，空氣乾燥。

她變成安後，內心變得更有活力，而被她拋諸腦後的珍珠和史黛拉彷彿成了夢境中的模糊人影。她鮮少想起史黛拉，她知道這樣很奇怪──但過去的一切彷彿已不再真實，包括她那遭人謀殺的母親。誰殺的？就連這個問題的急迫性也漸漸消失。

史黛拉的命案和珍珠的失蹤案很快遭人遺忘，不出幾星期就沒有新聞繼續報導。史黛拉的情人兼書店經理查理．芬奇，目前是兩起案件的嫌犯，但就連他也失蹤了。她和查理流傳在外的那些照片看起來也與他們不再相像。她覺得重生了。

新生活過了一個月左右，安正在上網搜尋新聞，偶然發現一則他們的專題報導。由於沒有嫌犯，找不到失蹤的珍珠，當地警察十分氣餒。警局聘來專辦懸案的調查員，一個名叫杭特．羅斯的警探。

「我們知道史黛拉．貝爾慘遭冷血殺害，在自己家中被人勒斃。她十五歲的女兒珍珠失蹤了。貝爾小姐的情人兼書店經理查理．芬奇在當晚也跟著失蹤。」文章引述他的說法。

「我們發現那名為查理．芬奇的男人是虛構的。他的履歷表上沒有半點資料是真的。名字、地址、社會安全號碼全是造假。」

文章裡有珍珠、史黛拉、書店門口的照片。看樣子他們只有一張查理的照片。那想必是從史黛拉的手機找到的；他對著鏡頭露出淘氣的微笑。內容稍微提到珍珠——提到她成績優異，但獨來獨往，沒多少朋友。老師們說她聰明有禮，總是冷淡疏遠。

她瀏覽文章的同時，一顆心怦怦跳個不停。上面的照片看起來很假；報導聽起來像一連串的謊言。

報導將史黛拉遭謀殺那晚拉出一條時間軸，包括有個鄰居目睹珍珠和查理拿著行李離開房子，珍珠顯然是靠自己的意志行動的。另一個與查理外表描述不符的男人——高大、健壯、金色長髮、滿臉鬍子——被人看見在那天稍早抵達屋內後不久又匆匆離去。

「一個女人死了，一個年輕女孩失蹤，而身處這個謎團中心的男人身分不明。就我猜測，查理．芬奇是一名詐欺犯，目前已經轉移到下一個目標。也許珍珠和他在一起——很有可能陷在他對她創造的某種騙局中。」

她盯著照片中的查理。照片中的他很投入角色，投入在他為史黛拉扮演的角色中——體貼的情人。他為珍珠扮演著另一個角色，知心的好友。她深深望進那雙眼睛，從中認出了與她內心相仿的東西——巨大的空洞，一片冰冷且貧瘠的荒地。

「目前我們有幾條線索，我會繼續追蹤下去。」羅斯說。「有些線索在別州，這表示FBI可以介入。根據全國發放的照片所得到的消息，有關查理．芬奇的真實身分我們掌握了一些線索，所以這項調查距離結案還早得很。不管花多少時間，我們都會找到答案。我們不會停止尋找珍珠．貝爾。」

前門打開後，又砰一聲關上，聲音有如槍聲穿透她。過去名叫珍珠的安從來沒想過，過去名叫查理的老爹可能也在對她進行一場騙局。

她走出房間和他打招呼。老爹在廚房裡一邊吹口哨，一邊整理買來的雜貨。流理台上躺著一束鮮花。

「嘿。」他說。他停下手邊的工作，給她一個擔憂的微笑。「怎麼了？妳看起來好像看到鬼。」

「警方仍在找我們。」她說。不知為什麼，但她全身都在發抖。「有個專辦懸案的警探，他說他有線索。」

老爹點點頭，回頭繼續把牛奶從環保袋拿出來，放進冰箱。「我知道。」

他如往常般泰然自若。就算她的話令他不安，他也沒有表現出來。

「你說他們總有一天會放棄。」

「他們會的。」

「報導說警方有線索，說FBI已經介入了。」

「他們總是這麼說。」他回答，放下手邊的事走向她，舉起強壯的雙臂放到她的肩膀上。

「我看報導裡那名警探說他們藉由你做過的其他詐騙案，對你的身分掌握到一些線索，又說他們會一直找下去。」她繼續說。

他跟她說過他的過去、他的童年、他的生活，雖然說得不多，但她漸漸明白是怎麼回事。此刻他低下頭，把她的手握得更緊了。「妳相信我嗎？」最後他問。

她仔細看著他的臉——那瞬息萬變的雙眼、緊閉的雙唇。

「相信。」她說。這個回答對也不對。你不可能真正相信任何人，對吧？就連自己也不能相信。

「那就別擔心那篇報導，或是警探和FBI。他們在找的人已經不復存在。珍珠和查理早就人間蒸發。」

「我不想回去。」

他伸出溫暖的手心捧著她的臉頰。

「只要我在，妳就不會有事。我跟妳保證。」

她說不出話來，只是任他把她擁入懷裡。她通常排斥肢體接觸，不喜歡別人靠近她或觸碰她。但她能忍受他的親密舉止，有時候甚至會渴望。

「好了，去換衣服——妳知道，換件漂亮的，然後過來幫我弄晚餐。有人要過來一起吃飯。」

「什麼意思？」

「我找到一份工作了。」

一份工作。這個詞對老爹來說，與多數人的意思大不相同。他有他自己的語言。「新朋友」是他剛認識、可能成為目標的人。「女朋友」意思是已經上鉤的人。「探險」意思是這次的詐騙格局比較大，可能得花上比較久的時間，情況比較複雜。「分手」意思是該離開前往別的城市了。「工作」意思是好戲要上場了。

現在，安在火光熠熠的客廳陰影處尋找他的身影，但他已經離開。

「晚安，老爹。」她說。爐火中有塊木柴塌落，朝煙囪濺起火花。

她準備上床睡覺時，手機叮了一聲。她猜測大概是休傳來的，一些絕望或憤怒的內容，或是指控，或是央求見面——全取決於凱特有沒有把他踢出家門而定。但不是。

好啊、好啊，看看這是誰？

我今天開會開得比較晚。有空出來喝一杯嗎？

對了，我是薩琳娜。
火車上那位。

第二十章　薩琳娜

寧靜的下雨天迴盪著她踩在人行道上的腳步聲，末梢神經不停跳動。她在做什麼？顯然是違背了所有邏輯和理智行事。

威爾離開她家後，她回到屋內，發現格雷姆在沙發上昏睡過去，鼾聲大作。睡眠是格雷姆的避風港。壓力大或情緒低落時，這傢伙倒頭就睡。她站在他上方，考慮把他叫醒，拷問他和警方說了什麼，質問他有關潔妮娃的情況，是否還有更多她必須知道的事。

但事實是，她甚至無法忍受他的聲音，不想聽到他的藉口、由衷的懇求、一再的懺悔。她不相信他會傷害任何人，不管潔妮娃到底發生什麼事，她不認為與他有關。前提是真的發生了什麼事的話。

然而低頭看著躺臥在沙發上的他，她的內心有個地方關閉了。他們曾經擁有一切。儘管婚前她有過疑慮，但她確實愛她的丈夫。而他一把火燒光他們辛苦建立的一切。不止一次，而是三次——就她所知。她不能原諒他，現在還不能。她甚至不確定自己是不是還愛他。

獨自來到廚房，她又打了一通電話給潔妮娃。沒有人接。「我是薩琳娜，麻煩請回電。」她對著語音信箱懇求說。「讓我們知道妳一切安好，讓大家能繼續原來的生活。」

接著，她滑動瑪莎傳來的訊息。瑪莎是除了格雷姆和威爾以外，唯一知道她老公和褓姆有染的人。

要說她在公關業學到什麼，那就是稍微超前部署，對控制損害幫助極大。有時候只要先發制人，就能避免一場災難。

所以，她發了一封訊息。

我今天開會開得比較晚。有空出來喝一杯嗎？

此刻，正當她走向西百老匯大街，潛藏在焦慮的背後是不是還有別的情緒？黑暗但閃亮。為什麼有時候做錯事卻感覺那麼好？打破常規，做不該做的事，讓人興奮——就像飆車、跟陌生人回家、該退讓時選擇據理力爭。那個空間充滿能量、刺激和活力，是她身為賢妻良母和乖巧女兒時所沒有的感覺。

她經過一對摟著彼此的情侶，女人哈哈大笑著。一個男人騎著單車在濕答答的地面上用過快的速度疾駛而過，佈滿雨水的外套閃閃發亮。一個流浪漢坐在屋簷下，為了抵禦壞天氣，用垃圾袋蓋滿全身。她從口袋拿出五塊錢，丟進他的桶子裡。他們四目相交。

「願上帝保佑妳。」他說。

「你也是。」

儘管此時此刻，她不覺得自己有受到上帝的眷顧，也不覺得上帝有保佑他。她是怎麼淪落至此的？他的故事又是什麼？大家一路上都是怎麼走到今天這一步的？

來到翠貝卡，整座城市彷彿壓低了音量。中城熱鬧狂躁，西村古樸時髦，下東城堅毅鮮明。每一區都有自己的活力和個性，分屬城市裡不同的角色。但這一區似乎特別不一樣，天價的公寓、精緻的商店、名人開的昏暗餐廳，在在讓人覺得高不可攀。薩琳娜向來覺得翠貝卡是個有秘密的地方。不知道就永遠不會知道。

沒帶雨傘的她，甩乾頭髮上的毛毛細雨。她好冷，冷得筋骨瑟縮。這是個錯。她得回家，重整生活。

但一回神，她已經來到她在尋找的地址，站在店門前。現在是做出明智之舉的最後機會。聽從建議，回家等待接下來的發展吧，威爾是個穩重可靠的朋友。當個好女孩，正如她從小到大那樣。

一輛摩托車催起油門駛過大街。她隱約感覺到腳下傳來地鐵的震動聲。

差一點、她差一點就要轉身離去。

就像她婚前差一點和格雷姆分手。難道她不知道做壞事所湧現的興奮感底下，其實是一片深淵嗎？她難道沒注意到他的目光總是在其他女人身上游移，沒納悶過他用一種特別的口氣在跟誰講電話嗎？她逮到他說的一兩次小謊，稱聲自己人在某個地方，後來卻發現他根本沒在那裡。

婚前那禮拜，她和威爾出門喝東西。他一如既往，打扮俐落，體面又時髦，但她看得出來他眼中的疲倦，知道他壓力大時習慣咬指甲。現在，指甲已經咬得見肉了。

「我不能讓這個禮拜白白過去，我一定要告訴你，我對妳的愛從我們認識的那天起就沒變過。」他喝了幾杯普羅賽克氣泡酒後說。「我永遠都會愛著妳。」

「威爾。」她說。他的吸引力仍然強烈；傷害他、令他失望的那股內疚感重重壓在心上。他們在一起好久了——整個大學四年、他在法學院的日子、他們的第一份工作。每個人都以為他們會結婚。每個人都知道他們會結婚。她彷彿打破了她對所有親朋好友所做的承諾。

「人生沒那麼複雜，妳知道嗎？」他牽起她的手。「妳說妳要的不只是安穩平淡。妳想去嘗試、去探險、去發掘。這是妳說過的，對吧？這都很好，儘管去，就是別嫁給格雷姆。等妳做完了妳該做的事，再回來我身邊。」

他的眼睛閃閃發亮，她握著他的手，把頭低下。

「這樣吧。」見她沉默不語，他繼續說。「把工作辭了，去旅行，看看世界會帶妳去哪裡。但最終，在妳準備閉眼入睡前，仔細想想。每個人想要的是什麼？我們想要愛人和被愛，我們想要有歸屬感，我們想要看這個世界，但也想要回家，投入心愛的人的懷抱。就這麼簡單，人生沒那麼複雜。」

她本來傷心的情緒隨著他的一字一句消失殆盡，取而代之的是一陣惱怒。威爾讓她覺得自己像個小孩，彷彿他才是明智講理的那一方，而薩琳娜是不檢點的壞女孩，犯下了滔天大錯。她討厭這種感覺，跟威爾在一起時她常有這種感覺。她要的不是一個父親；她要一個伴侶。

她抽開手，別過身子。

「我是成年人了，威爾。」她說。「我知道我是誰，我要去哪裡。我不需要由你向我解釋我們所有人到底要的是什麼。」

他低頭看著酒杯，再次抬頭與她相望時，她看得出來她把他傷得很深。一股情緒湧上心頭，她移動到桌子對面，坐進他旁邊的座位。一時衝動下，她向他伸手，給他一個深長的吻。

「對不起。」她的唇貼著他的脖子輕聲說。「我永遠都會愛著你，但跟我愛他的方式不一樣。」

那晚，她把他留在酒吧，但整個禮拜不停想他。她隱約知道他可能是對的，半夜頻頻醒來想著那最後一吻，想著他的眼神和他說的話。但婚禮是一輛失控的火車——費用浩大、親朋好友從世界各地趕來、巴黎訂製的禮服、精美的邀請函、多如森林的鮮花。這件事已經停不下來了。

如今，將近十年過後，她推開仿舊的時髦金屬大門，踏進燈光昏暗的溫暖酒吧。

她立刻就看見瑪莎；她在酒吧遠處的角落選了一個雅座。薩琳娜經過吧檯，四周是一片吵雜的談話聲，伴隨輕柔的鋼琴旋律。

那股彷彿認識她的熟悉感再次湧上。

瑪莎的黑髮綁成粗辮子，有如一條蛇掛在肩上，與她那件高雅的淺灰色絲質上衣形成鮮明對比；她像個舞者，身材筆直纖細。瑪莎一見到薩琳娜，立刻揚起微笑——表情真摯甜美，正如一個很開心見到朋友的女人。薩琳娜本來一直很緊張，有股不祥預感。現在全都煙消雲散。

她誤會了嗎？

她不應該來到這裡，這她很清楚。威爾明確告訴過她不要聯絡。

是什麼原因促使她向這個陌生人聯絡？為什麼薩琳娜見到她那麼開心，彷彿她們是老朋友似的？

傳完那封訊息後，她開車進城。史蒂芬出生後，她再也沒有在晚上十一點之後出門。沒人告訴你為人父母後，你也會再次成為孩子；早睡早起，餐餐都是烤起司三明治。每次夜晚的聚會都是一場天人交戰，每場你確實想接受或有體力接受的邀請都成了一種策略行動，是否行得通總是說不準。日子將重回到公園、足球場和親子餐廳裡。

所以，儘管夜晚外出有違天性，儘管生活亂成一團，薩琳娜仍有點興奮，在接近午夜時分，獨自一人，外出前往市中心。

她在瑪莎對面坐下。

「我好高興妳能赴約。」瑪莎說。「我沒料到妳是個夜貓子。」

「通常不是的，但會議開到很晚，所以我決定留在城裡。我老公不在家；孩子們住在我娘家，所以我想——有何不可呢？」她心照不宣地眨了眨眼。

「要活得精采，對吧？」

「對！」

薩琳娜脫掉外套，查看酒單，等身兼酒保的服務生來到桌邊時，點了一杯卡本內紅酒。

「收到妳的訊息我很訝異。」薩琳娜說，語氣輕鬆、健談。「妳怎麼會有我的電話？」

瑪莎微笑，微微歪過頭。「妳有給我妳的名片。」

「是嗎？」

瑪莎在包包裡翻找，拿出藍白相間的名片遞給她。她的鮮紅指甲在燭光下閃閃發亮。

「喔。」她盯著名片說道。她完全不記得她給過名片。「那瓶伏特加的後勁比我想像的大。」

「我有同感。」瑪莎轉轉眼珠說。「聽著，我之所以聯絡妳——」

酒保送來薩琳娜的紅酒，於是瑪莎暫時住口，向他道謝。兩人閃過一個瞬間，一道流盼的眼神，一抹微笑。喔，對——是那回事啊。單身男女會打情罵俏，互搞曖昧。瑪莎是個豔驚四座的美女；大概沒有男人是她得不到的。

「當初那些話我不該說的。」酒保離開後，瑪莎繼續說。「一個字都不該提。我覺得很不好意思。」

薩琳娜喝了一口紅酒，享受那股暖意，讓酒精沖走殘餘的緊張感。現在知道是她給了瑪莎名片，那些訊息就沒那麼嚇人了。就像威爾說的，她只是想找人交朋友。可是——她是什麼時候給她名片的？她完全不記得了。

瑪莎隨和、熱情，就像薩琳娜每個朋友一樣。她第一眼見到瑪莎就喜歡上她；她現在想起來了。對眼的當下就有種契合的感覺。她現在仍感覺得到。

薩琳娜舉起一隻手。「不要緊的。妳說過的那些話會跟著我進棺材，不會有第三個人知道。」

瑪莎感激地微笑。薩琳娜轉動酒杯，紅色液體在杯中搖動。

「我那天過得太不順了——而妳散發著一種溫暖的活力。」瑪莎繼續說。「我突然有股衝動，想要把所有的煩惱傾訴給妳聽。」

「我懂。」薩琳娜向前傾身，壓低聲音說。「我也很不好意思。結果到頭來，我擔心的事原來全是虛驚一場。」

瑪莎眨眨眼。她的表情是不是閃過一絲驚訝？「喔？」

「原來只是我想太多了。」薩琳娜說著，露出自責的微笑。「我和我老公過去有很多問題，而且我這個人不容易相信別人。不過其實什麼事也沒有。」

更多的謊言。

「那可真叫人鬆口氣，對吧？」瑪莎啜飲一口她那杯玫瑰氣泡酒。「祝所有問題自動消失。」

她們在兩人中間的蠟燭上方乾杯。

「那妳呢？」薩琳娜問。

「我和我老闆分手了。」瑪莎稍微坐直身子。「他理智地接受了，目前為止一切正常。但我確實覺得我得找份新工作。」

她也在說謊嗎？她之所以一再聯絡，是不是因為她也很後悔對一個陌生人講出那些話？也好，沒關係。她們可以向對方撒謊，然後繼續保守自己的小秘密。

「那太好了。」薩琳娜說著，搭上瑪莎的手。「妳做得很對。」

「我們分開後，我知道妳一定對我觀感不好，一個跟有婦之夫上床的女人。」

「嘿。」薩琳娜手一揮說。「人難免會失誤犯錯，對吧？」

一對沉浸愛河的年輕情侶坐在瑪莎後方卿卿我我。等著瞧吧，薩琳娜想著，被自己的酸葡萄心態嚇了一跳。另一個位置，有兩個女人湊得很近，彼此竊竊私語。酒保在擦拭玻璃杯，這樣下雨的星期二夜晚，他前方的吧檯位置大多空無一人。他不停偷看瑪莎，薩琳娜注意到他的結實體格，手臂肌肉線條明顯。每張桌上，手機都在發著微光。

「所以，妳和妳老公怎麼樣？」瑪莎低頭看著桌面問道。「你們是怎麼聊的？」

她想說的是：我和他當面對質。我們大吵一架。我拿玩具機器人丟他。我兒子全聽見了。我把格雷姆趕出家門，後來之所以讓他回家，是因為奧立佛看見他坐在外面的車內，盯著房子看。喔，然後現在褓姆失蹤了。我不知道接下來會發生什麼事。

「我當面質問他。」反之她輕描淡寫地說。「他向我保證什麼事都沒有。」

瑪莎眼神熾熱地看著薩琳娜。「好，而妳相信他。」

「我相信。」薩琳娜說著聳聳肩。「我非相信不可，他是我丈夫。」

瑪莎揚起眉毛。「婚姻原來就是這樣嗎？」

薩琳娜凝視著瑪莎。「多多少少吧，如果沒有信任，就什麼都沒有了。」

天啊，她真是滿嘴屁話。但瑪莎舉起酒杯，彷彿在對事實乾杯。

「我沒結過婚，短期內也不可能。」瑪莎說。「所以我懂什麼呢？」

瑪莎低頭看她戴在右手的祖母綠戒指，轉了轉，在燭光的照射下閃閃發亮。那是一枚白金底座、枕形切割的美戒。

「老實說，我不確定我是不是結婚的料。」瑪莎繼續說。

「喔？」

薩琳娜忍不住對她細細打量——完美的指甲、衣服那昂貴的垂墜感、水嫩無瑕的肌膚。這是一個在外表上花了很多時間的女人——表示她多的是時間，還有金錢。

「我爸媽——不快樂。」瑪莎說。「家暴、外遇一樣不少。我猜我一直有陰影。」

她說出那句話時，讓薩琳娜不由得心中一驚。她們真的在這方面有共同點嗎？當然，成長過程中受到不幸婚姻波及的人不在少數。還是這只是在套話？這女人對薩琳娜的了解是否已經超出合理範圍？不可能，太瘋狂了。她怎麼可能知道。

她的手機響起叮的一聲。格雷姆：**妳在翠貝卡幹什麼？妳和威爾一起離開嗎？**

他顯然在追蹤她。她不理會他的訊息。他無權對她在哪裡和誰在一起有意見。他可以滾邊去。

「真辛苦。」薩琳娜說，流露微微的同情語氣。

「妳父母的婚姻幸福嗎？」瑪莎問。

該怎麼說瑪莎這個人呢？這種令人不安但又想與她吐露心事的親密感。她想告訴瑪莎她父親長期外遇，而她母親為了孩子百般隱忍。薩琳娜認為她像瑪莎一樣，因為這件事而留下心理創傷。但她沒說。她來這裡是為了控制損害的，不是為了對這女人透露更多自己的私事。她想要優雅地抽離這場混亂，而不是越來越糾纏不清。

「不。」薩琳娜說。「不是很幸福。但我母親的第二段婚姻很快樂，所以或許關鍵在於找到對的人。」

「是吧。」瑪莎說完，把玫瑰氣泡酒一飲而盡，抬起手請服務生再來一杯。他差不多是用跑的，過來拿走她的空杯。「妳的生活感覺真的過得一帆風順。」

薩琳娜放聲大笑，湧上一股愉悅感，知道她起碼表面裝得很好。「但願如此。不過我想應該沒人覺得自己的生活一帆風順。」

瑪莎微笑。「可能吧。」

「我認識的多數人就只是得過且過，日子有好有壞，我想也許對每個人而言，這就是生活。」

格雷姆又傳來一封訊息：**我就知道妳一直都很在乎他。不忠的定義有很多種，妳知道嗎，薩琳娜。**

喔，是嗎？他打算拿這種話來胡扯？薩琳娜忽視他的第二封訊息，拿起手機塞進包包。

瑪莎朝薩琳娜放手機的地方點了點頭。「老公好奇妳在哪裡嗎？」

「是啊。」她說。「我喝完這杯大概就得回去了。」

服務生分別替她們端了一杯酒過來。她沒注意到她的杯子也差不多空了。

「他不是不在家嗎？」

該死。「他是不在，但他還是想說晚安。」

「真甜蜜。」

薩琳娜又喝了一口。這糟糕的一天所帶來的疲倦讓她眼皮沉重，腦袋隱隱作痛。起初離家進城的那股自由感，如今倒像是解開了繩索，她彷彿可以直接飄入太空。

「那妳怎麼處置那個褓姆？」瑪莎問道。「妳產生了那麼多疑慮之後，還打算繼續留她嗎？」

她本來已經把潔妮娃完全拋諸腦後。她向來擅長於此，把一切的不開心置之不理，專注在別的事情上。也許這是遺傳到她母親。

「嗯，這可能不成問題。」她說。「她今天沒有來上班。這就是我把孩子們送到娘家的緣故。」

「喔，哇。」瑪莎說。「這很怪，不是嗎？」

「有些人就是靠不住。」薩琳娜說。又來了，那股全盤托出的衝動好強烈。反之，薩琳娜又喝了一口酒。

「不過有點巧，對嗎？妳質問完妳的老公，褓姆就不見了。」

薩琳娜的背脊竄上一股寒意。她想起格雷姆站在窗邊凝視她的那一刻，那時的他看起來好詭異。

他從未傷害過任何人，那不是他會做的事。為什麼她覺得有必要一再對自己保證呢？也許是因為有一部分的她打從內心深處知道這不完全是真的，事實上，他曾經傷害過人。

「我不覺得這兩者之間有什麼關聯。」她知道這句話聽起來很生硬。

「喔。」瑪莎說著，手一揮，發出輕笑。「別理我，我只是容易往不好的地方想。當然了，妳知道妳老公的為人，妳相信他。而且好褓姆到處都是，這大概是最好的結果。」

她突然一陣心虛，啜飲一口紅酒。瑪莎很快看了自己的手機一眼。

「萬事必有因。」薩琳娜說。

「沒錯。」

她們閒聊了一陣子——聊喜歡的餐廳、看過的表演，也聊婚姻生活和單身生活。氣氛輕鬆愉快，一時之間，她忘了等在門外的所有醜事，感覺就像與一個朋友偷閒了幾個鐘頭的時光，一切是如此簡單自在。她之所以赴這場約的真正原因似乎變得遙遠，彷彿只是偶然。

「真的很高興能認識妳。」瑪莎說。她招手要求結帳。帳單來的時候，堅持買單。「我沒有太多女性朋友。」

這是所有壞女人的口頭禪，那些女人利用美貌吸引男性的注意，一邊在背後搞破壞，講是非，最後又裝得一臉無辜，不懂其他女人為什麼「不喜歡」她們。她想這也是其來有自；瑪莎確實和她的已婚上司搞外遇。

「妳有其他家人嗎？」

她很快搖搖頭。「我爸媽都不在了。」

「我很遺憾。」薩琳娜說。瑪莎神情輕鬆，掛著一抹微笑。但薩琳娜能隱約感覺到她的疏離、她的孤獨。這一切都合理了；也許她真的只是想找個朋友。

「沒有認真交往的對象？」

「沒有。」她說。「像我說過的，我想是信任的問題。我似乎就是找不到那個『真命天子』，妳懂嗎？」

薩琳娜點點頭，低頭看著酒杯。而且就算妳真的找到他了，也不一定認得出來。「這不容易。」

「妳很幸運。」

「這個嘛。」薩琳娜說著，想起自己在社群媒體上的貼文，突然一陣內疚。她真是個騙子。

「婚姻要長久，需要努力、妥協和不斷溝通，不全是一堆粉紅泡泡。」

「當然。」瑪莎微笑著說。「我不敢說，但像妳這樣聰明又漂亮的賢妻良母，值得一個會照顧妳、保護妳、疼愛妳的好男人，一個忠誠的男人。」

薩琳娜把目光投向再次喝光的空杯，感受那些言語的重量。

「確實。」她低聲說。「我很幸運。」

「有些女人會選擇屈就。」瑪莎說。「她們不必如此。」

又來了，那陰沉的語氣。薩琳娜再次抬頭時，瑪莎盯著她的雙眼不放，薩琳娜不禁打了個冷顫。

「拿我母親來說吧。」瑪莎說。「她以為我父親是萬中選一的好男人，結果完全相反。她卻——隱忍了好久。為什麼女人要選擇留下？」

「可能是習慣使然。」薩琳娜說。她覺得口乾舌燥。「或是為了孩子，或是害怕。我母親在一間收容所做志工。有時候人們就是不知道該如何脫身。」

瑪莎的目光高深莫測，有如深淵般漆黑，出奇地引人著迷。

「像我說的，妳有個善待妳的好男人。真幸運。」

薩琳娜的耳朵一陣充血發紅。「是啊，非常幸運。」

「萬一哪天妳發現自己的老公不是妳以為的那種男人，妳會離開他嗎？」

「但願如此。」她說。「婚姻——很複雜。」

瑪莎把杯中剩餘的酒一飲而盡。「再來一杯嗎？」

「今天——很開心。」薩琳娜說著，坐直身子，深吸一口氣，打破咒語。「但我得回去了。」

「謝謝妳與我聯絡。」瑪莎揚起溫暖的微笑說。「我很高興。」

「我也是，本來以為人到了某個年紀，就很難交新朋友了。」薩琳娜說。「但這顯然是錯誤的觀念。」

「哇，很高興聽妳這麼說，謝謝。」瑪莎說。她似乎是真心感到高興，笑容溫暖可人。

不管薩琳娜先前察覺到的陰沉是怎麼回事，也已經被友善和誠懇的態度取代。難道一切只是她的想像嗎？只是她自己的恐懼？她自己生活中的陰鬱？

此刻，薩琳娜在內心暗暗恭喜自己大功告成。她鞏固了兩人的關係，理解了她們在火車上的邂逅——她們都有自己想要守住的秘密——與瑪莎變成了朋友。要是薩琳娜從未開口當然更好，但起碼她覺得情況已經在掌握之中。話說回來，萬一潔妮娃真的出事，萬一她失蹤的消息登上新聞版面，她有辦法相信瑪莎嗎？大概不行。她仍希望情況不會發展至此。

「下次再約。」薩琳娜說。

「一定。嘿，別忘了，如果妳需要找人聊聊，任何事都行，我是很好的聽眾。不帶成見。我常稱自己是解決問題達人。」

「解決問題達人。」

「任何問題一定都有解決的辦法。而我喜歡把辦法找出來。」又來了，薩琳娜在火車上直覺感受到的那抹狡黠眼神，就潛伏在表面之下。

「這是很重要的能力。」薩琳娜眨眨眼說，彷彿她懂這個笑話。

「因為問題不總是會自己消失。」

「這倒是真的。」

她們互相擁抱，瑪莎多抱了薩琳娜一秒，把她微微摟住，最後才鬆手。出於無法解釋的理由，薩琳娜突然臉頰一陣燥熱，迫切想要離開。

「很高興認識妳。」薩琳娜說。「隨時聯絡。」

「我要在這裡待一會兒。」瑪莎說著，微妙地看了酒保一眼，回到座位上。

「喔。」薩琳娜說。她幾乎從來不曾單身——高中有個認真交往的男朋友、然後是威爾、格雷姆。但她聽朋友聊過——刺激的一夜情，但隨之而來的是寂寞，總是找不到好男人的沮喪。各種交友軟體，失敗的約會。當對方太強勢、不接受別人說不的那些危險時刻；本來溫文儒雅卻在黃湯下肚後突然變得可怕的男人。

酒保看著吧檯後方那面鏡子裡的瑪莎，豐厚的嘴唇露出淺笑。他一手梳理過濃密的黑髮，薩琳娜注意到他的手腕有個圖騰刺青。

「那，小心點，好嗎？」她說。

瑪莎甜甜一笑，伸手捏捏薩琳娜的手臂。「妳真是個好朋友。」

來到大街後，薩琳娜沒有淋雨走回停車場，而是攔了一輛計程車進去。

「去哪裡？」司機問道。

她考慮了一下。回到停車場，千里迢迢開回家？回家與格雷姆再吵一次，再度過一個失眠的夜晚？不。她把威爾的地址告訴司機，然後給他傳了封訊息。

他馬上就回覆了：**門房會讓妳上樓**。

前往上城區的途中，她瀏覽母親在訊息裡附的照片。孩子們在被窩裡睡著了。

一切都很好，母親打下這些字，連同照片一起傳來。**世上沒有過不去的坎**。

第二十一章　安

跟蹤別人是她的天賦之一。跟蹤需要技巧，是一種本領。多數人沒想過自己會被跟蹤，所以這算是潛在優勢。

此外，這年頭，大部分的人根本心不在焉；注意力不集中。要不是迷失在自己內心世界的風暴中，就是麻木地滑著手機。他們要嘛執著於自己的欲望、需要、目標、怨恨、不安，在腦中觀賞關於自己的電影故事；要嘛就是在玩《糖果傳奇》，漫無目的瀏覽社群媒體，發送或接收各種生活瑣事的愚蠢訊息。

所以這些日子，想暗中觀察、來無影去無蹤地在社會上走動，或從後方偷偷接近都變得簡單，前所未有的簡單。

安讓薩琳娜離去，讓她以為她的新朋友很隨便，準備留下來勾搭酒保。當然，她可以這麼做。她可以佔有他，她幾乎沒有得不到的人。但何必呢？他挺帥的，但有什麼意義呢？

她這天下午才與休溫存；她仍能感覺到他。

她等了一會兒，接著收拾東西，跟上薩琳娜。薩琳娜仍站在路邊，手高舉空中。安留在店內，仔細觀察。一輛計程車停下來，薩琳娜坐進去；安搭上另一輛在正後方停下來的計程車。

「跟著前面那輛計程車。」她對司機說。

他沒有回答，她便當他同意了。他的手機響起，他開始用她聽不懂的語言講起電話。西斯拉夫語？俄語？波蘭語？

薩琳娜的計程車往上城區疾駛而去，安緊跟在後。

「妳要去哪裡？」安低聲說，儘管她心裡大致有底。

預知未來。這是她的另一個天賦。薩琳娜突然發現自己從充滿束縛的生活中解脫時，會去哪裡呢？當生活出現困難，天搖地動之際，薩琳娜會向誰求助？

開上第十大道，沿著七十九街穿過公園來到城裡的另一頭，接著開上麥迪遜大道。上東城。街道光滑；剛剛下過雨嗎？

這年頭，多虧有社群媒體，加上人人都渴望傳播自己的日常生活，把自己搬上檯面，想要滲入一個人的生活簡直易如反掌。只消幾個鐘頭，安差不多就能拼湊出每個人的生活樣貌，他們在哪裡居住，在哪裡工作，在哪裡購物、吃飯、玩樂，孩子上哪間學校。私人資料手到擒來。現在大家就直接把一切洩漏出去，而且往往沒有意識到。

當然，她花在薩琳娜身上的時間遠遠超過幾個鐘頭。她們在火車上的邂逅絕非偶然。她對薩琳娜·墨菲可說是瞭若指掌。她甚至知道一些連薩琳娜自己都不知道的事。

薩琳娜的計程車停下來，安的司機也跟著停車。他仍在講電話，表繼續跳著。他似乎知道要靜坐等待。安看著她那苗條優雅的朋友下車，匆匆躲進一棟附有門房和深紅色雨棚的高級大樓。

安很快用手機拍了一張照片。

她心想，嗯，進度比想像中快。

她看見薩琳娜與門房互示微笑，消失在豪華的大廳裡。那名律師，她的前任。薩琳娜最初及最後的安全避難所。她當初應該嫁給他的。

雖然對薩琳娜．墨菲知之甚詳，但今晚她遇見的這個女人令她驚訝。安以為她會疲憊不堪，沒有安全感，懺悔地向她坦承一切。但酒吧裡那個坐在她對面的女人看起來體面、聰明、泰然自若。她刻意說著謊，說得若無其事。她在算計什麼。

她比安想像的更堅強，也更聰明。就一個目標而言，不是好特質。

「這個計畫有漏洞。」是老爹。「而它之所以有漏洞，是因為這計畫帶有私人因素。我不是這樣教妳的。妳因為錯誤的理由選擇了她。趁早抽身吧。」

「知道了、知道了。」她大聲說完，被自己的聲音嚇了一跳。

不過計程車司機如果有聽見安說話，大概會以為她也在講電話。她感覺到一股強烈的焦躁，接著很快變成蓄勢待發的怒火。不對，不是怒火，是某種更黑暗、更惡毒的情緒。

「憤怒讓我們失去耐心。」老爹總是再三叮嚀。「幹我們這一行的，沒耐心是會害死人的，記得嗎？」

「怎樣？」司機問道，從後照鏡盯著她看。「接下來去哪裡？就光坐著？表還在跑喔。」

她權衡選項。她已經為薩琳娜破例上百次，該是時候撤退了。重新部署。該是時候給這項計畫施點壓力，做點什麼了。

「去中央車站。」她說。

計程車出發後，司機仍講電話講個不停。她好奇，是誰在話筒的另一端？

「記得布里姬嗎？」老爹在她後方問道。她嚇一大跳。最近多數時候，他都像個若隱若現的影子。但現在他人就在那裡，一個血肉之軀。但她一向他伸手，他就消失了。

「我怎麼可能忘記？」她說著，望向窗外，看著他們駛進公園。

第二十二章　珍珠

她和老爹又搬家了。佩科斯那間溫馨小屋已經成為遙遠的記憶。在那之後，他們待過波德市郊外的一間廢棄小木屋、阿馬立羅的一座破舊牧場、鳳凰城的一棟兩層樓透天。她曾是瑪麗、貝絲、莎拉。老爹則是吉姆、克里斯、比爾。

老爹正開著他們的二手富豪汽車，但整個人已經出了神——她喜歡這麼形容。

每次計畫失敗或不如他的預期，或有事惹他生氣的時候，他就會這樣靈魂出竅，一臉呆滯，不發一語。剛開始挺嚇人的；有一次他幾乎整個下午呈現毫無知覺的狀態，坐在沙發上，呆看著漆黑的壁爐。她想盡辦法讓他做出反應。說話、吼叫、大哭。她搖晃他，打他。最後，她只是坐在他腳邊等待。回神後，他完全不記得過去幾小時的事。

「對不起。」他對她說。那天他抱住她，她也不抗拒，儘管兩人鮮少有肢體上的親密接觸。「有時候會這樣。過去就沒事了。」

他一回到鳳凰城的家中——她真的很喜歡這裡——就開始打包，不發一語。她也不問原因就跟著照做。也許是跟史黛拉在一起久了；她已經習慣不去過問，迅速跟上非語言的暗示行動。她和老爹的家當分別裝進兩個滾輪行李箱中。他們再三確認該帶的東西都帶上了，把整棟房子大肆打掃一遍，不留一絲痕跡。至少這是他們的計畫。

他們居住的鳳凰城氣候炎熱、地形平坦、遍地紅土。居民都很友善，笑臉迎人，典型西南部的雅痞調調。老爹的「女朋友」是一個他在交友軟體上認識的中年會計師——布里姬。

他們要的是什麼？這是你得找出來的首要任務。

他們總是會告訴你。你只需要仔細觀察、耐心聆聽。

他們也許不會直截了當告訴你。他們甚至不是真正了解自己。但他們會用各種方法告訴你，例如髮型、妝容、衣著打扮。他們會用他們最喜歡的歌曲、書籍、電影讓你知道。他們對父母的評價、他們的肢體動作、是否敢直視你的雙眼，經過一面鏡子時是否會查看自己的樣貌。

到了一定年紀仍未婚的女人——這太簡單了。她要的是一個她等了一輩子的童話故事。她要的是那位期盼已久的王子，讓以前交往過的那些青蛙終究不是白費一場，要是真有那些青蛙的話。她渴望浪漫、關注，渴望一份愛情去彌補所有寂寞的夜晚、塞滿衣櫃的伴娘禮服、獨自度過的耶誕節。她希望在經過那麼多的歲月後，能開口說：*我終於等到你了*。

而老爹不是省油的燈。他非常、非常善於給予女人想要的東西。

他體貼入微、細心有禮。善於傾聽，不吝付出。他的手很巧，不僅擅長修理壞掉的東西，也樂於為之。他下廚。

而安——或瑪麗，或貝絲，不管當時的她叫什麼名字，則是錦上添花的存在。由單親爸爸一手養大的鑰匙兒童。她在尋找一個母親、一個朋友，但她又年紀夠大足以照顧自己。兩人聯手提供了現成的家庭。對未來懷抱憧憬的年輕女性可能會因此嚇跑。但對擔心自己的人生有所缺憾、擔心錯過真愛、孩子、兒孫的女人而言，卻不是這麼回事。對那種女人而言，安可謂是驚喜包的一部分。

她完美扮演了她的角色。她不太需要親自上場；大多時候是在網路上發生——傳傳電子郵件，偶爾視訊通話。她一開始會裝得很害羞，慢熟。最終，她會改變態度。開始主動打電話給老爹的新朋友——拿些問題請教她。她會傳有趣的訊息、梗圖，或可愛的貓咪影片。

「妳是天生的料。」老爹說。「但別做得太過火了。別透露太多、也別給得太多。還有，無論如何，絕對不能愛上目標。」不用說，她從未違背規矩。安只確保目標會愛上她。

等目標——這個詞很冷酷，沒有傳達出所有真相——上鉤了，投入感情之後，就在所有人準備初次見面的前幾天，安或貝絲或瑪麗會突然生病。通常是她和老爹表面上來到所有人準備見面的地點「度假」的時候。不用說，他們根本不在附近，也不可能去那裡。另一種情況是他們被搶了，老爹的錢包遺失，他可愛的女兒在被搶後仍十分堅強。目標通常不加思索就會把他需要的錢匯過去。五千、一萬，有時候甚至更多。這些騙局時間很短，通常頂多只有幾個月。

一旦錢匯進來了——或是目標開始起疑，想飛過來幫忙——那，咻——他們就消失無蹤。刪除個人帳號、扔掉拋棄式手機、取消電子郵件帳號。多數女人不會去報案。羞愧讓她們噤聲。這些都是富有成功的女人。她們會自問，我怎麼會那麼容易受騙？

但布里姬呢？安感覺到她和一般女人不一樣——她有一股敏銳的鋒芒，一種疏遠的冷漠。她不像其他人，對安一見傾心。安把這件事告訴老爹，但他沒聽進去。她是條大魚，家財萬貫。但他準備收起長線時，布里姬並沒有把錢匯過來。起初，她提議飛過來幫忙。接著，她提議介紹一名律師給他。她不停撥打老爹的拋棄式手機，最後，她寄了一封電子郵件威脅要報警。老爹不得不以最快速度關閉一切——個人帳號、電子郵件帳號、Skype帳號、手機。即便布里姬不可能知道他們確切的住址，他們仍離開了鳳凰城的家。

他們開了好幾公里，快接近艾爾帕索的時候，老爹終於開口。

「妳怎麼知道？」

他們開在漆黑無人的高速公路上，城市夜景在遠方熠熠發光，天空繁星點點。她隔著天窗欣賞星空。星星給了她某種慰藉，提醒她紅塵俗世其實沒什麼大不了。她的骨頭是星塵組成的。不久前，她甚至根本還沒來到這個世上。有一天，她也會永遠離開這裡。而她完全不介意。

「我沒有那種肉麻的親暱感。她看著我的時候，眼神沒有笑意。我想她有信任問題。」

「我沒有看出來。」老爹握著方向盤說。

她注意到他的指關節破皮受傷，顴骨微微瘀青。她知道最好別多問。有時候他會在夜裡出門，喝太多酒，不總是記得所有發生過的事。

「你不可能贏過所有人。」她說。

這是以前史黛拉常說的。她比誰都清楚。安記得一些母親的瑣事——她的香水味——香奈兒五號——她嘶啞的笑聲，總是冰冷的手腳——兩人一起躺在沙發上時，她喜歡把腳埋進珍珠的腳底下。有時候像這樣細微的回憶湧上心頭，她幾乎能感覺到什麼，一股牽動心弦的拉扯。

「也許我退步了。」老爹說。「我聽過這回事，你的直覺會變遲鈍。」

「也許你該退休了。」她故意挖苦他。她很生氣。她喜歡鳳凰城的那棟房子；她交了朋友，一個住附近的男孩。

她以為他會再次出神。她有點希望他出神；這樣她就可以靜靜地生悶氣。

「沒那麼快。」他說。「我還沒準備好退休。」

「她會找到我們嗎？」

「不會。」他很快回答。「不可能，我們是不存在的幽靈。」

但他的語氣聽起來不是非常肯定。結果證明，他是大錯特錯。

第二十三章　杭特

杭特．羅斯走進餐館，叮噹作響的小鈴鐺宣布他的到來。儘管在一片喧鬧中根本沒人聽得見。櫃檯的女服務生向他招手，會意一笑，朝餐館後方的那群吵鬧老人點了點頭。杭特嘆口氣，朝他們走去。

杭特．羅斯對於退休沒有興趣。事實上，他開始害怕這群星期二早餐會的成員，來自各行各業退休沒事幹的老傢伙。每週二，固定成員可能有警察、律師、消防員、急救人員和FBI探員。過去以工作定義自己身分的男人，現在把那些無處發洩的精力統統用來抱怨國家和世界。

他們一個個身材走樣，看太多電視。老實說，他們吃東西的方式讓杭特很緊張，巨大的辣起司歐姆蛋，疊得如山高的薯餅，旁邊放著培根和一串串粗大的香腸、一公升接著一公升的果汁和咖啡。

總有一天，其中一個老傢伙就會當著他的面中風倒下。這不是臆測，而是遲早的問題。

他們都叫他「孩子」。因為杭特五十多歲，而其他人都快七十歲了。嚴格來說他沒有退休，因為自從離開工作崗位後，他開始掛牌開業，為各個家庭、人手不足的警局或手上有案子卻缺乏線索、時間、金錢和體力的人調查懸案。有時候，他會提供免費服務。

大家責備他明明可以輕鬆度日，卻選擇工作。但他看得出來，他們很嫉妒。這些傢伙的工作類型，不是說放手就能輕易放手的。天天都有火災、犯罪案件、受害人出現，永遠有需要率先到場的應急人員。現在，挺身救援的換成其他的年輕人了。

杭特目前進行中的案子有三個——疑似逃家的失蹤少女；一對篤信末日將至、與外界隔絕後音訊全無的夫妻；最後一個帶有私人情感，是將近十年仍沒能破解的案子。因為快滿十週年的緣故，他最近經常想起這件舊案子，讓他煩躁不已。如果能與這件案子有個了斷，說不定可以考慮一下他太太一直吵著要去的歐洲遊河之旅。

他在桌邊坐下。

「你遲到了，孩子。」菲爾說。菲爾是個疲憊的退休警察，外型高瘦，但體脂肪高——這傢伙天生胖不起來，無法忍受任何蔬菜，只有被追的時候才願意跑，把波本威士忌當開水喝。他的肚子垂在皮帶外，勉強靠POLO衫支撐著。「我們替你點好餐了。」

「太好了。」杭特在安德魯旁邊說。「我還嫌我的膽固醇不夠高呢。」

「你們也知道，他是大忙人，沒辦法每次都來。」消防員雷說，語氣充滿諷刺。去年他心臟病發作，但撿回一條命；現在他吃著蛋白——上面鋪了一層厚厚的起司，旁邊擺著培根。「這傢伙仍覺得他要拯救世界，破解懸案。」

「你目前在忙什麼案子，兄弟？」安德魯問道。他是一名退休律師，現在幫一些邊緣孩子做公益服務。又一個放不下的傢伙。

「我找到那個逃家少女的線索了。」他說。「等會兒準備過去看看。我只是過來喝杯咖啡就走。」

「她都逃家了，何不就讓她走？」傑伊，另一名退休警察。憤世嫉俗到不行。離婚，跟孩子們關係疏遠。這份工作把他吃乾抹淨了，再棄之如敝屣。

杭特聳聳肩。「她的家人還在找她。」

珍妮已經失蹤超過一年。她只有十六歲，但外表看起來成熟得多。她遭到親生父親家暴，不過母親和繼父是好人，試圖幫助她。珍妮認識了一群濫用止痛藥的小團體。她母親很快失去對局勢的掌控。後來，她就消失了。

傑伊撫摸他灰白的大鬍子。「他們做父母的要是再努力點，也許她就不會逃家了。」

其他人紛紛應聲附和，彷彿全是模範家長似的。

「可能吧。」杭特說。

那就是他的作風，默默接收其他人的負面情緒，然後一笑置之。杭特從不與人爭辯。這點曾經快把他老婆逼瘋，直到她開始學習瑜伽和冥想。現在她明白了。雖然杭特碰不到自己的腳趾，但他知道與人爭辯沒有意義。無論你爭辯什麼，只會讓對方的立場更堅定。

「他是那種深信每個人都很重要的條子。」安德魯說著，在他背上重重一拍。「看太多麥可・康奈利的犯罪小說，自以為是博斯警探。」

「每個人確實都很重要。」杭特說。「對我很重要。」

瑪維絲送來一盤盤的蛋、煎餅、格子鬆餅、早餐肉、甜甜圈，向桌邊所有人熱情打招呼。他們就像在生日派對上看見蛋糕的一群孩子，開心得兩眼一亮，大吼大叫。

她在杭特面前放上黑咖啡、蛋白和鋪了酪梨的黑麥麵包。

「嘿，我不是幫他點這些。」比爾佯裝生氣地說。

「可是他每週都點這些啊。」瑪維絲說著，露出心照不宣的微笑。

他感激地看她一眼，因為天知道要是有人在他面前放上一盤辣起司歐姆蛋，他一定會吃光光。他也是人。

「謝了，瑪維絲。」

他們一起開動——邊吃邊聊天。話題從政治、健保，一直到以房養老政策和運動賽事，音量也越來越大聲——咆哮、大笑、挖苦彼此。杭特多數時候只是靜靜地聽。這是他來這裡的原因。儘管這些傢伙有些壞習慣和小毛病，但他喜歡他們。他們都在人性的最前線生活過。他們的知識、經驗和智慧加在一起不可估量。他把他的案子帶來這裡和他們「開研習會」。他們總是充滿各種點子——有些錯、有些對，但幾乎所有點子都引導他來到光憑他自己可能找不到的方向。

當初就是菲爾建議他搜尋逃家少女珍妮．莫里的臉書。要是他沒那麼做，大概不會看見她前男友的貼文。嘿，我前幾天好像在湯米灣看到妳。那是妳嗎？

珍妮沒有回覆，但杭特在網路上一搜，發現那是幾個城鎮外的一家酒吧，重機騎士經常聚集的地方。這是一個月來杭特所得到的第一個線索。

趁著安靜的空檔，他開口問：「你們聽過湯米灣酒吧嗎？」

「湯米灣？」菲爾會心點頭說。「很多卡車司機和重機騎士，還有毒品。如果她在那裡，大概已經為了止痛藥或冰毒出賣肉體了。」

跟杭特想的差不多。有毒癮的少女想要過日子沒有太多方法。

「就算你把她帶回來，送她去勒戒所，六個月內也會回到那裡。」傑伊說。「那種人靠這種方法是戒不了毒的。」

這是警察典型的態度。狗改不了吃屎。但這不總是對的。

「每個人都值得擁有重回正軌的機會。」安德魯說。

聽完這句話，杭特的思緒轉到史黛拉和珍珠．貝爾身上，他的私人恩怨。那件懸而未解的案子，那個仍未尋獲的女孩要嘛在外過生活，要嘛已經被深埋某處。而慘遭謀殺的女人，除了與她素未謀面的杭特外，已經被世人遺忘。一個努力度日的單親媽媽，身旁有個十幾歲的女兒，一家搖搖欲墜的書店生意和一連串的廢物男友。她在自己床上遭到勒斃，孩子被人帶走。

每個人都值得擁有重回正軌的機會。有些人卻沒那麼幸運。

「我陪你一起去吧？」安德魯問。其他人已經忽略杭特繼續往下聊。他目不轉睛看著咖啡的混濁漩渦。

「沒問題。」杭特說。多個人幫忙向來是好事。

他喝光咖啡，吃掉三明治，從菲爾的盤子裡拿走一條培根。接著在陣陣奚落和道別的吼叫聲中離開。等他們全部離開後，餐館的其他客人一定會很高興。

他們正準備走出大門時，餐館角落的電視上所播放的內容吸引了他的目光。

螢幕下方的標題寫著：褓姆下落不明。

他走到電視機前，拿起櫃檯的遙控器，把音量調高。「二十五歲的潔妮娃．馬克森這週末經由親姊姊舉報失蹤後，昨天沒有現身工作地點。」新聞主播說。「星期一，警方在其雇主的富裕社區附近找到她棄置的車輛。目前為止，她的去向仍是個謎，但沒有遭到謀殺的直接跡象。警方呼籲如果任何人知道這位年輕女子的下落，請撥打這支熱線電話。」

她的臉在他眼前晃動，看起來異常面熟。他認識她。他以前見過她。他向來過目不忘。他不斷往記憶深處挖掘，後腦勺一陣刺痛。在哪裡？什麼時候？

「怎麼了？」安德魯來到他身後問。「你認識她？」

「可能。」杭特說。

追完手上這條線索後，他就會回家翻找舊檔案。他會在車上先打幾通電話。他沒有以前那麼靈敏了。但他終究會想起來的。

每個人都很重要。無論是他尋尋覓覓的失蹤兒童、為了替他們伸張正義的命案死者、或承諾總有一天要逮到犯人、讓他們不再擔心受怕的性侵受害者，他不曾忘記任何一個人的面孔。

第二十四章　薩琳娜

「你睡得好嗎？」她問奧利佛，手機開著擴音。

威爾的床像雲一樣又大又軟。她讓自己窩在棉被裡。儘管經歷那麼多風雨，昨晚是她這陣子睡得最好的一次。

「還行。」奧立佛的語氣不悅，聽起來剛睡醒。他想必一睜眼就打給她了。

「保羅早餐做什麼？」她問，企圖保持輕鬆。

「他說他要弄煎餅。我聽見他在廚房的聲音。」

「你最愛的煎餅！」她活潑的語氣掉進一片沉默中。

「我什麼時候可以回家？」

「我」，不是「我們」。他完全不在乎史蒂芬的死活，可以的話，他願意把他留在那裡，對吧？這是正常的嗎？

「就快了。」她說。

「這不是答案，媽。」

「今天就先、」她深吸一口氣說。「先去學校吧。下午回家後，我會給你一個答案。」

但可能不會是你喜歡的答案，她心想，但沒說出口。無論如何，今晚她會在娘家過夜。她不打算回家與格雷姆見面。留在柯拉家可能是目前最好的做法。對她和孩子們而言。

「好吧。」他說。她聽著他刺耳的呼吸聲。

床單簡直是極品，既硬挺又絲滑。她敢說一定很貴。她對紅酒、藝術、高級布料和名貴設計的知識都是威爾教她的。晨光隔著緊閉的淺灰色窗簾緩緩透進來。她按下床邊的遙控器按鈕，看著窗簾默默滑開，顯現出一片銀灰色的市景。

「爸呢？」

「還在睡。」一陣罪惡感湧上心頭。但她沒說謊。即使她不在家也不敢肯定，但他八成仍在被窩裡呼呼大睡。

「他又睡在書房了嗎？」

不管你以為自己有多聰明，其實都騙不了自己的孩子。

「你睡得怎麼樣？」她轉移話題問。

「史蒂芬整晚都在打呼。」

薩琳娜聽見威爾從昨晚睡的客廳沙發上爬起來，聽他沿著走廊進浴室的腳步聲。

他們昨天聊到很晚。她穿著他的運動褲和大學運動衫。他生了火，他們聊起格雷姆——聊起孩子們出生後的辛苦日子。她沒有把所有事情告訴他。他們聊到潔妮娃，聊到她可能發生了什麼事，聊到火車上的女人和她的企圖。她在客廳的昏暗燈光下又喝了一杯，在他的陪伴下覺得放鬆欲睡。

「我不喜歡事情搞成這個樣子。」他說。「但很高興有妳在這裡，很高興能再次像這樣跟妳聊天。我想念這個感覺——也很想妳。這些年來一直沒變。」

她不知道該說什麼。她想念過他嗎？有時候，可能吧。想念她可能擁有的生活。但人生不是這樣運作的。沒走過的路，你不會知道有什麼風景。

「妳什麼都不必說。」他說。「我明白——這很複雜。」

「對不起我傷了你。」她說。「我永遠都會為此內疚。」

他聳聳肩。「愛就像一道閃電，有時候是避不開的。我們不總是能選擇我們要愛誰，或為什麼愛。我們不能強迫自己愛一個我們不愛的人。」

我確實愛你，她想說。我真的愛過。也許當時我根本不懂什麼是愛。但這她也沒說，只是凝視著爐火。接著：「貝拉呢？那也是一道閃電嗎？」

他微微一笑。「貝拉？我想我們只是非常要好的朋友，錯把那份友情當成是愛情了。」

「更糟糕的結婚理由比比皆是。」

她比誰都清楚。

「是啊。」他說。「但到頭來那是不夠的。你首先需要那份激情，要是激情冷卻，剩下友情，那行得通。但如果從來就沒有那份激情，那永遠都會覺得少了什麼。而且——嗯——她真的喜歡女生，一直都是，只是不願意承認，最後才總算面對事實。」

「我很遺憾。」她說完，嘆口氣。「我知道那種感覺，發現你愛的不是你想像中的那個人。」

「我想是吧。」

他保持一定的距離，沙發讓給她坐，自己坐在對面的大扶手椅上。整個房間瀰漫著隨時可能犯錯的強烈情感。要發生什麼實在太簡單了。可是，不行。她是忠誠的伴侶，他也一樣。無論格雷姆做過什麼錯事，她都不會逾矩。

兩人沉默幾分鐘後，威爾站了起來。「我去換個床單。」他說。「我睡沙發。」

「我睡沙發就行了。」

「絕對不行。」他說。「沒得商量。」

威爾在客廳睡著後，她躺上床，始終不接格雷姆的電話，但這並沒有阻止他一直傳訊息給她直到將近凌晨三點。

拜託快回家，我真的很抱歉。

給我一點空間和時間思考，格雷姆。這是妳必須給我的。

妳有沒有可能原諒我？

可能嗎？她有可能原諒他嗎？她沒有答案。

「保羅叫我去吃早餐了。」此時奧立佛說。

「好。」她說。「一放學我立刻就打來。我愛你，寶貝。」

「我也愛妳。」

「沒事的。」她說。做父母的到底要把這句話說幾遍？「一切都很好。」

話筒的另一端極度沉默；她察覺他還想說什麼，於是靜靜等待。

接著是：「媽，妳先掛。」

「愛你。」她又說一次。「替我抱抱史蒂芬。」

「愛妳，媽。」

她帶著沉重的心情掛斷電話。她的生活真是一團亂。一年前有人問起的話，她會說她的生活近乎完美。她以為格雷姆的問題已經解決了。她在家照顧孩子，丈夫開心去上班。

世上沒有過不去的坎。但就連快樂時光也會過去。

她的手機傳來叮的一聲。是格雷姆。

在威爾家睡得還好嗎？是不是都跟記憶中的一樣啊？

他睡沙發，這不用我說吧。

是喔。

我從來沒有背著你偷吃，現在也不打算開始。

我知道。對不起。妳沒有回覆我。妳有沒有可能原諒我？我們有沒有辦法繼續走下去？

又一個沒有答案的問題。

她看見自己離開格雷姆……賣掉房子，搬回曼哈頓。工作，順利走向未知的將來。這時，她想起奧立佛和史蒂芬，想到他們幸福的日子就此毀滅，不禁崩潰倒地。她就像母親一樣，為了兩個孩子對虐待和屈辱忍氣吞聲，承受維持門面的壓力，漸漸凋零。

她的手機再次響起。又是格雷姆。

喔，該死。

怎麼了？

警察來了。

如果這是他要的手段，只能說很奏效。她撥打他的號碼，但電話直接轉進語音信箱。她覺得口乾舌燥，腸胃糾結。

警方這麼早上門是為什麼？

她放下手機，走進威爾裝潢精美的廚房——咖啡已經煮好，那閃亮的咖啡機售價想必和一輛二手汽車差不多。她拿起遙控器，打開電視，整個房間突然天旋地轉，腳下的世界崩裂。

螢幕上出現的是一張潔妮娃的照片——笑容可人，深金色秀髮拂過臉龐。這個美麗倩影因為底下的紅色字體而變得詭譎不祥，文字上寫著：褓姆下落不明。

「二十五歲的潔妮娃．馬克森這週末經由親姊姊舉報失蹤後，昨天沒有現身工作地點。」頂著濃密捲髮的優雅主播說道。「星期一，警方在其雇主的富裕社區附近找到她棄置的車輛。儘管沒有遭到謀殺的直接跡象，但她的去向仍是個謎。根據警方說法，已有兩名當地男子被帶回警局審問。

「警方呼籲如果任何人知道這位年輕女子的下落，請撥打這支熱線電話。」

威爾從薩琳娜身後走來。「喔，該死，有人通知媒體了。」

「警方現在在我家。」她勉強擠出話來，儘管她覺得自己彷彿透過一根吸管在吸空氣。「格雷姆剛剛傳訊息來。」

「我換個衣服馬上趕過去。」

她聽見他在說話，感覺到他在場——下一秒就暈了過去，頭撞上大理石檯面後，倒在磁磚地上。

第二部　我們所有的小謊言

「只有死人守得住秘密。」

——班傑明．富蘭克林，《窮理查年鑑》

第二十五章　薩琳娜

有種午後的日光每每讓薩琳娜聯想到疾病。那是她兒時生病請假在家，陽光隔著房間輕薄的粉紅色窗簾透進來的模樣。那種光線帶著特別的玫瑰色調，房子一片寂靜，讓她得以休息。她會聽見母親在廚房忙碌的聲音。父親出外工作，姊姊在學校上課。在那特殊的光暈下，時間彷彿慢了下來。

這天，從她家客廳穿透窗簾照射進來的光線是一片慘白。光線中透著不祥，絕對不會錯。外面的世界有如一隻等在門口的大野狼，鼓滿氣準備吹倒房子。

潔妮娃正式失蹤了。她的丈夫格雷姆和潔妮娃的前雇主艾瑞克・塔克雙雙被帶回警局偵訊。

薩琳娜坐在沙發上，坐在對面的是克洛警官。他的頭髮凌亂，衣服皺巴巴的，眼下掛著疲憊的黑眼圈。她表情木然，腦袋隱隱作痛。她拿著一包冰袋敷著後腦勺的腫塊。她就這樣暈了過去。是誰向媒體舉報的？萬一潔妮娃真的出了什麼大事怎麼辦？

她丈夫將入獄服刑。

她的孩子將孤苦無依。

撐住，她告訴自己。振作點。

時間將近下午一點，不久後她母親就要去接孩子們放學。她答應過等奧立佛回家就給他答案。她沒有答案，一個都沒有，她現在只有更多的問題。

潔妮娃到底在哪裡？

格雷姆幹了什麼好事？

為了兩個孩子，她該如何維繫他們的生活？

她打從內心深處顫抖著。她坐壓著自己的手，不讓克洛警官看出來她有多害怕。

克洛警官也有很多問題。她知道她不應該回答任何一個問題。但他人已在此。他朝她前傾的姿勢，鎮定沉著的眼神，給人一種安全正直的感覺。他的存在不知怎地令人欣慰。

「潔妮娃和妳丈夫外遇的事，妳知道多久了？」他溫柔問道。

如今沒理由說謊，警方顯然全知道了。

她凝視前方桌面上那張格雷姆和潔妮娃互傳訊息的內容影本。這些訊息不知為何也向媒體走漏。誰會做這種事？

格雷姆：**我幹妳的地方還留有擦傷，痛得真爽。**

潔妮娃：**我嘴裡仍能嚐到你的味道。**

天啊，簡直齷齪至極。內容整整有兩頁。她幾乎沒怎麼看，但也看得夠多了。

「一個禮拜左右。」她說著，癱進絨毛沙發。「我在監視器上把他們逮個正著。」

「所以——妳之前說謊。」得知真相的他看起來很疲倦。又一個當著他的面說謊的傢伙，他遇過的騙子大概多不勝數。

「對。」她點頭說。

她差點要道歉，但最後沒這麼做。她為什麼要道歉？為什麼她丈夫和褓姆上床後，那女人就消失了？

雪上加霜的是，為什麼格雷姆和潔妮娃那些噁心露骨的訊息——警方登入潔妮娃的手機通聯紀錄發現的——會在今天早上被媒體知道？

所以到頭來，薩琳娜為何要道歉？她只是為了保護孩子和自己的生活不受丈夫的可恥行徑破壞罷了。

「為什麼？」克洛警官問。「妳為什麼要對我說謊？」

「嗯。」她說著，一手抵著下巴假裝在沉思。「不知道。羞愧、恐懼、垂死掙扎，希望在這一切證實只是一場愚蠢的誤會前能夠維持正常的生活吧。或是不想面對，都有可能。」

「好。」他舉起一隻手說。「我明白了，真的。」

他隻身前來，沒帶夥伴——他夥伴想必正在偵訊格雷姆。威爾在警局，跟他們在一塊。她警探片看多了，知道這八成是刻意的。把丈夫和妻子分開。趁律師忙著其他更重要的事情、也趁薩琳娜脆弱又害怕的時候到家裡找她。

他來到家門口時，她應該把他拒之門外，那才是正確且明智的做法。她應該說：沒有律師在場，我不能和你說話。但她沒這麼說。於是現在他們對坐相視著。

要是她沒有獨自在網路上讀到那些訊息，以及Twitter或Reddit關於他們的所有評論，她可能不會急著想找人陪伴。她看見警官站在門廊時其實挺開心的。一個正直的好人，就像薩琳娜一樣想找到答案。

「接下來說好了只說實話好嗎？」他問。

實話，多麼難以界定的概念。

「好。」

「妳知道這些訊息的存在嗎？」

「不知道。」一股燥熱從頸部往上蔓延至臉頰。

那些下流、丟臉的訊息又為潔妮娃的失蹤案蒙上一層新的陰影。對話內容參雜一些暴力——像綑綁和懲罰等威脅。

我想要打妳的翹臀打到妳尖叫為止。

我要把妳綁起來，從後面幹妳。

真的嗎？這不像格雷姆的癖好，薩琳娜想都想不到。但她懂什麼呢？同樣洩漏給媒體的還有潔妮娃和艾瑞克·塔克的婚外情。顯然那段婚外情也留下了一連串的訊息，而且同樣下流。

Twitter上已經掀起一個熱門標籤：＃淫蕩褓姆。

薩琳娜的手機每隔幾分鐘就會發出聲響。她頻頻查看，確認不是母親或學校打來的。最後一則訊息來自貝絲：**我現在就過去妳家**。

她的家——曾經以為是磚塊打造的家，原來只是一間稻草屋。

格雷姆還跟另一個人有訊息往來。顯然警方現在也能登入他的手機了。更多的骯髒事，薩琳娜從不知道那些遣詞用字存在於她丈夫的腦海，更別提從他的嘴裡說出來。那些內容同樣介於暴力和陰險的邊緣。更令人不安的還有：

我知道你是誰，我也知道你幹了什麼好事。

你逃不掉的，我保證。

她想警方肯定拿走了格雷姆的手機，但她不確定。她不知道這些事是如何運作的。警方會想要她的手機嗎？如果他們沒有搜索令，她需要交出去嗎？

克洛警官朝桌上那些影本點了點頭。薩琳娜突然感到脆弱無助。她不該讓他進門的，應該等威爾回來再說。又一個錯誤。

「知道這可能是誰嗎？」他問。「這個人可能看見什麼？格雷姆逃不掉什麼？」

神奇的是，有一部分的自己仍想說謊。是我，她想說。我們只是在玩角色扮演。

部分是為了保護孩子，藉由保護他們的父親。

但主要是為了保護她自己，或希望維持別人對她的印象。薩琳娜——賢妻良母，婚姻美滿，事業成功。完美、值得曬網、比她姊姊優秀，比她朋友優秀，但仍然謙遜、慷慨，你懂的。

屈辱有其滋味，在喉嚨深處濃烈苦澀。

恐懼有股聲音，在她耳邊嗡嗡作響。

「墨菲太太。」

「我不知道。」她厲聲說。「我怎麼會知道？」

「他之前出軌過嗎？」

「有。」她說。她低頭凝視婚戒，那碩大的鑽石，白金的底座。

「不止一次嗎？」他的語氣溫柔。

她向他一五一十說明白。與前女友互傳色情訊息，他後來的說法是僅此為止。心理諮商。接著是在拉斯維加斯的那件事。

克洛低頭查看筆記。「對方是一名脫衣舞孃。」他說。「對嗎？當時發生肢體衝突。」

「對。」

「他在脫衣舞孃跳完大腿舞後向她求歡，遭拒後便攻擊她。隨後酒店保鑣跟格雷姆和他的朋友大打出手。」他說。

「沒錯。」她僵硬地說。只有母親知道這件事，也許她姊姊也知道。薩琳娜總是懷疑她們背著她說她閒話。

「我猜後來又是更多的婚姻諮商吧。」克洛警官說。

她抬頭看他時，以為會在他臉上看見嘲諷或不認同的表情。然而，她看見的卻是同情和憐憫。

「我太太。」他說。「她背著我偷吃好幾次後，我才明白她永遠都不會改變。問題不在於我，而在於她。」

他沒有戴婚戒。

「我很遺憾。」她說。

他點點頭。「我也是。」

這時，她聽見外頭好像有聲音，但又安靜下來。媒體會不會聚集過來？她心想。可能吧。現在不都是這樣嗎？新聞採訪車團團包圍，專寫犯罪紀實的部落客發表理論和照片，無止境的電話和電子郵件。

「妳不告訴我這些，對辦案是一種阻礙，妳知道嗎？」

她沉默片刻，接著說：「我以為沒有關聯，真的。」

他點點頭。「我明白。那些事和這件事依妳看來截然不同。那些事——比如色情訊息，是虛擬的。拉斯維加斯的女人幾乎是個抽象的概念，和你們的生活八竿子打不著。妳不願意相信他可能與潔妮娃的失蹤有關。」

這些話懸在半空，詭譎不祥。妳不願意相信妳丈夫會傷害一個年輕女子，即使妳知道他已經傷害過另一個年輕女子。

「妳丈夫的工作呢？」

她感覺到一股恐懼沉入胃底。

她知道，對吧？在某種程度上，她知道他沒有把他丟掉工作的真正原因告訴她。他的上司，也是他們的朋友傑登一直沒有回她電話。薩琳娜最後收到的電子郵件內容友善，但很簡短。**我們很想妳！抱歉最近太忙了，也許等天氣轉暖了我們可以約一下？**

明顯被放鴿子了。

薩琳娜同樣對那些直覺視而不見。她不想知道。

她就跟她母親一樣。

「怎麼樣？」她靜靜問道。

「他的部門有個資淺員工對他提出指控。」

她搖搖頭，不敢說話。

「妳不知情？」

她又搖頭。她不想哭，要是哭了，場面會變得很難看。

「有位同事指控他毛手毛腳，被拒絕後不太能接受。她說他變得挑釁，還威脅她。」

想要反駁的衝動再次湧上。這不過是各說各話，這年頭，這種指控在工作場所不是充滿爭議嗎？但不行，她不會這麼做，想都別想。她不會成為另一個替男人掩飾不良行徑的女人。

他是誰？她老公到底是什麼人？

她想起拉斯維加斯那個脫衣舞孃傷痕累累的臉頰——眼睛瘀血，嘴唇紅腫。一次出了岔子的大腿舞。他想要更多；她拒絕了他。於是他對她動手。那就是她丈夫幹的好事；沒什麼好爭辯的。就連他也沒否認。她飛去拉斯維加斯保他出來。他收到一張酒醉鬧事的傳票，付了罰金，隔天和她一起飛回家。

但薩琳娜仍會想起那女孩，一個年輕女子被他傷害了，只因為她不肯滿足他想要的。他的妻子和襁褓中的兒子遠在另一端熟睡，等他回家。

他是誰？留在他身邊的她又是什麼樣的人？她把那次意外深埋在潛意識，唯有生氣時，或失眠的夜裡，當她所有的擔憂和恐懼在陰暗的臥房裡盤旋之際才會浮出表面。

「他曾經對妳暴力相向嗎？」

「沒有。」她很快回答。「從來沒有。」

他指向她昏倒時，眉毛附近的瘀青。

「我昏了過去，倒下時撞傷頭。」

他們四目相交，他的雙眼漆黑深邃，眼神銳利。

「聽著。」他說。「如果妳還知道別的，如果妳懷疑潔妮娃可能發生了什麼事，現在就是幫助她的好時機。我知道妳想保護家人，但有個女人失蹤了。」

她搖搖頭。「我丈夫，他是不忠，他對我說謊。而且，你知道，即使在最好的情況下，我們的婚姻大概也結束了。但我不相信他有能力傷害任何人。」

他對她挑眉質疑。開口時，他的聲音平靜。

「妳怎能這麼說？他確實傷害過人。」

「喝醉時行徑暴力不等於——綁架、殺人，或任何你所暗指的行為。」

她痛恨她說的那些話，像在狡辯。但情況確實不同，不是嗎？「這完全是兩碼子事，對吧？」

天啊，她真可悲。克洛的表情反映出她不苟同的自己。

「暴力行為會惡化，墨菲太太。」他說。「以我的經驗，施暴的男人會越來越暴力。當失業或婚姻問題等生活壓力開始積累，那些邪惡傾向就會浮出表面。」

邪惡傾向。

恐懼和焦慮讓她無法呼吸。一切正慢慢從她掌心溜走。她伸手抓住生活的磨損邊角，卻感覺從指尖滑落。

「她不只是和格雷姆上床。」薩琳娜說。絕望，她聽起來很絕望。「艾瑞克．塔克怎麼說？難道他沒有嫌疑嗎？」

好個不會把別人推入火坑。他沒回答她，只是低頭看著筆記。

「妳或妳丈夫有沒有在什麼偏僻的地方持有房產——像湖濱小屋或狩獵小屋之類的？」

「沒有。」

他有嗎？他的朋友尚恩在某處有間屋子——是在阿第倫達克山上嗎？她不知道格雷姆能不能自由進出，也不知道那裡有多偏僻。她據實以告；克洛在筆記本上草草寫下。

「你問這個做什麼？」

他把頭一歪。「因為有個女人失蹤了，墨菲太太。我想知道他有沒有什麼地方可以把她關起來。」

又一記悶棍。她再次拿起冰袋，但溫度已經變暖。她的頭越來越痛。她恨不得自己能再次昏過去。失去意識會是暫時逃離這場惡夢的美好喘息。

「那麼，如果潔妮娃和妳丈夫上床的事妳已經知道了一個禮拜——為什麼沒有立刻開除她？」好問題。她無法向自己以外的任何人解釋。總之，她確實打算要開除潔妮娃，但後來她失蹤了。

「要找到一個好褓姆真的很難。」她愚蠢地說。

他看了她一眼。她癱回沙發裡。

「我不知道。」她輕聲說。說實話。「不願面對吧。我只是覺得麻木，不確定該怎麼辦。格雷姆失業，我必須工作，確保孩子們受到良好的照顧。她是個優秀的褓姆；我很放心把孩子交給她——只是不放心我丈夫而已。而且我想我在拖時間，思索下一步該怎麼做。」

她不期待他會理解，她自己也不太理解。老實講，她就只是個膽小鬼。她害怕毀掉自己的人生。

她的手機持續瘋狂作響。

「我最後一次發現我老婆外遇的時候，」他說。「我根本就不在乎了。信任早已瓦解，我也不確定我們為什麼還沒離婚。幾個禮拜後我搬了出去，但搬走前，我們仍過著一般的日子——在網飛上看電影，外出吃晚餐。我們沒有小孩，所以情況沒那麼複雜。」

她點頭。也許她的說法沒那麼難理解。

「但在內心深處，」他說。「我真的很生氣。天啊，我對她和跟她在一起的那個傢伙產生很多黑暗的念頭。」

她看得出來他這麼說的用意，於是保持安靜。她進一步往後靠近沙發的枕墊裡，只為了在兩人之間拉出一段距離。

「妳有沒有想過傷害潔妮娃？」見她不發一語，他直問。

雖然她大概料到他會這麼問，世界仍一陣天旋地轉。

「你在開玩笑吧？」

他們之間的茶几上放了一個文件夾。談話一開始，他就已經從文件夾拿出了那些對話訊息的影本。現在，他又從文件夾拿出一小疊照片交給她。她翻看著一連串她家附近的模糊影像。鏡頭用的是魚眼鏡頭，顯然是從鄰居門鈴上的監視器擷取下來的，記錄了潔妮娃沿著馬路從大門走到車邊的情形。

她看起來好嬌小，年輕得像個少女。她人在房子前面，肩膀下垂，表情凝重憂鬱。接著，她經過鄰居家。她朝車門伸手，又停下來轉身，彷彿有東西引起她的注意。大多數的影像被灌木叢和樹林遮掩，這些監視器其實主要是用來監視門廊罷了。傍晚的光線昏暗不清。

最後一張影像拍到了另一個人影，沿著馬路中央走上前。黑色外套、棒球帽、牛仔褲、靴子。薩琳娜漸漸看出一絲端倪。雖然面貌模糊，但人影的舉手投足有種熟悉感。

不會吧？她心想。不可能。

「知道這可能是誰嗎？」

她湊近看，心跳加速。但影像的解析度實在太差，模糊不清，很難判斷是男是女。沒有其他正面照。

她再次翻閱所有的照片。

「我們沒有其他後續的照片，他們就這樣消失了。」

「那是——女的嗎？」薩琳娜問。

「嬌小，纖瘦，有可能。」他說。

雙手插在口袋，悠閒走近，模樣一派輕鬆。

「如果說是綁架也太悠哉了，對吧？不是一般人想像的感覺。」

「綁架？」他看似驚訝地問。

「警方是這麼臆測的，不是嗎？有人帶走了潔妮娃？你也問到有沒有偏僻的房產。她不只是跟另一個職業婦女的老公私奔那麼單純吧？」

「妳很生氣。」他說。

她把照片放回茶几上。

我在火車上遇到一個女人，她差點這麼說。我們聊了起來。我把我丈夫的事告訴她，雖然我不確定我為什麼這麼做。後來氣氛變得奇怪。她說了一句話讓我念念不忘。妳有時候會不會希望自己的問題可以莫名地自動消失？後來，她傳訊息給我，我也去和她見面——我不知道為什麼。或許是因為她知道太多有關我的事。她稱自己是解決問題達人。

這有可能是她嗎？

但她一句都沒說。

因為——這聽起來很可疑，不是嗎？她們在火車上和酒吧裡的那兩次見面難道沒有任何密謀？她們之間會不會有某種默契，只要薩琳娜保持沉默，那瑪莎也什麼都不說呢？就算已經沒有其他需要保守的秘密了。婚外情、失蹤案、她支離破碎的生活將會成為此刻最熱門的新聞，會成為校園中、網球俱樂部、足球場上的頭號話題。這種離奇又淫穢的故事最引人注目。妳讓褓姆進入家中色誘妳的丈夫，引火自焚，全因為妳妄想兼顧工作和母職。

如果街上和潔妮娃在一起的人是瑪莎，那代表什麼意思？

「妳認識那個人嗎？」克洛警官問道。

她把身子往前傾。說真的，誰都有可能。比較矮小的男人、高大一點的青少年。艾莉莎．塔克很嬌小，身材健美，有跑步的習慣。她也有生氣的理由。但很難想像有兩個孩子的好媽媽會在大街上公然與潔妮娃槓上。

「不。」薩琳娜說。「我不認識。」

「潔妮娃跟妳提過任何人嗎？有誰騷擾她或跟蹤她嗎？」

他之前問過這個問題。「沒有，但假如她有跟雇主上床再勒索他們的習慣，大概會有一兩個人希望她不得好死。」

她的手機響起。她一看是自己的母親，如實告知警官。克洛朝她點了個頭。

「媽。」她接起電話說。

「是我。」奧立佛聽起來不悅又疲累。

「嗨，親愛的。」她說著，吐了一口氣。「今天在學校過得怎麼樣？」

「妳說妳會給我一個答案的，媽。我能回家了嗎？」

「寶貝，我得晚點再回電給你，好嗎？你先乖乖等一下，我很快就過去。」

她聽見他開始抗議。「我愛你，奧立佛。先乖乖等一下就對了。」

她帶著內疚掛上電話。又一封訊息傳來，響了幾聲，但她直接把手機塞進口袋。她只需要回覆母親和孩子的電話，其他人都得再等等了。

「妳也知道，據說潔妮娃．馬克森向艾瑞克．塔克勒索。」克洛警官說著，把薩琳娜拉回現實。「他買了一輛車給潔妮娃，要她別把外遇的事張揚出去。」

「是。」薩琳娜知道，但仍難以消化。甜美、能幹的潔妮娃，如今成了淫蕩褓姆。

「你們這邊呢？」克洛警官問。「妳的帳戶是否有一大筆錢消失了？妳丈夫是否買了什麼妳不曉得的東西？」

薩琳娜差點大笑出聲。她向來是管理財務的那個人，設定預算，與理財顧問見面，安排大學基金和退休金。格雷姆從來不願費心理財。他們所有的消費都會在記帳程式上跳出來。那是她從母親那裡學到的一課：永遠不能成為不懂金錢的女人。

如果當初潔妮娃真想勒索格雷姆，她可失算了。「不，沒有那樣的情況。」

「妳對所有的帳戶都知情，也有權限進去？」

「是。」她說。但他還有什麼秘密？他還說了哪些謊？「我不知道格雷姆是不是有其他的錢或信用卡。」

克洛目不轉睛看著她，眼神機警但並不刻薄。

「我們結束了嗎？」她問。

「我必須老實講。」他說。「我覺得妳還有事情沒告訴我。」

「我也覺得你有事情沒告訴我。」她反駁道。

「妳要明白，這就是我們之間的不同。」他說。「我不必告訴妳所有的事。」

她恨不得可以陷進沙發柔軟的皺褶裡，就這樣消失，被人遺忘。

「我沒有傷害潔妮娃，如果這是妳暗指的意思。」她說。「我從未傷害過任何人，甚至沒對人無禮過。照片裡的人不是格雷姆，也不是其他我認識的人。所以妳也許應該到別處找找潔妮娃到底發生什麼事。顯然有不少人想傷害她。」

他凝視她一會兒，她也直盯著他看。那一刻，她想起一個關於她自己的特質，一個容易被遺忘的特質。她是個鬥士；她不會輕易認輸——無論是對公園遊樂場的惡霸、對大學裡的壞女生、職場上的小人。以前有人欺負瑪麗索爾的時候，她總是哭。薩琳娜會生氣——或報復。她不怕克洛警官。他低頭看向地面，再抬起頭。

「我們還沒結束，墨菲太太。」他說。「但目前先到此為止。別跑太遠。」

她點頭，但沒有起身。*去你的，警官*，她在心裡想但沒說。她沒有起身送他出去，只是聽著他踩在木地板的腳步聲，最後大門開了又關。

她感覺到手機在震動，便從口袋拿出來，往螢幕一看。

昨晚很高興見到妳。

我想我們需要談談，妳不覺得嗎？

對了，我是瑪莎。

火車上那位。

現在這封訊息讀起來像挑釁、嘲諷。恐懼有如冰冷的手按壓她的腹部。所有媒體版面都是薩琳娜的新聞。而瑪莎大概什麼都知道了，也知道薩琳娜對格雷姆的為人說謊。但現在真相早已人盡皆知，連警方也知道了。

這些影像，跟潔妮娃一起在街上的人是瑪莎嗎？她們在七點四十五分那班火車上初次相遇時，她說了什麼？

說不定她會消失。妳就能假裝一切從沒發生過。

如今潔妮娃果真消失了。

天有不測風雲。

只有一件事是肯定的。火車上認識的女人想從薩琳娜身上得到某樣東西。是什麼呢？這個女人到底是何方神聖？她早就知道潔妮娃會出事了嗎？

她昨晚不是才自稱是解決問題達人嗎？
恐懼底下潛藏著一股希望。她到底是誰？她要的是什麼？
薩琳娜向她送出回覆。

第二十六章　珍珠

她睡了一陣子，不知道睡了多久。這趟路彷彿已經開了好幾個月。他們在途中換了兩次車，現在人在一輛老舊的小廂型車上，車內充滿刺鼻的菸味，以及甜膩得令人作嘔的氣味，像是打翻的汽水。他們離開印第安納波利斯開始，她就一直不太舒服，覺得反胃且虛弱。她已經不記得上一次吃東西是什麼時候，除了蘇打餅乾和薑汁汽水外。

即便已經睜眼，珍珠仍不動聲色，只用耳朵聽。老爹不用開口說話，她就能憑他的呼吸聲知道他目前的心情。最近幾天他的心情一直很差，沉默，情緒化，暴躁。他們正在逃亡。布里姬的緣故。

「我有沒有跟妳說過我的父親？」他問。他想必察覺到她醒了。

「說過一些。」她說。本來以奇怪的角度用頭頂著車門的她，挪動身體擺脫這個尷尬姿勢。她揉揉痠痛的肩膀，脖子轉得喀喀作響。老爹伸出一隻手放在她的背上。

「對不起。」他說。「關於這一切。」

「沒關係。」她說。

「我們現在要去的地方。」他說。「是我們的，是家。我們在那裡會很安全，我們不會再顛沛流離。」

為了前往那個應許之地，他們已經往東開了好一陣子。那是一棟在森林裡的漂亮小屋，不是那種不得不再次離開的俗氣郊區住宅。她成為安、並開始稱呼查理老爹至今，已經有兩年的光景。她從線上高中畢業，快滿十八歲。妳接下來有什麼打算？他想知道。快成年了，妳想做什麼？她考慮上大學。老爹覺得大學是史上最大的騙局。妳已經比多數有大學學歷的人還要聰明，讀得更多，也懂得更多。

史黛拉向來很熱衷大學。她考慮的不是珍珠能不能上大學，而是上哪所大學。珍珠在校成績好、天資聰穎、工作態度佳、考試分數也高。她身邊有些錢，老爹把所有騙來的錢與她平分。她好奇：你是不是可以直接帶著一大袋現金出現在大學財務處呢？

他們關閉了所有銀行帳戶。老爹對於他們還剩多少錢感到焦慮。所有的錢，他們所有的錢都放在後座的兩個行李箱中。

「跟我說說你父親吧。」她說。「你說過他是個酒鬼兼騙子，最後死於獄中。」

珍珠見過一張照片。在老爹寥寥無幾的財物當中，有一本相簿。她翻閱過幾次。她最喜歡的是他父母結婚那天沿著教堂階梯跑下來的一張照片，空中滿滿的玫瑰花瓣——每個人都面帶微笑。還有一張黑白照，是老爹被他父親抱在懷裡站在布魯克林區的聯排別墅前。老爹的表情看起來如出一轍——一雙認真的藍色大眼。他父親髮際漸禿，一對如毛毛蟲般的眉毛，穿著白色內衣底下的身材結實，望向別處。他的眉頭緊皺，臂膀上有個模糊的刺青，老爹說是一隻美人魚。

相簿裡還有其他照片——女人的照片，和一些女孩。所有女人都有一種特定的長相——像那種過目即忘的小明星，大眼、豐滿、一頭濃密的捲髮，就像史黛拉。而那些女孩，個個纖瘦、漂亮——像珍珠以前那樣，儘管現在她故意留著烏黑的短髮，用長長的瀏海蓋過眼睛。

「都沒錯。」他說。「但他教了我很多。」

「他還打你，對嗎？」她知道這是敏感的話題，但她還是問了。最近，隨著她的十八歲生日越來越接近，他也開始出現過去沒有的脾氣。他們時常為小事爭吵。他對她態度冷漠，她也有種想挑戰他底線的衝動。「我見過那些疤痕。」

「也許這是你能學到最重要的教訓。」他凝視著路面說。「誰都不能相信，即使是照理應該愛你的那些人。」

他們駛在一條蜿蜒穿梭在茂密森林中的漆黑鄉間小路，至今始終沒看到其他車輛——她不確定有多久，因為她一直在睡。但他們彷彿就身處於另一個星球，一座魔法森林。這裡永遠將只有他們，只有車燈照射出來的光束，如刀刃般將前方的黑夜一分為二。

「拿妳父親來說吧。」他說。

「我不知道我父親是誰。」

「正是。」老爹說。「妳父親本來應該要保護妳不被這世界所有邪惡可怕的事物傷害，但他沒有，對吧？」

「對。」

她還小的時候，會編造父親的故事。他是一名在俄羅斯（不然還有哪裡？）進行秘密任務的間諜，總有一天會帶著金錢和玩具，以英雄之姿回家照顧她和史黛拉。他是一名太空人，正前往一趟為時七年的火星之旅。有人問起時，她會告訴他們他死於一場摩托車意外。或是他人在阿富汗，她聽過別人這麼說。感謝你們的犧牲奉獻，一個女人曾經摸著她的臉頰對她說。珍珠完全不明白她的意思。她告訴老師太多不同的故事，最後被逮到說謊，史黛拉也被叫來學校。

「別對妳父親有太多想像。」史黛拉告訴她。「他就是一個再平凡不過的普通人。」

珍珠長大後，史黛拉告訴她真相。她說她和一名有婦之夫搞婚外情，後來她懷孕了，他卻不願意離開妻子。但他提供金援，承諾他在珍珠大學畢業前會在經濟上照顧她們——根據史黛拉的說法，這比大多數的男人都來得慷慨了。他有家庭，有其他孩子。他不想跟珍珠和史黛拉有瓜葛。他就是——無法處理這個情況。

「我想見他。」珍珠曾說。

「妳為什麼想見一個不想見到妳的人呢？」母親說。「算了吧。」

但金援沒有停過——支付食物、衣服、學費、牙套錢。後來，珍珠明白這就是書店能經營下去的原因。靠的是她神秘父親的錢。一個再平凡不過的普通人。一個不想見她的人。

「他還教了你什麼？」此刻，珍珠問老爹。

「永遠不要失去戒心。」

「不錯。」

「寧死也不能被活捉。」

「哇。」珍珠說。「你們的對話可真陰沉。」

老爹對她微微一笑，接著大笑起來，恢復了他部分的光彩。自從離開鳳凰城後，他一直魂不守舍。

「要是我跟妳說我知道妳父親是誰妳會怎麼樣？」

珍珠聳聳肩，但內心微微掀起波瀾。「怎麼說？」

「我在史黛拉的房間找到一些文件。我知道他是誰。文件上有名字和地址。」

「了解。」

「我覺得妳應該和他聯絡。」

珍珠感覺喉頭一陣哽咽。「他不想見我。」

「這可能是真的，也可能是假的，但我認為這是他欠妳的。」

珍珠看得出來他接下來要說什麼。騙子永遠需要目標。即使敵人就緊追在後，即使身邊的錢已經足夠過安靜舒適的日子，可以好一陣子保持低調。他是一隻無法停止游動的鯊魚。

「他會付封口費。」老爹說，「因為妳是他的小秘密。」

她點點頭。他要她做什麼，她都會去做。因為儘管她難以去愛任何人，但她確實愛他。

車子慢慢減速，準備在一條彷彿沒有盡頭的泥土路停下來，輪胎發出嘎吱聲，四周黑得伸手不見五指。一度有雙黃色眼睛奔過馬路。最後，一棟房子在遠處出現——九〇年代的平房，有個平坦的屋頂和許多大窗戶。房子黑得看不清楚，但散發一種溫馨感，彷彿朝他們張開雙臂。她感覺自己放鬆下來，老爹也吐了一口氣。

「就是這裡。」他說。「我們到家了。」

第二十七章　杭特

要是大家知道調查工作的真面目，大概就不會有那麼多相關書籍和電視劇了。這份工作無比沉重，而且空虛寂寞，起初並不明顯，但到後來會對一個人造成負面影響。這是一份吃力不討好的苦工——長時間的久坐等待，盯梢，吃垃圾食物，身邊或許還有個你無法忍受的夥伴。堆積如山的文書工作，錯誤的線索，沒有結果的死胡同。

你追逐的那些人，逮到的那些人，大多不是犯罪天才，不是天生的壞胚子。有時候，他們只是孩子。有時候，他們患有智能障礙，只是一些不夠聰明而做出錯誤決定的傢伙。很多時候，他們本身就是受害者。這一行幹了二十五年後離開工作崗位，但他從未告訴任何人——連老婆克萊兒也沒說，不過他想她大概心裡有數——他虛擲了他的人生。

人們是如此執著於正義的概念，執著於司法誤判、街道安全、將罪犯繩之以法。但體系已經崩毀，如同其他許許多多的體系一樣。世界是如此廣闊無垠，即使現在科技發達，人與人之間的關係變得緊密，有些人仍找不回來。

「別看得太重。」坐在副駕駛座的安德魯說。

他們停在安德魯家的車道上，太陽逐漸低垂。尋找杭特那名逃家女孩的結果無疾而終。不過短暫接觸那些敗類讓他們忍不住納悶這世界到底怎麼了。那些全身刺青穿洞、一臉無神盯著手機的年輕人。湯米灣曾經是重機騎士匯集的酒吧，一個瘋狂的地方，充斥幫派鬥毆和暴力事件。然而比起現在的模樣，反顯得平淡老套。窗戶貼上黑布，永遠一片漆黑。震耳欲聾的音樂、頻頻閃動的奇怪燈光。而每個人都——如此空洞。嗑藥嗑過頭，不然就是服用那個新玩意兒卡痛葉——鴉片的合法親戚。好多孩子看起來都像殭屍，走路搖晃，兩眼死氣沉沉。沒有珍妮的蹤影。

杭特不想帶著更多壞消息去面對珍妮的母親。

「你有沒有考慮過退休？」安德魯說。夕陽灑落在他家前面修剪整齊的草坪上。某處傳來除草機的聲音。「我說的是真的退休。」

「然後做什麼？練習我的反手拍？」

安德魯聳聳肩。他是一個減掉一大筆體重的大塊頭。如今，他看起來像是等著再次變胖的瘦子。他沒有更新衣櫃，所以衣服大得像掛在身上。「是人總得退休。你可以去上課，做做木工。你以前做過，對吧？」

克萊兒也希望他完全退休。她想去旅行，上交際舞的課。「可能吧。」

「我只是給個意見。你看起來很累。」

他確實很累。

可是、可是，身為一頭牧羊犬豈是說停就能停的？這世界有羊，也有狼。這是他在一部電影裡聽到的，他認為這個比喻再真實不過。再來，還有那些堅守崗位的男男女女——警隊人員、急救人員、消防人員，以及在國內外的前線奮戰的人。他們都在努力守護著善惡之間的那條界線。牧羊犬負責當心掠食者，一邊把走失的羊帶回羊圈。

安德魯下了車，靦腆地摸摸漸禿的頭頂。「需要夥伴的時候隨時聯絡我。」

杭特開車回家，穿過安德魯家附近由中產階級組成的寧靜社區，駛上一條鄉間小路，往自己的家前進。克萊兒向來是藥廠業績數一數二的業務員；這也是為什麼他們負擔得起大房子，並且坐擁五英畝大的後院——風景如畫，有許多大樹，盡頭還有一條小溪。他在車庫停好車，引擎熄火，查看郵筒——全是購物型錄和傳單——然後走進屋內。

他預期回家會見到電視機開著，而老婆在廚房裡煮東西。反之他卻看見一張紙條提醒他她去參加讀書會了，冰箱有剩菜。雖然有點過意不去，但他其實很慶幸。

他想找出貝爾一案的舊檔案，但不想在這麼做的同時顧忌老婆反對的眼神。

杭特，有些事啊，你免不了得放手。

這年頭，每個人嘴裡說的都是勸人放手。但依杭特看來，這世界有太多事就這樣被放掉了。珍珠——沒有人掛念她，一個有血有肉的青少女就這樣消失無蹤。杭特很驕傲自己是唯一一個守著她不放的人。

失蹤人口，失蹤兒童，一開始案情總是炒得沸沸揚揚，狂熱的媒體、搜索隊和熱心的志工、二十四小時的新聞播報、記者會和淚流滿面的父母。接下來，隨著日子一天天過去，線索冷卻，人們回到自己的生活。他們非得如此。因為事實是殘酷的，有些東西——即便是人——一旦不見了就再也找不回來。對人而言，那是一種不一樣的地獄。永遠在等待，永遠在猜測，原本的生活不復存在。

他在一塵不染的廚房裡，狼吞虎嚥吃著克萊兒留給他的千層麵。要是她在場，他大概不會吃那麼多。吃完後，他又盛了第二份，甚至第三份——克萊兒肯定會阻止他別因為壓力暴飲暴食。

每次過了不順利的一天，他的食慾就特別旺盛。吃完千層麵後，他又一口氣吃掉半盒女童軍餅乾——花生巧克力口味——然後像個好老公清理善後。

回到二樓書房，他爬上搖晃的梯子，朝書架最高處伸手拿取他存放懸案的沉重箱子，差點失去平衡。這也許正是他需要的，重重摔一跤。對老人家來說，摔跤向來是生命終結的開始，不是嗎？雖說他並沒有那麼老。

他把箱子放到書桌上。這箱子本來是屬於他父親的，一名職業警察，一路做到警察局長後退休。杭特從來不喜歡政治。他喜歡這份工作，想親手完成任務，不想穿著高級制服坐在辦公桌後面，派其他人上街出任務。他和他父親在很多事情上意見不合，兩人從來沒有像杭特和他的孩子那樣擁有融洽的關係。有時候就是勉強不來。他知道他父親已經盡力了。

那凹陷的褐色紙箱覆蓋一層薄薄的灰塵。他打開箱子時，塵埃飄至空氣，他不禁打了個噴嚏。他已經好一陣子沒有關注珍珠和史黛拉的案子。他坐在皮椅上，開始仔細翻閱文件。

在一張褪色的模糊照片中，是一個對著鏡頭似笑非笑的金髮女人。高顴骨，豐唇，眼神挑逗。

史黛拉．貝爾，單親媽媽兼書店老闆。她在自己的床上遭人勒斃的時候年值三十五歲。杭特不喜歡人死後，幾樣細節就成了定義一個人的方式。但他也沒轍。一個年輕的性感美女，男友成群，瀕臨破產邊緣。她生前交往的幾個男人被帶到警局審問後釋放。

另一張照片是一個女孩，一雙神似史黛拉的眼睛但是黑色的，表情冷靜且哀傷。她的笑容看起來很勉強。有種冰山美人的冷酷，散發內斂的氣質。

史黛拉的女兒珍珠十五歲。據老師們的說法，是個非常聰明的年輕女孩，成績優異。但是個獨行俠。個性奇怪，不止一位老師這麼說。缺乏情緒，平靜冷漠，沉默寡言。從來不惹麻煩，但也不是老師寵愛的學生。警方找不到任何有關珍珠父親的消息——無論是公開檔案或在家中都一無所獲。

鄰居是一位深居簡出的老婦人，在史黛拉遭到謀殺那晚，她看見珍珠和書店經理查理・芬奇一起離開。看樣子她是心甘情願安靜離開的，兩人都沒有匆忙或不悅的樣子。

查理・芬奇是個幽靈。這不是他的真名；他所有履歷都是偽造的。就連他一直在開的那輛贓車，也是登記在一個已經死了十年的車主名下。史黛拉顯然是用現金支付他薪水。她所有的銀行帳戶空空如也。她債台高築，書店和房子都有欠稅。再過幾個月，她將失去一切。

警局聯絡杭特作為破解懸案的新方案之一時，幾乎沒什麼線索可以繼續辦下去。警方只有一個DNA樣本和一些指紋，但統統與系統不吻合。那晚目睹查理・芬奇和珍珠離家的鄰居無法提供太多細節，只知道查理是家中常客，是眾多在這個家進進出出的男人之一。珍珠是個乖孩子，負責倒垃圾，不隨便亂跑，多數夜晚都能看見她在書桌前寫功課。

電影裡，總會出現一件引領警探找到真相的證據。即使是紀錄片和Podcast，通常也是放在那些排除萬難成功破解的案子。出現目擊證人，科技進步，過去的物證派上用場。因為另一樁案件，總算在系統裡找到吻合的DNA樣本。

但真實世界無比寬廣，有數不清的暗巷和未開發的地方。有些案子永遠無法破案；有些人消失得無影無蹤。

幾乎如此。

杭特找到需要的文件，接著打開。

在史黛拉遇害、珍珠失蹤約莫兩年後，又發生另一個女人遭到謀殺，十幾歲女兒失蹤的案件。發生地點距離貝爾家大概五十英里。

三十六歲的瑪姬．史蒂文生是護理師，也是單親媽媽。她在家中遭人勒斃後，同晚女兒跟著失蹤。她的一個前男友被帶進警局審問，爾後又被釋放。犯罪現場幾乎沒有肢體衝突的跡象。一名同事說她交了新男友，一個讓她陶醉其中的男人。她用了一陣子的交友軟體，但證據顯示她還沒跟任何人見過面。

她的手機有一封訊息，號碼來自一支拋棄式手機。

等不及終於要和妳見面了。

他看著文件裡一張張的照片。瑪姬又是一個性感美女——有同樣的豐盈捲髮和慵懶眼睛，顏色比史黛拉深一些，但流露著同樣的脆弱無助。她的女兒葛蕾西，孤傲、苗條，一頭金色長髮，臉蛋如洋娃娃般甜美。又一個辛苦工作的單親媽媽遭到謀殺，女兒跟著失蹤。瑪姬沒有親人，也沒什麼朋友。遇害那一天，她把銀行帳戶裡為數不多的金額提領出來——總共五千元左右。她的信用卡有幾筆不尋常的支出——來自Best Buy購物網站和梅西百貨。她們的案子甚至比史黛拉和珍珠的更快冷卻。

這之間有一些相同的犯罪模式。

後來，好運降臨。史蒂文生家取得的DNA與貝爾家的DNA吻合。可惜的是，那筆DNA物證與警局資料庫裡所有的罪犯皆不相同。又一條死胡同。

但資料庫每天都會更新；每隔六個月左右，杭特就會申請一次新的搜查，尋找吻合的樣本。他向警局提出的申請已經逾期。他得打通電話請人幫忙了；這件案子沒有酬勞。不可能撥預算給一個十年前的案子。這已經成為他無法放手的私人恩怨。

他打開電腦，搜尋今早看到的新聞報導，拉出那張失蹤女子的照片。

他在電腦螢幕和文件裡那張葛麗絲．史蒂文生的照片之間來回細看，但不敢百分之百肯定。人會變——尤其是孩子，更尤其是那些想要改變的人。這麼多年了。螢幕上的年輕女子臉比較窄，髮色較深，一些甜美的氣質已經消失。但單看嘴巴和眼睛附近，有可能，有可能就是葛麗絲。

那個淫蕩褓姆。

他打開查理．芬奇的文件，裡面只有一張照片，取自史黛拉．貝爾的所有物之一。睫毛濃密的藍色眼睛，線條分明的顴骨，刮得乾淨的臉龐，一張微笑的大嘴。不只是帥，而是到了俊美的程度。即使是男人也看得出來。小帥哥，他們在公園或公共場合會這樣叫他。個子略小，身材纖瘦，連照片都散發魅力。每個騙子必須擁有的最重要特質——用魅力迷惑他人並讓對方卸下心防的能力。杭特一眼就看出來這男人是個騙子。

杭特有自己的理論。他推測這傢伙專門對脆弱的女人下手。也許他要的是錢；有時候他確實只奪走她們的錢。但有時候，也許他要的更多，而有時候，他也確實成功了。

他打開另一份文件，裡面放滿從網路上印下來的文章。他定期在網路上尋找符合模式的懸案。圖森市有件案子，當事人交往的一個男人企圖勒斃她，幸好被聽見她尖叫的鄰居所救。她有個十幾歲的女兒，當晚出門不在家。攻擊她的兇手逃跑了。她只有一張他的照片。那男人有可能是杭特所知的芬奇，但照片解析度差且模糊不清。他看起來比較胖，戴著眼鏡，一臉落腮鬍。現在的戀愛詐騙數不勝數，網路騙徒說服富有的寡婦和鰥夫為各種緊急情況匯款。這種事經常發生。外頭有很多騙子，也有很多受害人，多得你不敢想像。

其中一件發生在鳳凰城，一個名叫布里姬．派恩的女人說她差點被一個男人和他女兒詐騙。她和那個男人——他以比爾．傑克森之名與她相識——談了一陣子的網戀後，他宣稱女兒出了一場意外，需要一筆錢。她說她那時候覺得很可疑。於是稍微查了一下，確認他的住家和公司等等的詳細資料，很快就發現他跟她說的一切幾乎都是騙人的。她把他舉報給政府當局——當地警局和FBI。她也通知媒體。但他就和查理．芬奇一樣是個幽靈；一下子就消失無蹤。她從他個人帳號擷取下來的照片長得不像芬奇；她也沒有他女兒的照片。

戀愛詐騙的受害人大多摸摸鼻子算了；那是一種羞辱，是美夢的告終。但杭特打電話給布里姬．派恩的時候，她卻把每一件發生過的事鉅細靡遺地告訴他。那些熱情如火的電子郵件、深夜的電話談心、等待他們初次見面時，那興奮又緊張的心情。她不是美人，所以擁有在見面前真正了解某個人的本領——她以為這是更真實的聯繫。

「外表不重要。」她告訴他。「重要的是內在，不是嗎？」

「當然。」杭特說。但親密關係遠遠不只是深夜談心和山盟海誓。他想起自己的婚姻——充滿缺陷，互相忍讓，你得接受對方的每一面，即使是你不喜歡的那些部分。

「某種程度上，我想我已經知道了。」她說。「我本來對浪漫的愛情不抱希望了，但網路交友感覺比較安全。我以為就算沒有結果也不會有太大傷害。」

「我很遺憾。」他告訴她。「這種事常常發生，多得超乎妳想像。」

「我該怎麼才能找到他？」她問。「你能幫我嗎？我可以出錢雇用你。」

「我一直在找他——或長得像他的人——找了好幾年了。妳不必付錢雇用我。要是我找到他，第一個就打給妳。」

「你是用什麼方法找他的？」她問。

他把方法告訴她，像是瀏覽新聞網站、進一步追查類似的案件、勤打陌生電話。有時候踏上一趟公路之旅。

「只需要一個不起眼的線索帶領你到新的地方。」他說。「但我建議妳就算了吧，繼續過生活。」

她笑了一下。「我沒有什麼可以繼續過生活的動力了。比爾——我以為他是我得到愛情的最後機會。」

比爾、查理，誰都好。他根本不是真的。

「如果妳有線索，別獨自去追查。打電話給我，讓我幫忙。我不收費。」

她承諾會聯絡他。這件事過了幾個月後，瑪姬．史蒂文生就遭到殺害，女兒葛麗絲失去蹤影。

後來，布里姬．派恩也人間蒸發。她買了新車，辭去工作，從幾個銀行帳戶提領現金，打包行李從她的生活中消失。杭特聯絡不上她後——電子郵件被擋、電話打不通——就開始四處打電話，最後找到一個與她稍微熟識的前同事。

「她是個怪胎。」他說。「她不太與人交際。後來有一天，她冷不防辭職了。她說她已經賺夠了退休金，想去旅行。真的很——奇怪。」

再也沒有人聽說過她的消息。

杭特不停閱讀以前的筆記，瀏覽各種新聞來源，收集所有與淫蕩裸姆有關的消息，再仔細查看他喜歡的懸案網站。他在尋找那串連一切的關鍵線索，帶領他走上一條新的道路。

太陽慢慢西下，外頭的路燈亮起。杭特知道大概再過一個鐘頭老婆就要回家了。在她回來之前，他會繼續花點時間在史黛拉和珍珠．貝爾母女，梅姬和葛麗絲．史蒂文生母女身上。他會繼續找下去。因為每個人都很重要。

第三十八章　薩琳娜

她拉起窗簾，假裝她家的草坪上、車道上、大街上一個人都沒有。警官離開後，來了一群記者、幾輛新聞車和幾輛沒有標誌的車子聚集在她家附近。

左鄰右舍紛紛站到窗前，來到她家門口。雖然不是暴民，但看見那麼多陌生人讓她十分恐懼。現在，薩琳娜成了大家在新聞上會看到的那種人，生活因為一樁醜聞或罪行而變得一團亂。

她陷進沙發裡，不確定該怎麼辦。打包行李。就是這樣。她必須收拾東西，替孩子們多帶一些衣服和玩具。她必須離開這間房子，回娘家去。因為——她還能怎麼做？還能去哪裡？

就在這時，大門傳來激動的敲門聲，她呆坐原地。又是那名警官嗎？警察準備來帶她走了嗎？她心跳不已。她等待，也許他們會走開。

「是我。」一個熟悉的聲音穿過門板。「薩琳娜，是我貝絲。讓我進去。」

她如釋重負，奔向大門，讓朋友進門。草坪傳來此起彼落的喊叫聲。

薩琳娜，潔妮娃．馬克森怎麼了？

妳知道妳丈夫和褓姆上床嗎？

貝絲頂著一頭金色亂髮，托特包緊緊抓在身邊，匆忙進屋後，背靠在緊閉的大門上。

「這是真的嗎？」她睜大雙眼問薩琳娜。「是真的嗎？」

「沒錯。」薩琳娜說。「這就是我現在的生活。」

她們凝視彼此。她們以前一起經歷過許多人生低潮期。目睹她們親愛的朋友死去，參加她肅穆的葬禮。貝絲崩潰的婚姻、爭論不休的離婚官司——沒有孩子，也不知是幸或不幸。奧利佛出生前，薩琳娜流產一次。有一次她們去登山，貝絲跌斷腿，薩琳娜不得不拖著她走五英里的路，因為她們決定要「放下3C」，把手機留在車裡。

「靠。」貝絲說。「靠，現在幾點了？可以喝酒嗎？」

時間剛過下午三點。「我有一瓶卡本內紅酒。」

薩琳娜不想喝，但貝絲走進廚房，把包包放上餐桌。她拿起流理台上的瓶子，替兩人各倒一杯酒。薩琳娜試探性喝了一口，接著又一口。她感覺到熟悉的暖意，緊繃感逐漸和緩，肩膀也稍微放鬆。

「薩琳娜，把所有事情一五一十告訴我。」貝絲說。她們坐在餐桌前，每間房子的中心。「從頭開始說，一個字也別遺漏。」

她第一次告訴她的朋友有關色情訊息的事，拉斯維加斯的意外，然後是她移動了監視器，結果把格雷姆和潔妮娃逮個正著。她告訴她有關火車上的女人，兩人深夜見面的情況，她持續收到的訊息，也把克洛警官告訴她格雷姆丟掉工作的真正原因跟她講，還有潔妮娃給塔克家的勒索信。她提到那些下流的訊息內容，威爾前來救援，以及她在他家過夜的事。一切就這樣行雲流水地脫口而出。貝絲頻頻點頭，應聲配合，握著薩琳娜的手，給她百分之百的關注。

「所以，嗯。」薩琳娜說完，「這就是最近發生在我身上的事。」

「為什麼我現在才聽到這一切？」她難以置信地說。「妳都憋到哪兒去了？」

「最深、最深的心底。」她說。「把我們覺得難堪的、不想讓人知道的、不想處理的東西藏起來的地方。」

貝絲把酒一飲而盡，替兩人再各斟了一杯，了然於心地點點頭。「我明白。我知道維持假象有多費力。多少年來我一直在等待事情好轉，而不肯去做該做的事？離開一個不停傷害我的人。」

薩琳娜一次也沒懷疑貝絲和史考特過得不開心——或不夠開心。成年後你很快會發現，很少有婚姻是完美的。夫妻之間永遠有秘密、協商，是婚姻外的人無法理解的。她姊姊瑪莉索爾忍受丈夫色情片成癮的毛病，後來他又出現賭癮，差點把他們的財產賠光。等她要他離開後，她才把真相告訴薩琳娜和母親柯拉。薩琳娜一直覺得塔克夫婦看起來很完美，幸福且相愛。

「這到底是他們還是我們的問題？」

薩琳娜看貝絲搓揉著太陽穴。她歪過頭，不理解這個問題。

「我的意思是——難道有些男人天生就有缺陷嗎？還是我們放任了他們的壞習慣，替他們掩飾，不要求他們改善而搞得情況越來越糟？」

「可能兩者都有吧。」

「因為我身邊認識的女人，可不會去傷害那些她們應該疼愛或保護的人。她們不外遇、不動粗、不說謊，或做出更糟的事。」

更糟的事。情況比她想像的更糟嗎？她丈夫真的是禽獸嗎？

她酒喝得太快。她現在禁不起喝醉，她必須頭腦清醒撐過剩下的夜晚。薩琳娜把酒杯推開。

「妳和威爾是怎麼回事？」貝絲問。

「沒什麼。」她說。「他睡沙發，完美的紳士。」

貝絲用保養得宜的指甲繞著杯緣。

「他還愛著妳。」

「不。」薩琳娜說。「那是過去的事了。」

貝絲看了她一眼，薩琳娜點頭默認。「呃，對我而言是過去的事了。」

「但妳昨晚去找他。」貝絲說。「妳大可來我家。」

她聳聳肩。「我不必大費周章告訴他我過去的原因。他已經都知道了。」

「他肯定愛死了，成為那個前來拯救妳的白馬王子。」

貝絲也不太喜歡威爾。

「提醒我妳離開他的原因？」

貝絲老愛這樣，逼你說出她心裡的話。但薩琳娜不打算讓她得逞，儘管她知道貝絲的用意。

「因為我遇見了格雷姆，明白我想要的生活和威爾的不一樣。」

「所以，妳在遇到格雷姆那晚之前，本來完全是快樂的。」

「沒有人是完全快樂的。」

貝絲向前傾身，一隻手指在桌上敲打。

「他佔有欲很強，是個控制狂。」她提醒薩琳娜。「他總是想知道妳人在哪裡，和誰在一起。他很愛監控妳不是嗎？睡覺時間、有沒有運動。」

「他幫助我變得更有紀律。他——督促我成為更好的人。」

貝絲揚起微笑，搖搖頭。「他想當妳的爹地。」

「他想照顧我。」薩琳娜說。「也許我當初應該讓他照顧我的，情況可能比現在好一些。」她手一揮，比劃著她的夢幻廚房，如今感覺像個錄影棚，是後方撐起的背景，全是假的，只要一推就會倒塌。

「我只是想提醒你。別因為害怕而走回頭路，親愛的。別為了要甩開格雷姆而急著投入威爾的懷抱。」

很少有朋友敢說這麼大膽又赤裸的實話。因為她確實不該那麼做。就算想否認，她也知道他一直都在等她。想到這裡，她不禁感到寬慰。

「我們會一起度過這次的難關，就像以前一樣。」貝絲繼續說。「等妳熬過了，就會變得更堅強。」

「如果我熬得過的話。」

「有我在。」貝絲靠過來，握住薩琳娜的手，藍色眼眸熾熱不已。「必要的話，我用拖都會把妳拖出來，就像妳把我拖出那片森林一樣。」

她們互看一會兒，想起往事，開始放聲大笑，儘管當時一點都不有趣——貝絲痛得要命，天色漸暗，那份疲倦，過程中的掙扎。

「妳是鐵娘子，有的是勇氣和決心。」貝絲說。「別忘了妳是這樣的人。」

薩琳娜不是那樣的人。她沒有貝絲那麼堅強，離開她丈夫後獨自生活至今。貝絲去過幾次乏善可陳的約會，但統統沒有下文。她最近對男性非常抗拒。她有自己的公司，經常一個人或與她的單身朋友去旅行。她似乎喜歡單身，走自己的路，過自己的生活。如果她寂寞，也從來沒說過。但她會說嗎？她會向她表面上婚姻幸福美滿的朋友承認嗎？

薩琳娜從未單身過，甚至不確定單身是什麼感覺。

「還有妳提到的這個女人？」貝絲說著，又倒了一杯酒。「那是怎麼回事？妳把格雷姆的事告訴陌生人，卻沒告訴我？」

「一時沖昏頭罷了。」她手一揮說。「相信我，我很後悔。」

「這個嘛，趕快跟那個女人斷了聯絡。」貝絲說。「別再和她說話了。很怪耶，薩琳娜。她是什麼跟蹤狂嗎？」

「不是。」她說。「我不知道。」

「別回她訊息。如果她再傳訊息給妳，讓威爾去解決。還有妳知道嗎？把她的事告訴警方。」

「這樣不會很難看嗎？我又有一件事瞞著他們。」

「讓威爾去處理。」她說。有道理，她確實應該這麼做。為什麼她一直感到猶豫不決呢？

「威爾是你的律師還是格雷姆的律師？」貝絲問。

她沒想過。這個問題在她內心開了一個洞。「我想他是我們的律師吧。」

貝絲搖搖頭。「小姐，妳需要自己的律師，只為妳一個人的利益著想。情況會越來越麻煩，妳可不想成為深陷泥淖的那個人。」

她點點頭。真是亂七八糟。她感覺到眼淚就快奪眶而出，但又連忙忍住。

「妳是鐵娘子。」貝絲說。「千萬別忘了。」

她不是鐵做的，差得遠了。她這輩子從來沒有那麼脆弱、那麼無助。但她對貝絲微笑，想起那天在森林裡的回憶。當時的她們好害怕，她以為她沒有體力帶她們走出森林，貝絲更是緊咬著牙，忍痛走完最後一段路。但她們成功了，靠著純粹的意志力。有時候那是你唯一擁有的，也是你唯一需要的，一股邁出下一步的勇氣。

「現在怎麼辦？」貝絲問。

「打包行李——我的東西，還有一些孩子們的東西。」

「妳要離開。」貝絲說。

「我還有什麼選擇？」她說。「我不能待在這裡。無論接下來會如何，我都非走不可。」

貝絲點點頭。「我來幫妳。」

她們在房間之間穿梭，打包衣服、絨毛玩偶、薩琳娜可能用得到的文件，結束後把行李箱放在門邊。

「我永遠都在妳身邊。」貝絲緊緊抱著薩琳娜道別時又說了一次。

但她們都很清楚，她能做的只是提供一個飲酒談心的和善面孔。前方的漆黑道路上，薩琳娜必須找到自己的方向。

薩琳娜目送貝絲低下頭衝進車裡，對跟上來的記者置之不理。他們似乎變少了。新聞採訪車都不見了。她出現一絲希望。也許這不是什麼轟動的新聞，正如威爾說的，沒有屍體，除了一些下流的訊息外，根本沒有可靠的證據。也許這一切仍有可能自動消失。

貝絲在車上揮手道別，薩琳娜也揮手回應。

她們說好了薩琳娜應該休息一段時間。貝絲提議以半薪的方式讓她留職停薪，但薩琳娜婉拒了。她的朋友經營一家成功的小型企業。她就算無法有所貢獻，但也不能成為別人的負擔。他們有些存款；她有她的父母。反正她也不能工作，她得照顧孩子，還得應付接下來可能發生的一切。生活暫時停擺。也許等事情結束後，她的工作會等著她回去。也許她會轉行做別的事。

她再次坐下，知道自己必須打電話給奧利佛，然而，她只是一直盯著漆黑的壁爐，四肢癱軟。打包耗盡了她所有的精力。她該不該打開電視，看看現在新聞都在報些什麼？不行，她受不了。四下寧靜，她吞吐氣息片刻。接下來，她上樓最後一次把房間巡邏一遍時，大門又傳來敲門聲。

門後傳來一個模糊的聲音：「薩琳娜，是我威爾。」她讓他進來，很快關上他身後的門。

「怎麼了？」她問。

「警方對格雷姆窮追猛打。」威爾說。「他很堅持自己的說詞。他們有上床，他說那些下流的訊息只是在鬧著玩。他們雙方都同意這段婚外情是個錯誤，應該停止。他也說他不知道她人在哪裡。」

「你相信他嗎？」

威爾似乎在思考。「相不相信不是我的職責，我要做的是保護他的權利，並在必要時為他辯護。」

「威爾。」薩琳娜說。「你認為他傷害了潔妮娃嗎？」

威爾嘆了長長一口氣，眼神飄開。「我不知道，薩琳娜。拉斯維加斯那件事，還有那些訊息——改變了我對他的看法。」

她沒料到他會這麼說，這些話一字一句重重落上她的肩頭。他不知道格雷姆能對另一個人做出什麼樣的事。看樣子，她也不知道。

「我載妳去妳媽那邊吧？」

「我需要我的車。」

「那，我們開妳的車去，我再搭Uber回來拿我的車。」

她想獨自開車，但讓他幫她把行李箱、以及她從孩子們房間裡拿的一箱箱書本和玩具搬上車。

她曾經精心佈置的小孩房——星際大戰床單、懸掛在天花板的飛機、足球獎盃、玩具公仔、成排的玩具和遊戲——如今彷彿遭到棄置。這棟美輪美奐的房子——每片窗簾、每個抱枕、每種油漆顏色、每件放置的物品都是薩琳娜一手包辦的。少了活力十足的忙碌生活，一切看起來廉價又空洞，彷彿少了靈魂的軀殼。

「東西都帶了嗎？」威爾問道。

她拿起一個紙箱，點點頭。威爾從她手中接過紙箱，兩人一起走進車庫。

警方已經把格雷姆週五晚上駕駛的休旅車扣押了，所以車庫裡只剩速霸陸轎車。他們把東西放上車，然後坐進車內。

「準備好了嗎？」

「出發吧。」

她按下遙控器，車庫門打開。車子一駛出，成群的記者紛紛讓開，一邊大叫，一邊猛拍照片。

威爾教過她維持平靜的表情，眼睛直視前方，千萬別表現出內心的惶恐。她聽話照辦。

潔妮娃在哪裡？淫蕩褓姆發生什麼事？妳丈夫殺了她嗎？

他們的話聽起來像一群海鷗，喧鬧吵雜，沒有意義。她很慶幸車窗是深色的。她好疲倦，好麻木。她可以睡上一千年。

「警方不能扣押他太久。」此時威爾說。「他們沒有確切證據。他們已經放走艾瑞克・塔克了。目前沒有屍體或謀殺的跡象。」

「他們就算扣押他一輩子我也不在乎。」

「薩琳娜。」

車程平靜安穩。她舒服地坐在位子上，與路上其他緩慢駛過的車輛隔絕開來，並離家門前那群人越來越遠。沒人跟著他們。他們開上鮮為人知的小徑，七彎八拐開往她母親的房子。

「克洛警官問我是不是很生氣，是不是想過傷害潔妮娃。」她告訴威爾。「彷彿認為我說不定和這件事有關係。」

威爾不滿地搖搖頭。「妳不應該跟他說話的。」

「我知道。」

「妳說了什麼？」

「沒說什麼。他知道我那天的行蹤，社群媒體上記錄了整個週末的行程。我相信他可以透過我的手機得知我人在哪裡、做了哪些事。他們有影片證明潔妮娃週五毫髮無傷離開我們家。我想他只是想刺激我，故意讓我有反應。」

她差點告訴威爾，她想把火車上認識的那個女人向警方老實交代。內心的某種感覺讓她無法說出這些話。為什麼呢？

也許是因為，薩琳娜仍希望這一切會自行消失。還有可能嗎？

接下來的車程她不斷回想過去。如果她在色情訊息那件事發生後離開，或是在拉斯維加斯那場意外後離開，事情會有什麼不同？但情況沒那麼簡單，對吧？尤其是牽扯到孩子，你對某人的愛所創造的產物。所謂禍福相倚，這就是棘手之處，生活錯綜複雜的地方。只能繼續前進，重新計算，重新校準，找到新的道路。

母親家沒有被記者包圍，於是他們把車開進那預期他們來臨老早敞開的車庫裡。威爾熄火後，他們在車內坐了一會兒。引擎在隨之而來的沉默中傳來滴答聲。她不想進去；她不能回家。她讓自己在位子上坐一會兒，集結面對孩子的勇氣。

「我希望……」威爾握住她的雙手，開口說。

貝絲的警告在耳邊響起。那是一個好朋友給的忠實建議。她需要的是空間和時間去找到自己的位置。

「別這樣。」她說。他目不轉睛地看著她。儘管她沒有回望他，但能感覺到他目光的熾熱。

「我有陪妳去那場派對。」

她沒料到他會這麼說。她轉頭看他。他伸手梳理他那頭金色捲髮。

「什麼派對？」她問。

「妳遇見格雷姆的那晚，記得嗎？」她記得，她當然記得。

柯拉和保羅的車庫井然有序——工具整齊掛好，腳踏車擺在支架上，孩子們的東西，從滑板車到溜冰鞋不是安置在某處就是放在乾淨的箱子裡。挺蠢的，注意到這種事，不過這倒是與她自己混亂的生活形成了鮮明的對比。

威爾再次開口時，語氣柔情似水。「我應該跟妳一起去的，但我卻得加班。」

「別這樣。」她低聲說。

他兩手一攤，「我只是說說。要是我一起去，今天情況會有多不同？」

「你沒有孩子。」她說。「要你承認對人生後悔很簡單，但我有史蒂芬和奧立佛。」

「我知道，我只是——」

「別說了。」

他緩緩點頭，把頭低下。她想起年輕時的他，有一天在沙灘上，他曬得黝黑，笑得開心，兩人的腳趾埋在沙裡。愛著他的那個女孩多麼自由自在；當時的她甚至不知道什麼是自由。他算控制狂嗎？他過去常常買衣服給她。她記得她很喜歡，他知道她的尺碼，知道她穿什麼好看。不過，嗯，有時候她會為了取悅他穿些她不喜歡的衣服。

「有我——在這裡支持妳，還有格雷姆。」

他仍握著她的手，她可以感覺到他的體溫，但不只如此。

他仍愛著妳，格雷姆常常抱怨。他們都想當朋友，多成熟，不是嗎？但晚餐氣氛總是尷尬，對話生硬。後來威爾和他太太離婚了。感覺就像他一直在等妳找到回他身邊的路。

她不苟同。威爾的妻子貝拉美麗體貼；他們看起來很幸福。在一起時就跟一般人一樣，模模恩愛，不經意觸碰對方。但顯然她錯了。太多婚姻在她眼前崩裂——她父母、她姊姊、超過一半的朋友。也許人跟人天生不適合永遠在一起。也許這要求太過分。

她緩緩抽開自己的手，輕碰他的腿。他凝視她一會兒，接著垂下目光。

無論他們之間是否仍有情愫，現在都不是好時機。她不是當初跟威爾在一起的女孩，也不是跟格雷姆結婚後的女人了。她不確定自己現在到底是誰。也許她只是一個母親；人生支離破碎的同時，這是她唯一有力氣去努力的身分。

他緊抿著唇，很快點頭表示理解，幫她把行李拿下車。卸行李時，她發現自己在想，也許這是她尋找自我的時刻——而不是父母的女兒、威爾的女朋友、格雷姆的妻子、史蒂芬和奧立佛的母親。那些身分都是她，或曾經是她，她也永遠會是一名母親。但如今生活出現無法修補的裂痕，薩琳娜該是時候現身了，比過去任何時候更做自己。

進到屋內，史蒂芬緊緊黏在她身邊。但奧立佛保持距離，黑色雙眼盯著威爾。

「爸爸呢？」他問。

「孩子們。」保羅說。「過來幫我弄晚餐。會做菜才是真正的男人。」

他把孩子們帶進廚房。

薩琳娜讓母親擁入懷裡，緊緊抱著她。

「媽，可以讓我們在這裡住一段時間嗎？」她問，儘管她早知道答案。不過睡在母親家的客房找得到自我嗎？至少不是睡在小時候的舊房間；她父親仍住在那棟房子裡。她很少去看他。

「這裡就是妳的家。」她母親說。「我在哪裡，妳的家就在哪裡。」

她猜想，無論孩子多大了，妳永遠是個母親。母親帶她來到客廳。薩琳娜聽見保羅低沉的歌聲，接著是孩子們的笑聲。

「妳餓了嗎？」柯拉問。這是做母親的首要原則：確保沒人肚子餓。

「餓壞了。」她承認。

「我有些湯。」柯拉拍拍薩琳娜的手臂。「我去把湯加熱。坐吧，休息一下。」

威爾的手機響起，他走進另一個房間去接電話。她盡量不去偷聽。但即使不理解對話內容，光聽到他的語氣就讓她緊張。她認得那個語氣，平靜但憂鬱。他回來時，表情非常嚴肅。

她讓時間隨著呼吸延長。在那最後一刻，她仍沒來由地想，也許到頭來，一切仍有可能是虛驚一場。

「警方找到一名年輕女子的屍體。」他說。「離你們家大約五英里左右。有人慢跑時在路邊發現屍體，就在州立公園後面。」

那條小路是格雷姆以前慢跑時固定會跑的地方。

薩琳娜的母親倒抽一口氣，薩琳娜跌坐在沙發上，感覺世界一陣天翻地覆。

「是——潔妮娃嗎？」

威爾往身後看，她猜是在顧慮孩子，接著他稍微壓低音量。

「屍體被破壞得很嚴重，要花點時間確認身分。」

柯拉忍不住發出一道害怕的聲音。聲音很輕，但保羅想必是聽見了，因為他匆匆從廚房跑出來。

薩琳娜把臉埋進雙手，開始哭泣——為了潔妮娃、為了她自己、為了兩個孩子，也為了等在他們前方的暗黑道路——如今變得更加漆黑。

第二十九章　珍珠

老爹最近很忙，經常不在家，把房子留給珍珠打理。她猜他又找到了一個寂寞的女人。這次，珍珠有自己的任務，與他的任務分開，但目前進度裹足不前。畢竟，她納悶，這可能奏效嗎？就算她找到他，難道她父親不會想知道這些年來她都到哪兒去了嗎？他會想知道史黛拉發生了什麼事嗎？

珍珠申請了社區大學，雖然她知道這所學校遠遠不及她的智力。但她相信教育是自己創造的。只要肯學，任何地方都學得到需要的知識。名校的文憑只不過是另一場騙局——賣給你地位的假象。老爹是這樣說的。

話說回來，老爹不確定她的身分是否經得起太細微的審查。而那些名校確實習慣連你的祖宗八代都查。所以有些規模比較大的優質大學，儘管她渴望入學，卻只能望之卻步。她不得不向現實妥協。

「妳以為他在乎嗎？」她提起她對父親的顧慮、提起萬一他們聯絡上之後他可能會問的問題時，老爹這樣說。他這不是尖酸刻薄，只是實話實說。分析目標——他是誰？他要的是什麼？

今晚她和老爹難得同時在家。他們的關係有了微妙轉變，她不再是騙局裡的有用資產。如今她已經成年，看起來也像成年人，在那些渴望照顧人的脆弱女子眼中不再有吸引力。她成了威脅——更年輕、也更漂亮。他們躺在沙發上，她枕著他的大腿，他繞著她的頭髮。

「如果他在乎，妳不覺得他早就——我不知道——可能是雇人去找妳？或隨時與警方保持聯絡？」

她好奇史黛拉被殺的時候，警方有沒有去審問過他。畢竟，連老爹都知道她父親是誰，難道警方會不知道嗎？她在新聞報導上從未讀到有關他的任何消息。

「說不定他有呢。」她說著，抬頭看他。火光下，他的五官被黑影遮蔽，眼睛空洞，臉頰凹陷。

老爹有辦法製造一股沉默，不說一字半句就讓她質疑自己的話。

「不過大概沒有吧。」最後她說，望向爐火。

「史黛拉一死，妳一消失，等於少了一張帳單得付，少了一個麻煩得處理。他顯然是個薄情寡義的傢伙。」

有其父必有其女？也許她之所以缺乏情緒、心靈空虛是遺傳自他。

他們做了詳盡的調查。她父親有LinkedIn帳號，沒上臉書、推特或Instagram。但他們仍從他女兒和一些好友的貼文得到一張他的照片，描繪出大致的樣貌。

老爹繼續說：「他有家庭，老婆、兩個女兒，事業做很大，一間銀行的總經理。如果妳出現，開始放些風聲，他會付錢把妳打發走。這是我的猜測。」

他們在網路上找到的幾張照片中，他看起來很嚴肅，不苟言笑。有一張全家福的照片，兩個可愛的黑髮女兒坐在他前方，他則一手摟著笑容虛偽的嬌小妻子——看起來有點像史黛拉。他身材高大，表情肅穆，有著寬大的額頭和深色的眼睛，一對總是皺在一起的濃密眉毛。他身上散發出的氣質有如法官、典獄長或嚴厲的校長，只消一眼就讓人心驚膽戰的那種人。他們找到唯一一張露出微笑的照片，是與他狗狗的合照。一頭長得與他極為相像的羅威那犬。

他完全不是她想像中的父親。不是間諜、也不是軍人。她總是想像他是一個瘦瘦高高的人，一頭淺棕色的頭髮，總是面帶微笑。個性風趣、新潮，愛開玩笑，就像老爹一樣。

「萬一是他殺了史黛拉呢？」珍珠問道。

老爹挑眉思考半晌，彷彿沒想過這件事。

但她敢說他一定想過；他向來面面俱到，思緒周全，至少她當時是這麼想的。

「不太可能。」過了一會兒，他說。「但如果是他殺的，他就更有動機把妳打發走。說不定他願意付更多錢。」

「或者……」

「或者？」

「或者他會殺了我。」

老爹扶她起來，把她抱進懷裡。她讓他摟著她，兩手環在他的腰間。他放開她，捧住她的臉頰。「只要我有一口氣在，就不會有人傷害妳。」

她微微一笑；他在她頭上親了一下。「別說一些你無法遵守的承諾。」她說。

「我向來遵守承諾，妳知道的。」

他們安靜了一會兒。

接著他往下說：「我在想，既然他習慣付錢打發別人，沒道理不繼續這麼做。要預測一個人未來的行為，最好的方法就是——」

「——看他過去的行為。」

但她說過的話懸在兩人之間。沉默越拉越長。

「先試探性接近他。」最後他說。「簡單聯絡一下，別嚇著他。」

於是，她用LinkedIn上找到的電子信箱寄了一封信給他。主旨寫著：**我是珍珠**。內文，她寫道：**你知道我是誰嗎？**

她等待。一天、兩天，沒有回信。千頭萬緒在她腦中打轉——她納悶自己是不是寄錯信箱，是不是有助理會過濾他的信箱，也許信跑到垃圾郵件了。三天、四天。她感覺到一股難受的渴望，但無法精準形容她想要什麼。她並不想要一個父親，她也不像老爹一樣，她不在乎錢。即便如此，她內心仍有種莫名的渴望。

她坐火車到市中心，在他辦公室的櫃檯留了一張紙條給他。

我是珍珠，你知道我是誰嗎？

她留下一支拋棄式手機的電話號碼。考慮到現在遍布整座城市的監視器，這行為有點愚蠢，但當時她並不曉得。她知道老爹不喜歡智慧型手機，說那東西根本是狗繩。但她不知道由家用攝影機、監視器和警用監視器所組成的網路正要開始在世界各地佈下天羅地網。

她繼續等待。沒有回信，沒有來電。五天、六天。

「說不定他沒有收到我的信。」她對老爹哀號道。「說不定櫃檯那女的把我的紙條丟了。她看著我的表情好像我是什麼黏在鞋底的髒東西。」

「或者他只是希望妳會自行消失。」

她想過放棄。她主修心理學，作業一大堆——這是任何職業都派得上用場的學科。教授很有趣，會督促學生，挑戰學生的想法。珍珠甚至開始跟一個會逗她笑的男生交往。後來，當她回顧人生中的那個時刻，她想也許通往「正常」的大門開了一條縫。她本來可以走進那條門縫。但是老爹不允許。

「該是時候施加一點壓力了。」他說。「一點點就好。」

她父親的房子。真的好——漂亮。倒不是豪華，不用說，還有更多富麗堂皇的房子。然而，那片草坪蒼翠欲滴、緊鄰車庫旁邊的攀藤架上爬滿九重葛、紅磚門廊、紅色大門、黑色百葉窗和白色壁板。他出門上班時，那輛BMW沿著車道駛離的樣子，有時候他的小女兒（大女兒已經上大學了）會坐在隔壁的副駕駛座上。她有一頭滑順的黑髮、纖細的身材、漂亮的衣服。

她很可愛，但不只如此。她對人生中的黑暗一無所知；她只知道光明。珍珠看得出來，從她那天真無邪的表情、漫不經心走到車邊、把後背包丟進後車廂、盯著手機的模樣。生活對她而言很輕鬆。沒有東西是破了無法修補的，沒有東西是丟了無法取代的。生活是如此無憂無慮，她甚至不知道有另一種生活的存在——窮困潦倒、顛沛流離。

那股痛，就像珍珠心中的黑洞，吞噬所有光線和時間。

一個禮拜以來，她只是靜靜等待，因為自己無法理解的情緒而受盡煎熬。

每天早上，她會把車停在路邊，目送他們出發去上班上學。然後，等他妻子出門辦雜事後，她就離開。

珍珠會在下午三點半左右回來，看他女兒搭公車返家，通常是跟著一群朋友。她們穿著名牌服飾，頂著時髦髮型，抹著唇膏，伴隨活潑的笑鬧聲——互相捉弄、推擠、追逐。她們會消失在那扇紅色大門後方，對珍珠而言，她們彷彿走進一個永遠不屬於她的世界。一個無關特權、而是關乎歸屬感的世界。

後來，在一個朦朧的黃昏時分，她走下車，開始沿街慢慢往前走。她知道他會在六點十分左右駛進車道，所以她確保自己站在大橡樹後方——從房子裡看不見，但從車道上看得見。她站在那裡聽著鳥叫，聽著風吹起街上的落葉。

他把車開進來時，轉頭看見了她。

她舉起手，他們四目交相。他認識她嗎？

接著，他回過頭，車庫門打開。他開車進去。她等待著，心跳加速，思緒混亂。他有看見她嗎？有認出她來嗎？也許天色太暗了，也許這個舉動太大膽了。

車庫大門在他身後重重關上，發出刺耳的隆隆聲，傍晚的鳥鳴也安靜下來。他連下也沒下車。

她回到車上。她的內心世界通常很冷靜，但那晚怒火如風暴在內心翻騰。

那份情緒深沉似海，也許一直都在，只是遭到忽視，安靜在內心潛伏著。她上車後緊抓方向盤往前開，最後來到一座廢棄運動場對面空無一人的停車場。珍珠把車開進去，在遠處找位置停下。

一道有如警笛的長嚎從她喉嚨迸出，她甚至不知道她有辦法發出這種聲音。那聲音猛烈穿透身體；她又叫了一遍又一遍，同時拚命捶打方向盤。她為了自己、為了史黛拉而叫，氣那個身為她父親的男人，氣那無知的漂亮女兒——她的姊妹？——擁有她從未有過的普通生活。就連老爹——他到底算什麼？她的父親？她的綁匪？殺死母親的嫌犯？到頭來他卻是她這輩子牽絆最深的一個人。

接著，眼淚潰堤，彷彿壓抑了一輩子的情緒在這一刻全部釋放。

哭完後，她覺得心力交瘁，筋疲力盡，頭擱在方向盤上，氣喘吁吁。夕陽西下，在運動場上灑滿金光，路燈也開始亮起，最後，四周一片漆黑。過了一陣子，她踏上漫長的車程回家。家，回到她和老爹一起住的房子裡。

但到家後，房子就像最近那樣空無一人。老爹很忙。他有了新工作，耗去他大量的時間和精力。她經常與作業和書本獨處。她讀了一本又一本，就像一直以來那樣——消失在別的世界裡、別的生活中。

等她回到筆電前查看電子郵件時，信箱裡有一封她父親寄來的短信。她的親生父親。那個再平凡不過的普通人。

上面寫著：**是的，我認識妳。要見個面嗎？**

第三十章　安

廚房流理台上放了三支手機，三支都充著電。兩支掀蓋式的拋棄式手機和一支智慧型手機。安目前有四個電子郵件信箱、五個郵政信箱。她還有兩間房產、都是公寓，由一家空殼公司所持有。多虧了老爹那老奸巨猾的老律師莫爾勒，她的資產受到妥善管理，她有一個完全乾淨的合法身分——護照、社會保險號碼、駕照一應俱全。

這個身分是她最後的避風港。她打算結束手邊的工作後，就金盆洗手。

「這是我最後一次的——行動。」她大聲說。

她不喜歡「騙局」這個詞所傳達的言外之意，卑鄙、不道德——是掠奪的行為；太難聽了，並沒有反映出遊戲中的所有細微差別。她所做的、他們所做的，不僅僅是掠奪。而是一種科學、一種藝術，拿捏給予與拿取之間的微妙技巧。老爹相信他給的不比拿的少，這她向來覺得是胡說八道。但後來，她發現當中不乏事實，儘管不是全部的事實。

此刻老爹很安靜，表示他要嘛不贊成，要嘛不同意。今天，他只是角落的一個幽靈，甚至做不成一道影子。這就是他。幽靈、影子，雖然早早離開，但始終在她身邊。

「那之後妳要幹嘛？」最後他說。

老爹就是這樣。他總是指責她入戲太深，付出太多私人感情。但老爹呢？他不在經營騙局的時候，連自己是誰都不曉得。他會變得焦躁不安。他會呆坐好幾個鐘頭，彷彿關機了一樣。少了騙局，他什麼也不是。

但對她而言情況不同。她可以成為任何人，到任何地方，甩掉一個身分，拾起另一個身分。她隨時可以放棄，瀟灑走開。這樣一來，她便終於可以花些精力去了解自己——每張面具下那個真正的女孩。

「我累了。」她說。「我想要認真『生活』一陣子。旅行，在有異國情調的地方上烹飪課，學滑雪，什麼都行。做些一般人會做的事。」

他笑了一下——輕笑，沒有惡意。他從來沒有惡意。他愛她，用他自己的方式。「孩子，我們這種人的生活沒那麼簡單。」

「我跟你不一樣。」話一出，激動且充滿防備。後來又放軟些。「不一樣。」

「喔，不一樣嗎？」

「我不需要靠騙局過日子。」

「妳確定嗎？」

其中一支拋棄式手機震動起來。是班。

他們上次聊完後，她就失去聯絡。他打了好幾次電話，傳訊息，寄電子郵件。後來他也安靜了一陣子。她能想像他很擔心她，急得像熱鍋上的螞蟻。她給了他想要的東西——再次愛人且被愛的希望。她用花言巧語、對他的依賴、交談時詢問他的意見和互相交換的照片來餵養他破碎的自信心。她給了他無限的想像，可能的未來。

老爹總說誰也騙不到一個正直的人，但這句話不是百分之百正確。你騙不到一個無欲無求的人，一個非常想要某樣東西、以至於什麼都願意相信的人。

「妳喜歡他。」老爹說。「是這樣嗎？」

她沒有回答他。

「大錯特錯。」

她拿起拋棄式手機，查看班的訊息。

「怎麼？」老爹諷刺地說。「妳以為妳會結婚，安定下來，拋開這種生活？」

她現在就可以直接放班一馬。再也不要回應他，關閉她的個人帳號，刪除她和他聯絡的電子郵件，丟掉手機。他會很傷心他失去了「葛妮絲」。但他會釋懷的，總有一天。但她不想讓他走。

真的很抱歉，她回傳。**我很好。**

我一直在擔心妳。

我妹妹，她用藥過量。現在人在醫院。我只是在忙著處理這些事，晚點兒會打給你。

她的手機響了。是班，但她沒接。

「時機成熟了。」老爹說。「他已經上鉤了。現在他什麼都願意給妳。他千方百計想要把妳留在他身邊。別錯過時機搞得他惱羞成怒。妳也知道男人想要的東西被奪走時會變成什麼德性。」

抱歉，她回傳。我不方便說話。**我不想以這樣的方式告訴你。**

？

但看到我妹妹這種情況，人生太短暫了。

妳在說什麼？

我愛你，班。

感覺幾乎像真的一樣。雖然她懷疑她是否能辨識出自己內心真正的感覺。她屏息等待。

我也愛妳。我想當面跟妳說。

快了，我保證。

看著螢幕上的訊息，她卻有種抽離感。那些文字飄浮在空中，看不見、聽不到、摸不著。這是詐欺犯的完美工具，讓對方可以自行填寫意義的空格。只是不利於真正的交流。然而，她確實感覺到一股與班的連結，不是嗎？她想告訴他她的真名，她真正的故事。但如今她怎麼說得出口？

「哇。」老爹說。「我錯了，妳是高手。冒險對他放長線釣大魚。」她的另一支手機響起。她拿起一看，是薩琳娜傳來的。

妳是誰？上面寫著。**妳想要什麼？**

好問題，真的。

「妳要兼顧的事太多了。」老爹說。「我不是教過妳一次不要超過一件嗎？妳現在手上有多少在進行——三件？」

現在只剩兩件了。班和薩琳娜。她把其他人都放掉了——以為她是失散已久的親戚的那一家子、以為她駭進他的鏡頭、逮到他看色情片的那個傢伙。

「結束了，老爹。完成這最後一件事，我就收手。」

「是啊，每個人都這麼說。」

沉默在他們之間膨脹。她差點毀掉與班聯絡的那支拋棄式手機，但沒有。他是她最後的出路。她可以輕易變成他心中所想的那個女人。只要她願意，她可以隱姓埋名躲進那種生活，不是嗎？也許她會一直待在那裡。也許她會喜歡。

「所以，妳是誰，孩子？」老爹說。「妳想要什麼？」

她從廚房水槽上方的窗戶看見自己的影像。只是一個漆黑的輪廓，光線從後方打亮。

「我也該是時候找出答案了。」

他輕笑一聲。

「開始抽絲剝繭了是吧，妳可能不會喜歡妳找到的答案。」

第三十一章　奧利佛

史蒂芬是笨蛋。他在打呼，嘴巴張得大大的，雙手舉到頭頂，臉頰紅潤。奧利佛看著他，但願他也能像他睡得那麼好，但他睡不著。因為媽媽在隔壁房間。大人一下午關起門來低聲交談後，他隔著牆聽見她在哭。她進來唸故事書給他們聽，親吻他們。她躺在旁邊陪他們一陣子，前提是他們答應不能說話。他知道媽媽什麼時候心情不好——她難過的時候、又累又煩的時候、對爸爸生氣的時候、對他們生氣的時候。他都知道。史蒂芬從來沒有注意過，因為他是笨蛋。

奧利佛恨不得自己也是笨蛋。

他知道有事不對勁，但沒人肯說。這天稍早，他和爸爸說過話。*好好照顧媽媽*，爸爸的聲音在電話裡聽起來奇怪又遙遠。

爸，你在哪裡？

別擔心。一切都會沒事的。你看著吧。再過幾天，一切都會恢復正常。

但他從來沒聽過爸爸這種口氣。背景有些不熟悉的聲音——電話鈴聲、他不認識的說話聲。

一切都會沒事的。再耐心等等。

媽媽也說過一樣的話，但奧立佛已經夠大了，他知道大人一直這麼說，就表示不是真的。一切根本就不好。

後來，等媽媽離開他們的房間、回到賈斯柏和莉莉來玩時住的隔壁房間後，等他們安靜了好一陣子後，他聽見媽媽在哭。不只是眼眶泛淚，像她有時候那樣。也不是大哭大叫，像他們真的很不乖的時候她會有的反應，爸爸喜歡說他們是「小屁孩」。就只是哭，呼吸顫抖，輕聲嘆息，像小女生的哭法，漫長又悲傷。她哭了一陣子，大概覺得沒人會聽見，後來她安靜下來。

他爬下床，穿過相連的共用浴室，把門推開。他走到床邊，準備問她能不能一起睡，但床上空無一人。媽媽不在。

也許她去一樓了，外婆有時候也會這樣。有時候外婆會去一樓熱牛奶。有幾次，他跟她一起下去。他們會坐著聊天，什麼都聊——學校生活或漫畫書，聊媽媽和瑪麗索爾阿姨小時候的事。現在外公家的後院曾經存在過的樹屋，外婆和保羅去過哪些地方旅行。他們會聊外婆和他真正的外公離婚的原因。有時候兩個人就是不愛了，分開對他們比較好。這種事在所難免。一開始很困難，但過了一陣子，大家就慢慢適應了。這聽起來像大人說的另一個謊。桑德說這種事爛死了，就算可以過兩次生日、兩次聖誕節。但外公外婆離婚的時候，奧立佛的媽媽已經不是孩子了。而且比起保羅，他真正的外公沒那麼親切。

他猜爸爸媽媽準備分開了。不知怎地，這件事似乎跟不回來上班的潔妮娃有關。

他穿過浴室走回自己的房間，拿起iPad。

他聽見樓下有騷動，於是離開鼾聲大作的弟弟，躡手躡腳走在樓梯上，偷偷溜到一樓。他想他也許應該給媽媽看他在潔妮娃離開時拍下的照片。他有好多照片——潔妮娃的照片、鄰居狗狗的照片、一張史蒂芬光屁股的照片、一張他自己光屁股的照片。他有很多媽媽在廚房裡的照片。爸爸在書房盯著電腦的照片，爸爸老是待在書房。他有一張爸爸彎腰修牆時露出股溝的照片。別鬧了，臭小鬼，他會叫道。把照片刪掉。但奧利佛笑得好厲害，結果爸爸也開始哈哈大笑。媽媽總是舉手擋住自己。我很邋遢！別拍了，奧立佛！呃，我那個角度很醜。他有一大堆史蒂芬從床上、從沙發、從前廊往下跳的慢動作倒帶影片——前廊那次他跌倒了，哭個不停。那部影片總是讓他捧腹大笑，看見史蒂芬的表情轉變得如此之快——前一秒還很開心，下一秒就在鏡頭前痛得嚎啕大哭。

奧利佛下樓時，經過掛了整個牆面的照片——有小時候的媽媽和阿姨、奧立佛、他弟弟、他的表兄妹、外婆和保羅的旅遊照、那次他們所有人一起去迪士尼玩的合照。他喜歡看這些照片；大部分的事他都不記得了。但照片就好像記憶，彷彿可以想起當時的情況，因為他看過照片好多次了，聽過大人把故事講了一遍又一遍。有一張照片中媽媽抱著一隻小狗——是他們以前的狗咬咬。外婆說媽媽那時十歲——想想簡直不可思議。媽媽怎麼可能像他一樣曾經是個孩子？

來到一樓後，他看見廚房亮著燈。奧利佛以為他會看見媽媽低頭盯著手機，或放空凝視前方，她有時候會這樣，臉上掛著難以捉摸的表情。然而，他看見的卻是外婆。她站在爐子前，穿著每晚都穿的粉紅色睡袍，熱牛奶的香氣在門邊撲鼻而來。她會放蜂蜜和其他香料——像黑胡椒和一些他不知道怎麼唸的奇怪東西。她稱之為黃金牛奶；說是他最喜歡的東西也不為過。他在餐桌旁坐下。外婆從來不會因為他爬下床而生氣。

「媽媽不在床上。」他走到桌邊，拉出一張椅子說。牆上、桌面，到處可見更多照片。在他家，所有的照片都存在電視螢幕、電腦、平板、手機裡。很少有放在相框裡的實體照片。有一張是爸爸媽媽婚禮上的照片，媽媽看起來像公主，而爸爸超瘦的。

外婆轉向他；她每次看著他和史蒂芬、莉莉和賈斯柏時，總是面帶微笑，眼睛兩側擠滿皺紋。但今晚，她看起來有點憂愁。

「我聽見她出門的聲音。」她點點頭說。「所以我醒了。」

「她去哪裡？」

「她年輕的時候，偶爾會在夜裡出門慢跑。壓力大或心情不好，她就會跳下床去慢跑。」

「妳就讓她去？」奧利佛好奇在未經許可下獨自離開一個地方是什麼感覺。就算是媽媽，感覺也不太可能。她總是在家，不然就是和他們或和爸爸在一起。爸爸可以單獨出門；他就算出門好幾天也沒關係。像現在就是。可是換作媽媽？感覺很不一樣。好好照顧媽媽，爸爸早些時候在電話裡說過。奧利佛該怎麼照顧她？他沒問；這又是那種你早該知道的事，就像所謂的「義氣」。

外婆聳聳肩，轉身用木湯匙繼續在鍋裡攪拌。「你媽是大人了。而我堅決相信要讓人做自己，無論好壞。」

他看向窗外，只見一片漆黑。「不會危險嗎？」

「薩琳娜——你媽媽——很聰明也很堅強，她像我認識的每個人一樣有辦法照顧自己。即使她在你這個年紀，也會一聲不吭自己出門。」

「我從來沒有自己一個人出門。」

她回頭看他，對他微微一笑。「時代不一樣了。家長——做事情的方式也不一樣，也許做得更好。」

她拿著兩個馬克杯走過來，在他對面坐下。「小心，很燙。」

「爸爸媽媽會離婚嗎？」

她伸手摸摸他的頭髮。外婆聞起來總是有股花香，皮膚很柔軟。他等著她說謊。當然沒有！她可能會說。或者：別說這種話。「聽著。」反之她說。「現在發生了一些大人的事情，不過我們會一起攜手度過。」

不算說謊，可是——

「這不算回答，外婆。」

她點點頭。「我知道，但這是我能給你的唯一答案。就算是大人也不一定知道所有答案。」這他已經知道了。

他啜飲一口牛奶。牛奶甜甜辣辣的，稍微燙到舌頭。不太嚴重。他沒說什麼——外婆剛剛才告訴他牛奶很燙。史蒂芬要是知道奧利佛和外婆的特別時光一定會很嫉妒。他們的特別飲料。奧利佛喜歡擁有史蒂芬沒有的東西，牛奶再燙他也絕對不會抱怨。

「是因為潔妮娃的關係嗎？」他問。「因為她沒來上班？」

外婆嘆口氣，搓揉太陽穴。她安靜了一會兒，他以為她大概不會回答他了。這也是大人常做的事，直接轉移話題。

她喝了一口牛奶，然後說：「聽著，親愛的。等媽媽回來，我們所有人都坐下來好好談一談。但現在你只要知道，你和史蒂芬很安全，爸爸媽媽永遠都愛你們。目前這樣的答案夠嗎？」

他點點頭，因為他知道這是外婆希望他做的，去理解超出他能力範圍內的事。

他把平板推過桌面。

「她離開的那天晚上，」他說。「我把她錄下來了。」

「誰？」

「潔妮娃。」

外婆皺起眉頭看著他，然後低頭看著平板。「錄到這裡面？」

「嗯。」他把螢幕轉向外婆，按下播放鍵。

「你有跟誰提過這件事嗎？」她問。

他搖搖頭，外婆的眉頭皺得更深了。她湊近看，他也跟著看。潔妮娃穿過馬路，站在車門邊翻找皮包。接著她轉過身。

奧利佛錄到這裡分了心，跑去追逐搶走遙控器的史蒂芬。但他把平板留在窗邊繼續錄影。

潔妮娃走到路中央。另一個人緩緩接近，穿著一件連帽外套。看起來像個男人，是嗎？也許是個孩子？一個年紀大一點的孩子。

潔妮娃看起來很生氣，眉頭緊皺，身體僵硬。她在說些什麼——奧立佛真希望自己知道怎麼讀唇語。潔妮娃指向他們的房子，另一個人——比潔妮娃高——很快轉過頭，然後又轉回潔妮娃面前。

在那短短的一秒鐘，他們看見一張臉。

「喔。」外婆說。

「那個人是誰？」奧利佛大聲問，雖說他認為外婆當然不知道。但他往外婆看去的時候，她用手摀著嘴巴，看起來——很害怕。這讓奧立佛也有點害怕。他的肚子有種奇怪的感覺。

然後，潔妮娃和另一個人走出視線外，落葉在四周飄揚。一隻薑黃色的貓從對面的人行道上走來。奧利佛以前見過這隻貓，但不確定是哪家養的。畫面裡只剩下空蕩蕩的街道，時不時有汽車駛過——就這樣錄了一陣子。最後，媽媽按下停止鍵。關掉平板前，螢幕閃過她惱怒的臉。最終她把平板沒收了，作為他和弟弟吵架的懲罰。

「喔，我的天啊。」外婆仍直盯著螢幕，儘管已經沒有東西可看。

「媽？」說話聲把他們兩個嚇了一跳。

奧利佛抬頭，看見媽媽站在門口。她穿著慢跑服，臉頰紅潤，上衣大汗淋漓。

「你們在看什麼？」她問。但外婆只是搖頭，一滴淚從她的眼睛滑落。奧利佛覺得好難受，朝媽媽看了一眼。他把外婆弄哭了。他覺得眼睛熱熱的，眼淚也快奪眶而出。他忍住淚水，因為他知道男生不該哭。拿出男生的樣子，奧立佛，媽媽聽不見的時候爸爸會說。

「你們兩個。」媽媽說著，慢慢走近，如今語氣聽起來也很害怕。「到底怎麼了？」

第三十二章　珍珠

老爹帶回家的女孩沉默害羞，臉色蒼白。她的樣子很奇怪，表情呆滯，彷彿隨時可能碎成百萬個亮晶晶的碎片。珍珠試探性靠近，發現女孩微微在發抖。說是震動也不為過，某種全身性的震動。過去，他們家從來沒有人來過。珍珠不喜歡這種感覺，事實上，她覺得非常討厭。感覺像是入侵，像違背了一種承諾。

「這位是葛蕾西。」珍珠放下手邊的東西時，老爹說。「她目前處境艱難，我們要照顧她一陣子。」

「喔？」珍珠說。

女孩看她一眼，又很快別開目光。一行淚水從她那如清晨天空般矇矓的眼睛滑落臉頰。她沒有看過那麼淺的藍眼睛，幾乎算不上一種顏色。她長得不漂亮，不如珍珠這般的美貌，這點她自己很清楚。但話說回來，她只是個小女孩，柔弱，平胸，尚未發育成熟。也許在老爹把她教導成現在這個樣子前，她自己也是那副德性。

「她是一顆未經琢磨的鑽石。」老爹彷彿能讀珍珠的心，這樣說道。他憂心地看了女孩一眼。她面前放了一杯沒碰過的熱茶。

「看得出來。」

「別那麼壞。」他低聲說。「她剛剛失去她的母親。」

老爹曾經對另一個女孩感興趣。那時候他們住在哪裡？她不記得了——某個無聊又潮濕的地方。但後來沒能成功。珍珠好奇在她之前有沒有其他女孩。如果有，她們也個個消失無蹤了。

「很久以前，我收留了遭逢不幸的珍珠。」老爹轉向葛蕾西說。「我照顧她，幫助她繼續生活下去。現在我們兩個都會照顧妳，好嗎，孩子？」

真是感人，雖然算不上完整的真相。但話說回來，真相到底是什麼呢？不過是大家都認同的故事罷了。

葛蕾西點點頭，似乎振作些。她伸手撫摸自己稀薄的頭髮，清清喉嚨。珍珠以為她要說點什麼。但他們三人面面相覷了一會兒後，葛蕾西彎腰吐在廚房地板上。隨之而來是一陣咳嗽，咳到後來變成慘烈又失控的啜泣。

珍珠震驚地在旁觀看——她的肚子有某種情緒在翻攪。那是厭惡感。

「好了、好了。」老爹說著，體貼地走向葛蕾西。「沒事，我帶妳去休息一下吧。」

他把女孩摟在懷裡。啜泣聲稍微減弱，由嗚咽聲取代。那女孩已經夠嬌小了，但在老爹帶她離開廚房時似乎又變得更小，整個人消失在他的懷裡。臨走前，老爹回過頭。

「珍珠？麻煩妳了——好嗎，親愛的？」

在家裡，他仍叫她珍珠，不過在外面或工作時從未說溜嘴。只要她和老爹在家，她也仍覺得那是她的名字。雖然在當時，她給自己取名叫伊莉莎白。不是伊莉，不是莎白，就是伊莉莎白，是常見的名字但仍然高貴優雅。她在學校有個男朋友；一個老爹不認識的人。他不是目標。他們會去看電影，他會帶她去吃晚餐。他們一起讀書，廝混，但沒有做愛。他叫她伊莉莎白，在黑暗中輕喚這個名字時聲音很好聽。某種程度上，他可能也算是目標。她設下的騙局是她只是個普通女孩，是學生，是他的女朋友。她在一間披薩店當服務生，一心希望成為他看著她時，眼中的那個女孩。

「我總覺得跟妳不夠親密。」有天夜裡，他邊吻她邊說。她不確定他的意思指的是肉體上還是心靈上，也許兩者都有。她喜歡他——傑森。他很聰明，會彈吉他。他是通往一般人所在那個世界的大門。她考慮現在立刻打包行李，帶走寥寥無幾的幾樣東西，離開老爹和他的新計畫。她可以離開。她現在有自己的局、自己的錢了。她不覺得他會阻止她走。

「當然。」珍珠大聲說。「有何不可？我會把嘔吐物清乾淨，像個女傭一樣。」

但他早已離開她，照顧葛蕾西去了。

嘔吐物不多，只有一小灘接近透明的膽汁。要不是討厭那個女孩，她可能會替她難過。她感受到一股蠢蠢欲動的怒火，微小但惡毒。這是什麼莫名其妙的狀況？直接帶個陌生人來到這個本來屬於他們一輩子的家，他們遠離世界的避風港。

她聽見樓上傳來哭嚎，接著是老爹溫柔的安撫聲。又一聲哭嚎。

她當初一開始也是這副慘狀嗎？她一邊想，一邊拿紙巾擦地，然後把紙巾丟掉，用點漂白水用力刷洗。她在熱水底下洗手。

不，她不曾那個樣子。

「像你這樣的女孩不多，珍珠。」老爹說了不止一次。「妳可能是這世界上獨一無二的。」

如今回頭看，她發現葛蕾西加入他們就是第一個凶兆。在那之後，不好的事接踵而來。不都是這樣嗎？一個錯誤無可避免地導致另一個錯誤，有如跌下一道陡峭的長梯一發不可收拾。但也許一切都始於鳳凰城，布里姬那檔事。

「別生氣。」老爹說著，獨自回到廚房。珍珠仍在清洗雙手，在熱水底下把皮膚搓得發紅。一關掉水龍頭，雙手就發疼起來。

「我為什麼要生氣？」她說，語氣比預期尖銳。

「她是給妳的。」他站在門邊說。「一個妹妹。」

他有聽到自己在說什麼嗎？她差點笑出來，但後來她看著他——眼下的黑眼圈，疲憊又沉重的眼皮。她知道他最近幾乎沒睡。她聽見夜裡他在房裡來回走動。自從鳳凰城那件事之後，他老了不少——嘴周和眉間出現皺紋；人也變瘦了，身材變得清瘦結實。那件事對他打擊很大，他一直沒能重新站起來。

他來到桌邊，她在他對面坐下。她仍然聞得到嘔吐味，混著漂白水的氣味刺鼻難受。

「你不能就這樣帶個妹妹回家。」她說。「又不是養小狗。」

他低頭看著自己坑坑疤疤的指甲外皮。「妳生氣了。」

「我沒有。」

她有，她很生氣。不只是氣家裡有個陌生人；還有一堆數不清的事情。倒不是她能確切說出生氣的理由——只是最近，她總覺得自己像在牢籠裡來回踱步的動物，覺得自己被他困住了，急於掙脫，覺得自己可以離開他，也應該離開他，但她做不到。這些她全都沒說。

「妳最近不太對勁。」他對著一片沉默說。「發生什麼事？」

「我可以對你說一樣的話。」

她起身去煮水泡茶——只為了避開他。那雙緊迫盯人的眼睛，能夠看穿所有人的一切，並且知道如何利用潛藏在表面之下的任何渴望、需要和恐懼。

「是妳父親的緣故吧。」他繼續說，沒有轉身面向她。「那整件事搞的鬼。」

她聳聳肩，慶幸他看不見她。她不確定她有辦法不讓情緒表現在臉上。

「進行得很順利。」她說，語氣過度高亢。「一大筆封口費，就像你所說的。」

沒錯，確實是一大筆錢。她獲得一疊現金，換取再也不能聯絡他的承諾。然後，正當她可以離他遠遠的，再也不要想起他，從此一刀兩斷之際——

「妳選擇毀了他。」老爹說。

她聽出他的語氣帶著一絲不認同。她很在意，程度超出預期。

她看一眼手錶。她約好要跟傑森見面，現在已經遲到了。她以伊莉莎白的身分遲到了；她那普通的分身。一名學生、一個女服務生、一個普通的小鎮姑娘，絲毫不特別。茶壺開始發出哨聲。她從爐火上拿開，在櫥櫃拿出來的兩個馬克杯裡倒入熱水。其中一個馬克杯寫著，全世界最棒的老爸。這世界處處充滿諷刺，不是嗎？

「是又怎樣？」她說著走回來。她把一個馬克杯放到他面前，但他沒有伸手去拿。

沒錯，她把她父親的人生燒成灰燼。他搬出了那棟美麗的房子。離婚鬧得很難看，搞得人盡皆知。他的女兒不願意跟他說話。史黛拉不是他唯一的外遇對象，遠遠不只。顯然他在外面有另一個家庭，有其他女人和其他的孩子。新聞報出來後，與他共事的女人紛紛站出來揭發他在工作場合的騷擾，不檢點的行為舉止。一位富有的慈善家，地方的仕紳，原來是外遇的慣犯，職場上的禽獸。這則新聞不算轟動，但仍是新聞。她最後一次聽說他被公司革除了總經理一職。

「遊戲規則不是這樣玩的。」老爹輕柔地說。「不應該是這樣玩的。」

「也許對我來說就是這樣。」她沒坐下，開始收拾她的東西。「也許有時候，這一切不只是為了錢，而是為了讓人為他們的所作所為付出代價。」

「千萬別把人逼到絕境，我難道沒教過妳嗎？」

「我有我自己的做事方法。」她說。「你可從來沒騙過這麼大票的，對吧？」

他溫順地點了點頭。「妳已經青出於藍了。」

「所以重點是這個嘍？你認為我超越了你？這是她出現在這裡的原因嗎？」她指向二樓。「你的新徒弟？」

「當然不是，她只是現階段需要我們的一個人。在這個世界，妳要珍惜能夠組成家庭的機會。」

「你只是需要有個人去崇拜你。」

他搖搖頭，再次低下頭，這次看著桌上的木紋。「我一直照顧著妳，不是嗎，珍珠？用心照顧妳？我把妳當成親生孩子一樣疼愛。」

那股沸騰的怒火，有如汽笛一般。但她站在原地動也不動。她幾乎從未發過脾氣。

「孩子會長大。」她靜靜地說。

老爹看著她，彷彿她剛剛甩了他一巴掌。

她走上樓。她可以在二十分鐘內把她的東西統統打包好。她也如實這麼做。她隔著牆聽見那個陌生人仍在啜泣，聲音低沉絕望，那股有毒的悲傷滲入她的毛孔。

去、他、的。

她回到一樓時，老爹站在門邊。

「妳不必這樣。」他說。「我們可以成為一家人。」

「我需要自己的空間。」她說。「我需要弄清楚我是誰。」

他露出豁然諒解的微笑，把她擁入懷裡緊緊抱住她。她發現自己沉入他的懷裡，差點要改變主意。但後來，她再次把心一橫。他似乎感覺到了，把她放開，在她額頭上輕輕一吻。

「星期天回來吃飯吧。」他說。「孩子會長大，但他們永遠都能回家。」

她走出大門，走向她用自己的錢買下的汽車，打開後車廂，把所有家當放進去。她往後照鏡一看，只見老爹站在門口揮手道別，以及二樓窗口那女孩的剪影。

她的怒氣漸漸消退；珍珠、安、伊莉莎白，不管她現在是什麼名字，心中都沒有一絲感覺。

第三十三章　柯拉

「到底怎麼了，媽？」薩琳娜厲聲說。

柯拉抓著平板，仍不敢置信地盯著螢幕。她女兒的臉看起來既困惑又憤怒。「和潔妮娃一起在大街上的這個女人——」柯拉不敢相信自己的眼睛。

「奧立佛。」薩琳娜看著兒子說。一行淚從他的臉頰滑落。「回床上去，親愛的。大人有事情要討論。」

「可是——」奧立佛說著，在她們兩人之間來回張望。「對不起。」

「快點。」薩琳娜說著，語氣過於嚴厲。她閉上雙眼，彷彿在喚回耐心，然後放軟聲音說：「拜託，親愛的。拜託了。」

奧立佛張開嘴，然後又閉上，最後氣沖沖離開，甩上身後的門。柯拉聽著他跺腳走上樓，湧起追過去安慰他的衝動。他一定很傷心，他是個心思細膩的孩子。

薩琳娜拿走柯拉手中的平板，點開螢幕。她看影片時，螢幕的光照亮她的臉龐。沒一會兒，她就倒抽一口氣，一屁股坐倒在身後的椅子上。她搖搖頭，一臉困惑。

「妳認識她嗎？」最後薩琳娜問。

「妳認識嗎？」柯拉問。

「我——在火車上認識她的。」薩琳娜說著，聽起來有點茫然。「她一直在——傳訊息給我。我在城裡又和她碰面喝過一杯。」

柯拉瞬間恍然大悟。「喔，我的天啊。」

「她是誰？媽？」

真相一字一句從柯拉的嘴裡吐出。還有好多關於她們父親的為人、他幹過的好事，是她從來沒有告訴過兩個女兒的。她替他保守秘密，不讓女兒們受苦。

柯拉再次伸手拿回奧利佛的平板，點開那個畫面。沒錯，就是她。柯拉馬上就認出影片裡的女孩。

「媽！」薩琳娜說。「她到底是誰？」

柯拉第一次見到那個女孩的時候，她還很年輕，十幾歲左右。當時她在超市外面徘徊。一頭黑髮，五官像柯拉的丈夫一樣深邃，身材像他們的女兒一樣纖細——她有一種桀驁不馴的氣質，喚醒柯拉的母性本能。她看見女孩在農產品區挑選蘋果。柯拉常想，那天下午到底為什麼會注意到她？後來，女孩來到報紙旁邊。

柯拉差點走向她。妳需要幫忙嗎？她想開口問，儘管當下顯然沒有哪裡不對勁，憑的只是一股直覺。但等柯拉結完帳，女孩已經不見了。

下一次，女孩走在他們家附近的社區，企圖讓自己看起來是屬於這裡的居民。但柯拉心想，她看起來不屬於任何地方。她有種局外人的感覺，眼神東張西望，肩膀高高聳著。她的衣服破舊，但有雙長腿，身材豐滿，性感美女一個。她一直往前走。

後來，又過了幾天，她在橡樹附近徘徊。柯拉隔著廚房的窗戶觀察她，接著漫步走到門廊外替植物澆水，一邊好奇她會不會接近房子。最後，柯拉走下石板路。我要邀請她進屋，看看她想做什麼，柯拉心想。但女孩匆忙跑走。

柯拉知道她是什麼人，相似度太高了。

瑪麗索爾上大學去了。薩琳娜是高三生，秋天就要離家去紐約大學就讀。現在是春天，一個重生的時刻。

那個女孩，在她家街上徘徊的女孩，如今出現在影片裡的女孩。

她就是壓垮柯拉的最後一根稻草。

她不是因為氣自己的丈夫在外面有私生女，這已經夠糟了。而是因為他竟然拋棄了那個孩子，如今她是如此迷惘，如此孤單地在街上遊蕩，等待著——柯拉不知道她在等什麼。他算什麼男人？她怎能愛這樣一個喪盡天良、無情無義的男人？

柯拉鼓起勇氣。跟大女兒談向來比較容易。

瑪麗索爾喜歡交談——她可能會哭會叫——但她們會不斷交談，直到想出解決辦法。對薩琳娜而言，一切總是非黑即白，是非分明——這點她跟她父親很像。瑪麗索爾了解大多數的生活充滿灰色地帶——有時看似正確的事是錯的，看似錯誤的事卻可能讓人感覺良好。她不像薩琳娜一樣對柯拉如此嚴苛。柯拉知道薩琳娜覺得她很懦弱，多年來留在道格身邊，替他保守秘密。但她做了她自認該做的事。她承受自己的不快樂，因為她以為一個完整的家對孩子們才是最好的。又或者她只是害怕。

如今，薩琳娜發現自己身處同樣的混亂之中——甚至更糟。身為一個母親，柯拉怎能不覺得自己有責任？畢竟，她就是一個不好的例子。

她說出那些話的時候，孱弱得有如蚊蚋。

「她是——妳父親和另一個女人所生的女兒。他某場外遇的私生女。」她說。

薩琳娜張大了嘴，面色慘白。

「她是妳同父異母的妹妹。」柯拉繼續說。「她的名字叫珍珠。」

第三十四章 珍珠

夜裡來了一通電話。手機鈴聲滲進她沉睡的夢鄉，夢裡的她沿著一條通往地下砲塔的樓梯不停往下跑。腳步聲發出回音，一個黑影跟在後方。她能感覺到那冰冷的氣息。往下跑、往下跑，越來越深、越來越深。上方的陽光逐漸消失，她順著樓梯來到一片低矮的洞穴前。她朝電話鈴聲的方向摸黑前進，尋找一條救生索，一道出口。等她總算從夢中醒來，看見床頭櫃上的手機在發亮。傑森的一隻臂膀和一條腿掛在她身上；他有如孩子般睡得好沉，幾乎不可能被吵醒。

手機鈴聲停止了，她沒有伸手去拿。絕對沒好事；她可以肯定。現在時間是凌晨三點。她那晚離開後，還沒回過老爹家。她猜是他打來的。有事不對勁。

她躺在黑暗中，心怦怦作響，殘存的夢境把她往睡夢中拉。她湊近傑森身邊，他的身體有如火爐一般。

珍珠完全投入在她身為伊莉莎白的生活中。她搬到傑森家，與他同住在校園附近一間簡單的一房公寓。他們一起上學。她在披薩店工作；他在當地一家車行做學徒，學習修理中古車。他們一起去看電影，任何他想看的電影——藝術電影和艱澀的紀錄片。他們和他的朋友一起參加派對和烤肉會。他們外出用餐，在一般餐廳吃些便宜晚餐。最後，他們也做愛。一切是如此輕鬆，太輕鬆了。正如老爹說的，平凡的生活。這平凡的生活就像一場大雨把她洗淨。珍珠一天天淡去，伊莉莎白一天天茁壯。

她想起過去與史黛拉的生活——她那些男朋友搞出來的一件件鬧劇、書店生意持續帶來的壓力、史黛拉陰晴不定的情緒、她給人的距離感。年幼的珍珠過著混亂的生活，把自己埋首在書堆和故事裡，躲進別的世界、別的生活。書頁裡，她成了另一個人。她是不斷逃離一個又一個慘況的簡愛。是《蝴蝶夢》中，在丹佛斯管家太太仇恨的目光下越來越衰弱的德溫特太太。是《白衣女郎》中，被珀西瓦爾爵士控制的勞拉．費爾利。現在這樣也沒太大的不同。她躲進了伊莉莎白和傑森的故事裡。

傑森想知道她過去的生活、她的父母、她的成長過程。珍珠兼伊莉莎白編了一個半真半假的故事。她的母親過世了；她從未見過她的父親。她舅舅收留了她。她和他到處住了一陣子，但後來分開了。傑森說他在明尼蘇達州有個大家族；他們打算夏天回去一趟。他愛她；她看得出來。她可以假裝愛他，並樂在其中。也許他察覺到了，她的距離感。

有時候我會好奇妳在哪裡，有一晚他說。我感覺妳的心總是飄到別的地方。

我在這裡，她說。她替他口交，讓他愉悅得無法自拔。這樣似乎就把問題解決了。

有時候在夜裡，她會看著在房間四周投下陰影的那些物品。掛在椅子上的衣服、她的書本和筆電、花瓶裡的花、他們買了卻很少看的電視。如果到了非走不可的地步，我會帶哪些東西走呢？她心想。

可能是一些書，幾件衣服，衣櫃裡裝有現金、護照、社會保險卡的包包。當時她從未出過國，但如果得走，她想她會去倫敦。她不知道為什麼。這個虛無飄渺的想法很吸引人，可能倫敦在她想像中總是灰濛濛的，經常下著清冷的毛毛細雨，是一個可以消失於濃霧之中的地方。

手機再次響起，這次珍珠伸手去拿。是不認識的號碼。她應該直接讓來電轉進語音信箱，但她接起電話。話筒另一端傳來啜泣聲，一個熟悉的聲音。是個女孩。

「珍珠？」

「幹嘛？」她毫不掩飾自己的不耐。

「拜託快回來。」

她內心一震，全身竄上一陣恐懼。她離開傑森身邊，他無意識地翻了個身，繼續沉睡。

「怎麼了？」

「拜託。」她說。「快回來。我——不知道該怎麼辦。」

她結束通話，靜靜躺了一會兒，然後起身，開始打包她寥寥無幾的幾樣東西。她拿起衣櫃裡的帆布包，把衣服、書本、筆電塞進去。

她不知道為什麼，但那場夢、那通來電、那女孩的聲音，以及空氣中瀰漫的奇怪氛圍，讓她覺得一旦走出那扇門，返回傑森和伊莉莎白身邊的路將會關閉。就像一本闔起的書，一個故事的終結。

所有東西都打包好後，她逗留了一會兒，凝視傑森睡覺，包包沉重地壓著肩膀。她在內心尋找情緒——悲傷、後悔、渴望。但一如往常，她幾乎沒有任何感覺。也許有點什麼吧，一種微微希望故事有所不同的情緒。

她給自己一點時間想像那個故事——他向她求婚，他們結婚了，也許為了離他家人近一點而搬回明尼蘇達州。他們買了一間不算豪華的漂亮房子，過著寧靜的生活——也許有小孩，在安全舒適的環境下把他們扶養長大。伊莉莎白佔了上風，故事成了事實；珍珠化為烏有，只是過去的幽靈，一個幾乎不曾存在的女孩。她幾乎能看到，幾乎能實現那個故事。

她一聲不響離開時，傑森動也沒動一下。

她花了快一個鐘頭開回那棟房子，把小小的大學城拋在身後，沿著蜿蜒的道路進入鄉間。那天離開後，她就再也沒回去，儘管老爹不斷打電話來，邀請她去吃晚餐。他的留言大多像是近況更新，比如一些新聞片段，或談到房子、一些需要修理的東西。他常說起新寵兒的大小事，儘管他惱人地一直稱她是她的妹妹。妳妹妹學得很快，別誤會，她一點也比不上妳。我覺得她可以適應這個生活不成問題。她持續把他轉進語音信箱。

快回家吧，小女孩，他在最後一則留言裡說。一切都沒變。我們是一家人。家人從來不是完美的，就算問題重重，但我們永遠都在身邊。

家人。

老爹顯然瘋了。與他分開一段距離後，讓她更清楚看見他的本質。頂多是個騙徒，說不定更糟。說不定是綁匪，是殺人兇手。史黛拉的命案──這麼多年過後仍然沒有破案。還有葛蕾西是打哪來的？她是誰？她母親在哪裡？

珍珠一停車，就看見女孩坐在門廊上，像個軟綿綿的破娃娃靠著欄杆。她如胎兒般抱著膝蓋縮起身子。珍珠湧上排山倒海的恐懼；她帶著這份情緒靜靜坐著。她聽著汽車的引擎聲，一邊心想，我該離開，遠遠離開這裡。但她沒有。因為她知道他不希望她這麼做。

她下車走向葛蕾西，踩在車道上的腳步聲嘎吱作響。

「發生什麼事？」她問。她的聲音聽起來很嚴厲；她說起話來就像史黛拉一樣，對弱者向來沒有任何耐心。振作點，珍珠。

但女孩只是搖頭，面無表情。珍珠走近，看見女孩的衣服、雙手、指甲縫全是暗紅色的血。那雙淡藍色的眼睛直愣愣地凝視遠方。

「妳受傷了嗎？」珍珠問。現在她的語氣冷靜下來，溫柔許多，但似乎消失在沉重的空氣中。她又緩緩搖了搖那頭金髮。

大門微微敞開，燈光在木板地上映出一塊黃色長方形。一片寧靜。夜晚透著刺骨的冷意。珍珠沿著階梯走上門廊，木板被她的重量壓得嘎吱作響。她慢慢來到頂端，努力平復狂跳的心臟。接著，推門進屋。

兩具屍體肩並肩躺在地上，鮮血匯成一灘血泊。一股充滿金屬氣味的惡臭衝入鼻腔。她退後一步，時間凍結。老爹，面朝上——腦袋、胸口各有一個洞。他手心向上平躺著，眼神平靜，嘴巴驚訝得張大，彷彿死了仍想弄清楚發生了什麼事。

這是另一場惡夢嗎？她會醒過來嗎？往下跑，跑向鑽進地底的砲塔，身後一道黑影。但不對。細節太清晰，惡臭太強烈。

「老爹。」她輕聲說。但他只是直直瞪著她。

世界對騙徒沒有所謂的正義。當情勢逆轉、當目標變得聰明、當你的行為終究得付出代價時，沒有人會幫你。上天自有安排，騙局終有結束的一天。

在他旁邊，有個女人趴在地上，後腦勺糊成一團。即便如此，珍珠還是認出她來。珍珠感覺到膽汁從喉嚨湧上來，被她硬生生嚥下。那女人寬厚的肩膀、她的衣著風格——俗氣的上衣和過緊的牛仔褲，以及她染的一頭紅髮。是布里姬。在鳳凰城對老爹窮追猛打的女人。

千萬別把人逼到絕境。老爹沒有聽取自己的建議。他傷了她，而她終究找到他。

她目不轉睛看著，腦中警笛大作。然後是，淚水。淚水從雙眼湧出，彷彿擁有自己的意志，不受任何感覺的驅使。她的內心如墳場般寧靜。

背後傳來腳步聲，輕柔，拖曳。

「我殺了她。」葛蕾西說，聲音細如蚊蚋。

珍珠打量現場。布里姬用來殺死老爹的手槍躺在她手邊，她猜是某種半自動手槍——但她對槍其實一無所知。地上佈滿鮮血和血塊，以及一個沉甸甸的玉石書擋，珍珠認出來那是書房裡的一對書擋之一。一隻石獅子，老爹從書店拿的。史黛拉在二手拍賣會上買的；珍珠記得她發現這對書擋時有多高興。一般認為，它們會保護主人免於傷害。又一個人生的小小諷刺。

「我從後面打她。」葛蕾西說，聲音鎮定許多。「她就直接——倒下了。但我動作太慢。她已經對他開槍。他死得——好快。我們本來正在煮晚餐。」珍珠能聞到空氣中的洋蔥味。

她說不出話，於是轉身看著女孩。葛蕾西瘦了些，五官變得立體，開始出現一種甜美的氣質。她的雙眼炯炯有神，透露著一股力量，珍珠簡直無法想像她是當初那個哭泣、嘔吐、縮成一團的女孩。

「我們該怎麼辦？」女孩問著，嚥下一聲啜泣。

我們？珍珠心想。

是的，我們，老爹會這樣說。她是妳妹妹。她是妳現在唯一的親人了。

這個事實的震撼程度開始發酵。現在眼前有個問題要解決，而她善於解決問題。她的大腦動了起來——算計、制定策略。解決問題達人。

這間房子遺世獨立；八成沒人聽見槍聲。老爹是個幽靈，幾乎不存在。唯一會去找他的人都已經在場。全是有利的條件。

珍珠蹲下來，猶豫片刻，接著在女人血泊中的屍體旁邊小心翼翼尋找她的手機，最後在牛仔褲後面的口袋裡尋獲。一支智慧型手機。她按下Home鍵，很快發現手機沒有設定密碼。

布里姬。老爹初次找到她時，她可說是絕佳的目標。沒有家人，朋友不多，離群索居，渴望與人交流。

「她的車在哪裡？」珍珠問著，起身走到門口，查看眼前那道長長的荒蕪車道。黑夜中，她可能一時之間沒看見那輛車。但沒有，除了她的車之外，沒看見其他車輛。「她是怎麼到這裡的？」

葛蕾西無助地聳了聳纖瘦的肩膀。

珍珠在手機裡尋找共乘應用程式，卻也沒找著。萬一留下布里姬來到這裡的紀錄可就難搞了。珍珠會把她的手機、電子郵件、社群媒體的貼文全部瀏覽一遍，再用手機創造一條與這間房子八竿子打不著關係的數位足跡。

「她的車一定在附近。」珍珠說。「我們得找出來。」

她抬起頭，看見葛蕾西睜大雙眼看著她。

「還有，」她繼續說，「我們得把屍體處理掉。」

「屍體。」葛蕾西重複說。她變得有點恍惚，再次出了神。

「葛蕾西。」珍珠語氣嚴厲地說。聽到自己的名字，似乎讓女孩清醒過來。

她稍微挺胸站直，看著珍珠彷彿在等待指令。珍珠繼續說：

「我需要妳幫我一起解決這件事。老爹不會希望我們畏首畏尾死在這裡。他會希望我們分工合作。」

她們之間出現一種心照不宣的默契。珍珠不知道老爹對葛蕾西做了什麼，或怎麼帶走她，又為什麼要帶走她。但他說得對，她們是姊妹。時勢造就的姊妹，因為這險惡的時刻而成為生命共同體，因為老爹以及他對她們所做的一切而被綁在一起。

葛蕾西低頭看著兩具屍體，再抬頭看向珍珠。這就是關鍵的時刻。她會昏倒嗎？崩潰？放聲尖叫？逃跑？這一刻正是葛蕾西決定她要成為什麼人的時候。對珍珠來說，這一刻是多年前她在佩科斯成為安的時候。她選擇了老爹；選擇了這個生活，雖然當時的她並不曉得往後會有什麼後果。因為縱然珍珠有諸多面貌，但說到底她就是一個強悍的倖存者。她選擇能讓她繼續奮鬥下去的路。

但葛蕾西呢？這個老爹選來做她妹妹的羞怯小女孩。她的本質到底是什麼樣的人？

時間一分一秒過去，葛蕾西看看四周。她臉上的困惑逐漸消失，咬緊了牙，眼神清澈。那個瞬間，珍珠看見了老爹在葛蕾西身上看見的特質。她是他們的一員。

「好。」葛蕾西說著，眼神直視珍珠。「我們該怎麼做？」

第三十五章　柯拉

「妳為什麼從來沒跟我們說過這些，媽？」薩琳娜問道，眼神充滿譴責。「妳不認為我們有權知道嗎？」

柯拉冒上一股怒氣。薩琳娜就是搞不懂。她的小女兒從十幾歲開始，就為了千百種事情生柯拉的氣。柯拉家教太嚴，不明白「現代」世界，擔心太多無謂的小事。從她十三歲到離家上大學期間，她們一直針鋒相對。另一方面，薩琳娜非常崇拜自己的父親；他的名聲一落千丈，對薩琳娜是件殘忍的事。瑪麗索爾向來跟媽媽比較親，溫順且依賴。即使現在，比起薩琳娜，柯拉還是跟她比較親。倒不是說她比較不愛她的小女兒。只是合不合得來的問題罷了。

「不。」柯拉說，語氣比預期嚴厲。「我不認為妳們有權知道。那是妳父親的責任去告訴妳們他做了什麼。如果妳要怪罪任何人，就去怪他吧。」

薩琳娜深吸一口氣，再用力吐出來。她臉上的表情——困惑、失望——讓柯拉心如刀割。

「媽。」薩琳娜說著，伸手貼著額頭。「這個女人——珍珠。她在火車上接近我。我不知道為什麼，但我把——我的一些私事告訴了她。」

「什麼事？」

「格雷姆的事。而從那時候起——她就一直傳訊息給我。現在潔妮娃失蹤了。」

「喔。」柯拉說著，感覺到話中的嚴重性。那女孩還能做出什麼事？她造成的傷害已經夠多了。

見到那女孩的幾週後，柯拉注意到道格其中一個他以為她不知情的帳戶，消失了一大筆錢。柯拉儘管弱點再多，但她從來不是對錢漠不關心的女人。道格想控制一切，但她總是有辦法進入那些帳戶。她確保自己取得所有的帳號和密碼，萬不得已，她會窺視、探聽。她保留所有紀錄；她在替自己爭取時間，希望最起碼等兩個女兒都上大學再離開。

有一晚，柯拉趁薩琳娜去朋友家過夜，與道格當面對質——質問他那筆錢，那個四處徘徊的奇怪女孩。柯拉預期他會像往常一樣否認，指控她精神不穩定，然後氣沖沖離開——使一些老套的招數。但這次，她已經聯絡一名律師。她不玩了。

但他沒有否認，反而開始啜泣。所有的秘密和謊言，他全盤托出。珍珠、與另一個女人和兩個孩子在亞特蘭大組成的家庭、第三個女朋友。這是一種病，他說。他正在尋求幫助。

她能原諒他嗎？

不，她不能。不能再原諒他了，再也不能。

情況如骨牌一般，倒了一塊，其他骨牌也逐一倒下。那就是珍珠出現後，他們的生活所發生的事。道格其中一段外遇生下的私生女，薩琳娜和瑪麗索爾同父異母的妹妹。她要的不只是錢，她要的是報復。她毀了道格——所有真相全攤在陽光下。

如今，柯拉把她企圖帶進棺材的秘密統統告訴薩琳娜。一字不漏。

說完後，她們靜靜坐著，只剩玄關那只老爺鐘的滴答聲和薩琳娜的呼吸聲。

「對不起。」見薩琳娜不發一語，眼神呆滯，不停抖腳，柯拉便開口說。「我不該對妳隱瞞那麼多秘密。我以為這樣做是最好的。」

她的話聽起來很無力，虛無飄渺。

「所以，」薩琳娜說。「難不成她這些年來一直在監視我們？監視我？」

這個想法讓柯拉的心涼了半截。她有嗎？

柯拉早已放下她那部分的人生。在她和保羅共築的新世界裡，她已經讓過去遁入記憶中。道格——他的外遇、他討厭的控制欲——緩緩消失在遠方。她鮮少想起他——或珍珠，那想要傷害她父親也得逞的迷失少女。

「她想幹嘛？」薩琳娜問道。

「可能是更多的錢。」柯拉說。「妳父親；我不確定他是否有妥當處理資產。我也不知道他剩多少，如果他一直有給她錢的話。總之，我什麼都不知道。」

儘管這麼說，她知道珍珠要的不是錢。她從來都不是為了錢。她喜歡散播痛苦。她想傷害別人，發洩內心的不正常。當初，柯拉在超市看見這個女孩，看見她在庭院徘徊。如今，多年後，又在薩琳娜家前面的那條街上看見她。一隻傷痕累累的動物，絕望、痛苦、危險。

她在跟蹤薩琳娜嗎？火車上的相遇是她精心策畫的嗎？現在她又想從薩琳娜身上得到什麼？

薩琳娜凝視著奧利佛平板上的照片。

「她長得跟他很像。」薩琳娜說。「不曉得我為什麼沒看出來。不過我猜在某種程度上，我確實看出來了，也許這是我潛意識被她吸引的原因。我們之間有種連結。」

連結。沒錯，柯拉也有過這種感覺，自然而然被那迷失的女孩給吸引。也許她要的是錢，也許她想製造傷害，但事情不像表面那麼單純。她渴望建立關係，而這是她知道的唯一辦法。

「我們應該報警。」柯拉說。「不管她在打什麼主意，或出於什麼原因，這一切必須停下來。」

「不行。」薩琳娜說著，往前傾身。「我們報警的話，誰知道她會做出什麼事？」

「她以毀人為樂。」柯拉說。「萬一是她殺了潔妮娃呢？萬一她想傷害妳怎麼辦？」

「不行。」薩琳娜抓住柯拉的手，又說了一遍。「我們不能報警，現在還不能。」

「親愛的。」柯拉說。「那妳覺得該怎麼做？」

她小女兒有種表情，一種頑固的堅定。

「我要去弄清楚她要的是什麼。」她小女兒說，語氣冷靜又實際。「然後我會給她她要的，奪回我們的生活。」

她小女兒在痴人說夢。

時鐘敲了一聲。薩琳娜不可能「奪回她的生活」。她肯定也心知肚明。起碼她的婚姻就已經完蛋了。警方發現一具年輕女性的屍體。情況不會回到一個星期前的模樣，遑論一天前。就某些面向來說，柯拉無法卸責。要是她把珍珠的事告訴薩琳娜，無論珍珠有何計畫，她都不會如此輕易上當。

「妳要怎麼做？」柯拉問。

「我——我不知道。但如果我能把那女人要的東西給她——這場惡夢就直接消失了呢？也許這是她一直想告訴我的。這一切——說不定就只是敲詐勒索。」

柯拉歪頭。惡夢很少會自動消失。以柯拉的經驗，惡夢通常只會越來越糟糕。

「她在玩弄妳。」柯拉說。

薩琳娜搖頭。「我覺得沒那麼單純。」

柯拉不發一語，只是看著仍身穿慢跑衣的薩琳娜起身，拿起椅背上的包包。她像她爸爸一樣身材高挑，遺傳到他的運動細胞和體力。柯拉和瑪麗索爾都很嬌小。也許薩琳娜之所以比較大膽，跟體型有關。

薩琳娜拿起手機，開始打字。柯拉走到她身後，看她在做什麼。

我知道妳是誰，珍珠。

所以乾脆點，告訴我妳到底要什麼。

她們一起等待，但沒有等到回應。

柯拉的心開始狂跳；她把手伸向薩琳娜。薩琳娜牽起她的手。柯拉只要對上意志力比較堅強的人時，總是手足無措。她會慌張得口乾舌燥，兩手發麻。

「別這麼做。」柯拉說。

「我非這麼做不可，媽。」她說。「如果兩小時內沒有聽到我的消息，就打給威爾，打給警方，把情況全部告訴他們。」

她放開薩琳娜的手，跟著她來到門口，然後目送她開著車離開車道，消失在小徑裡。

第三十六章　薩琳娜

薩琳娜把車停進童年家門前的車道上，如今只剩她父親道格獨居在裡頭。她記得她曾經覺得這棟房子好大、好高級——華麗的大門和雪白的圓柱。但今晚，房子看起來小了許多。母親細心照料的庭院被棄置一旁，草坪枯黃，灌木貧瘠，雜草從走道之間的石縫中竄出。比起附近其他精心維護的大房子，因為庭院裡華麗的照明而熠熠發光，這裡顯得陰暗又寒酸。父親一天比一天衰老，想要兼顧所有事肯定很困難。與他比較親近的瑪麗索爾這樣說過。但薩琳娜幾乎沒聽進去。她姊姊原諒了父親的罪過。薩琳娜做不到——也不願意。

如今，發生這種事。他的惡果再次出現，這次不是糾纏他，而是薩琳娜和她的家人。

她下車，沿著走道往前走。她在門口駐足片刻，感覺體內的腎上腺素狂竄，接著開始激動地按門鈴。一次、兩次、三次。過了一會兒，燈一盞盞亮起——先是二樓的燈，然後是樓梯間，從大門的側窗能清楚看見。最後，她看見父親緩緩下樓，一個穿著睡袍和拖鞋的虛弱老人。

她最後一次見到他是什麼時候？

他板著一張臉，隔窗向外窺視，接著一陣驚訝，五官柔和下來。他把門打開。

「薩琳娜。」他說著，往她後方的黑夜窺看。「怎麼了？」

天啊，她在這裡做什麼？為什麼她會覺得這麼做是對的？

「我需要談談，爸。」

他摸摸那日漸稀疏的頭髮。「薩琳娜，現在是三更半夜。」

她擠過他身邊，走進挑高的玄關。門邊放了一疊信件，以前全家人用來放鑰匙、書包和皮包的桌子旁邊，歪斜地擺著一疊報紙。空氣聞起來有股霉味，讓她的鼻腔發癢。她聽見瑪麗索爾的聲音：他放棄這個家了。他放棄了他自己。妳難道完全不在乎他嗎？我是說，我明白，他犯了滔天大錯。但沒有人是完美的。

她轉身看他。「這件事等不得，爸。」

父親看起來也小了許多。向來高大威武的壯漢，如今突然身形縮小，滿頭白髮。他的條紋睡衣鬆垮垮地穿在身上。睡袍的口袋破了個洞。

她對他積怨已久的怒氣消散了一些。就一些。在她面前的是一個老人，不再像過去那樣精力充沛，是一個脆弱又痛苦的人。她對自己的兩個兒子說過，父母只是人。我們也會犯錯。每次提到道格甚至柯拉的時候，薩琳娜常常忘記這一點。

她態度變軟，一手搭上他的臂膀。「我需要和你談談珍珠的事。」

他深吸一口氣，暫時閉上眼睛，接著揮揮手帶她走向廚房。她跟著他走過需要清潔的地板，走進水槽堆滿碗盤的廚房，盆栽在窗台上頹靡枯萎。瑪麗索爾說他交往的那個女人幾個月前搬走了。我覺得他患了憂鬱症，瑪麗索爾曾說。薩琳娜甚至懶得打通電話。

「一切都還好嗎，爸？」此刻她問。廚房裡有股味道，好像是從垃圾桶飄出來的。

他看了看髒亂的四周。「打掃女工明天會來。」他說。

「庭院也挺亂的。」

「我把園丁開除了。」他粗聲粗氣地說。「他們根本是在敲我竹槓。」

「我可以幫你聯絡其他廠商。」她說。「找別人試試。」

他日漸稀疏的頭髮亂成一團；他似乎從水槽上方的窗戶倒影看見他的亂髮，伸手撫平。

「妳三更半夜到這裡來就為了討論我家事做得好不好嗎，薩琳娜？因為這可以等到明天早上再說。」

「不。」她說。「這不是我來這裡的原因。」

「那麼，跟我說說珍珠吧。」他說。「她做了什麼好事？」

父親在中島上放了一壺咖啡。她從中島拉了一張高腳凳，接著把所有的事一五一十告訴他。說完後，兩人皆沉默不語。他煮好放在她面前的咖啡很濃。她感恩地喝了一口，感覺到咖啡因在血管流竄。

「我這輩子犯了許多錯，薩琳娜。」他說。「滔天大錯。我知道妳已經很清楚了。」

他在她旁邊的椅子坐下。

「珍珠是我的女兒。」他說。「跟一個叫史黛拉．貝爾的女人生的。史黛拉——是我和妳母親結婚時的一場婚外情。」

他這樣誠實以對令她相當驚訝。他們從未談過他做過的事，或做那些事的原因。她從來不想聽他那方的解釋，也不想理解為什麼他會是那樣子的丈夫和父親。她只想在她和她父母製造的混亂之間盡可能隔出一段越遠越好的距離。

「我經濟上支助那個孩子。」他說。「但後來史黛拉被謀殺，珍珠也失蹤了。等我再聽到她的消息已是好幾年後。」

他是如此直言不諱，她還以為自己聽錯他的回答。他冷漠的語氣讓人不寒而慄；薩琳娜不禁挪動身子想離他遠一些。

「等等——你說她母親被謀殺了？」她輕聲說。

「對。」他凝視著咖啡杯說。就算他對這件事有任何感受，也沒有表現出來。

「是——是誰殺的？」薩琳娜問。

他聳聳肩。「史黛拉，嗯，是個隨便的女人，換男人像換衣服一樣。誰都有可能是兇手。」

「你有去找過珍珠嗎？或試圖找出她母親到底發生了什麼事？」

「沒有。」他說著，仍低頭看著杯子。「我擔心警方會發現我是她的父親而跑來找我，但從來沒發生這種事。我的名字不在她的出生證明上。而我給了史黛拉封口費，她承諾絕對不會告訴珍珠我是誰。」

薩琳娜想起史蒂芬和奧立佛，想起他們是如何受盡疼愛。她想像棄自己孩子不顧是什麼感覺。她做不到。薩琳娜和父親之間的沉默越拉越長，他們之間的距離也是。她生命中的這些男人都是什麼樣的人？

「幾年後，當珍珠出現時，我以為她只是要錢。」最後他說。

「你有給她錢嗎？」

「有。」他說。「我給了她一大筆錢，條件是永遠不要再來找我。」

他付錢給他女兒要她走開——永遠不見。這件事傷了珍珠嗎？薩琳娜想起珍珠的臉——瑪莎的臉。是否透露著心痛？渴望？追求歸屬感的渴望？這是薩琳娜被她吸引的原因嗎？這整件事難道只是她企圖聯繫、成為家庭一分子的畸形方法嗎？

「可是她是你的女兒耶。」薩琳娜說。「你難道不想去了解她嗎？」

他哭笑一聲。「那時候我的麻煩已經夠多了。」

麻煩？他指的是他的孩子嗎？他在外面的另一個家庭？他背叛的妻子？她的內心感到一股空虛和悲傷。她一直想跟父親親近些，她向來羨慕與父親關係良好的女人。即使小時候對他極其崇拜，但他似乎總是遙不可及。他給她僵硬的擁抱、在臉頰上輕輕一啄、從錢包裡掏錢給她——但從未花時間陪她，從未展現情感。如今她想，也許他純粹就是內心匱乏，無法給予。

「那後來呢？」她問。

「我付錢打發她走。」他說。「但她並沒有離開。我過了一陣子才明白她要的不是錢。」

「是什麼？」

「她要的是報復。我給她錢，但這還不夠。她對我的公司匿名投訴——但可想而知一定是她——聲稱我對員工性騷擾。幾個女人也出面聲援，我想是被珍珠給唆使的。她聯絡當地的八卦記者，透露我在外另有家庭。妳母親離開了我。」

他的婚姻告終、工作沒了、名聲全毀。當時薩琳娜遠在學校，稍微得以隔岸觀火。她選擇不看不聽，在心理上拒絕接受。她的父母都不曾談論這件事。

「珍珠要的不只是錢。她毀了我的人生。」

她以毀人為樂，柯拉曾說。

但這是所有的真相嗎？

「你最後一次跟她說話是什麼時候？她還有沒有與你聯絡？」

「我給她錢之後就沒有跟她說過話。」他說。「已經好幾年了。我以為她的目標已經達成——得到一大筆錢，毀了我的人生。」

薩琳娜不知道還能說什麼。她正打算起身離開時，父親一手搭上她的臂膀。

「不管她現在要什麼，千萬別給她。」他說。「怎麼做都不夠的。她很危險。如果她回來了，不管基於什麼原因，總之是為了要傷害妳。在妳的生活化成灰燼前，她是不會停手的。」

第三十七章　珍珠

珍珠和葛蕾西不一會兒就找到布里姬開來這裡的那輛車。她們是坐上珍珠的豐田轎車、在這條偏僻車道的半路上發現的。

布里姬想必是把車停在路邊，走進樹林間的一條小徑，徒步靠近房子。這也是珍珠抵達時沒看見車子的緣故。當初她一直專注於房子裡可能出了什麼事，以至於沒觀望周遭。

珍珠把車停好後下車。夜晚寧靜涼爽，腳下的車道踩起來很鬆軟。她麻木遲鈍，整個人頭暈目眩。另一個女孩又陷入呆滯無神的狀態。珍珠想要給她一巴掌；她的手幾乎因為這股衝動而發疼。

老爹死了。珍珠有什麼感覺？不意外，什麼感覺也沒有。只有腦中響起的警笛聲，隱約的噁心感，強烈的空虛感。她發現自己想起傑森，他大概仍在睡。早上醒來後，他會開始找她，和他交往的那個女孩。但她再也不會見到他了；這點她很清楚。而伊莉莎白，那個分身早已開始消失。她突然對老爹一陣怒火中燒。他從來不希望她擁有一個正常的生活，現在他的願望實現了。

珍珠走向那輛最新型的亮銀色賓士，從布里姬身上拿走的車鑰匙就放在口袋裡。她走近，把車門打開，車頭燈和車內立刻亮起，警示音也輕柔地發出叮叮聲。她坐進一塵不染的奶油色皮革內裝，啟動引擎；引擎隆隆響起，儀表板出現各種繽紛燈光和閃亮螢幕。

導航系統顯示著她們的所在位置，主道路旁的一顆亮點。珍珠滑看最近的導航紀錄，老爹的地址是唯一的登錄資料。珍珠把資料刪除。里程數不到三千英里——幾乎是全新的。她雙手撫摸儀表板和中央的控制面板。這是一輛很棒的車，S系列，至少十萬美金起跳。當然了，布里姬有很多錢，家財萬貫。賺來的、繼承的、存下的。副駕駛座前放著一只Gucci的托特包。珍珠把包拿起來；她晚點再看裡面的東西。

珍珠有成千上萬個疑問。

首先，布里姬是怎麼找到老爹的？這是最重要的問題。他是如此謹慎，總是確保自己不會被追蹤、被發現。計畫顯然有漏洞。這棟房子岌岌可危。

第二個疑問是，還有誰知道布里姬來到這裡？布里姬太久沒回家，會有其他人來找她嗎？警方？又或許是私家偵探？

這似乎很合理。布里姬想必雇用了某人來幫她。某個有辦法橫越時間和距離，從鳳凰城一路追蹤老爹的足跡來到樹林裡的這棟房子。老爹是那麼肯定自己是個幽靈，相信自己很安全，住在這棟房子的他們很安全。他到底是哪裡出錯？

她坐了一會兒，思索自己是否有辦法留下這輛車。大概沒辦法。這車是租賃的嗎？她心想。如果是租賃的，八成有被盜車輛找回系統，等有人舉報布里姬失蹤後，租車公司和警方得以把車找回來。

那會是多久？她還有多少時間？

珍珠剛認識布里姬的時候，儘管時間短暫，但在當時她沒有任何家人，只有一些交情不深的點頭之交，大多是工作上認識的。她是一個寂寞的女人，個性潑辣。一名會計師，比起人群，她對數字更感興趣。獨來獨往。完全就是老爹在找的類型。她像一朵鮮花向他綻放。他的殷勤體貼令她心花怒放。

她說我讓她相信愛情，他自豪地對珍珠說過。

如果布里姬把這份仇恨記了這麼久，費盡功夫找到老爹，那她的社交生活很可能沒有太大改善。她大概比之前更孤單、更寂寞。布里姬的這些決定——去追殺一個欺騙她的人——是在與世隔絕、沒有反對聲浪的情況下做出來的。沒有人足夠在乎她，帶領她走向另一條路。

珍珠下車，讓引擎空轉，回到自己的車旁——今早，這輛車還感覺是一輛很棒的車，現在跟賓士比起來，看起來就像一塊廢鐵。她敲敲車窗，女孩把車窗搖下。她的雙眼恍惚，看樣子又準備要哭了。又或者她一直都是這副模樣。

「妳幾歲？」她問葛蕾西。「妳能開車嗎？」

女孩點點頭。「我十五歲。」

「跟著我把車開回家。」

葛蕾西挪到駕駛座，珍珠回到賓士車內。她開上路面，葛蕾西跟在後頭，一起開回家。

對老爹而言，重點從來不只是錢，而是能把騙局玩得多好。他就像那些試圖不吸人血的吸血鬼一樣。他相信他可以詐騙一個人，奪走他們的錢，但給他們留下以前不曾擁有的東西。他相信他可以用善良和尊敬的心去經營騙局，可以給一個寂寞的女人愛情、浪漫、愉悅——一段時間。可以給一個家庭快樂，以為他們找到失散已久的親人。可以讓一個人相信他們即將得到一筆意外之財，事業失敗後的逆轉勝。

他不認為自己只是一個騙徒，他認為自己是編織夢想的大師。

他為布里姬編織了一場美夢。但等他親手奪走後，她就生氣了。顯然非常生氣，多年來不屈不撓尋找他，最終殺了他。

「你搞砸了，老爹。」她自言自語地說。

她來到車庫，找到一些防水布和兩支鏟子，還有一罐未開封的強鹼。為什麼他的車庫裡會有這種東西？但她很清楚老爹還有很多事情是她不知道的，她甚至不想知道。

這個節骨眼，強鹼絕對派上了用場。強鹼與水混合後，可以幫助分解細胞組織。架子擺滿大桶大桶的水；老爹對補給品算是有點囤積症。他喜歡知道他有足夠的食物、水、現金幫助他們度過艱難的日子。她拿了五桶水，放進車內。

她回到豐田轎車上時，女孩仍坐在那裡，像雕像般動也不動，直視前方。天啊，她真是沒用。

「我需要妳的幫忙。」珍珠說。「我一個人沒辦法。」

她們眼前的工程浩大，很費體力。不僅得花上幾個小時，她們也大概沒有那麼大的力氣。

「我們不是應該打電話報警嗎？」葛蕾西轉頭看著珍珠說。「她殺了他。」

「報警？」珍珠輕輕說。「我們報警的話，妳覺得妳的下場是什麼？」

葛蕾西搖搖頭，深金色的頭髮發著微光。她睜著大眼看著珍珠。「我們發現我母親的時候，他說了一模一樣的話。」

珍珠保持沉默。

「有人殺了她。」葛蕾西繼續說。「老爹把我帶來這裡。他說如果他不這麼做，他們就會把我帶走，送我去寄養家庭或其他更糟的地方。」

珍珠又回到他們發現史黛拉的那一晚。她確實感覺到了什麼，一股強烈且緊繃的情緒。

珍珠不知道該對女孩說什麼。木已成舟，史黛拉肯定會說。除了解決問題，繼續努力過日子外，別無他法。

「妳到底要不要幫我？」她問女孩。夜幕開始在四周籠罩。

葛蕾西終於點頭。

四個鐘頭過後，太陽西下，把天空染成一片銀灰色。

布里姬和老爹躺在同一個矮淺的墓穴裡，就位於後方佔地十英畝的樹林中。墓穴應該深一點，再深一點，珍珠明白。但她們都不夠強壯，挖不了那麼深。

這塊地沒有任何小徑貫穿，是私人土地；他們在這裡會很安全。布里姬和老爹，永永遠遠在一起，正如布里姬所願。嗯，可能不完全如她所願。

珍珠和葛蕾西全身是土，雙手紅腫起泡。珍珠把強鹼倒在屍體上，有如暴風雪把他們蓋上一片白色。接著，她把水倒進墓穴。水立刻起了化學反應，發出嘶嘶聲。

她應該說些什麼，對吧？

「抱歉，老爹。」她說。「我很抱歉事情以這種方式結束。」

葛蕾西側躺在地板上哭泣。任誰看了都知道她已經筋疲力盡。她吐了兩次——她們把屍體扛到房子後面的時候吐了一次；還有一次是她們把老爹從車上扛下來的時候。珍珠甚至要求她把土鏟回墓穴的話都省了。

珍珠只是拚命地鏟，即使肩膀和背部發疼，仍一直鏟到布里姬和老爹蓋滿泥土才停手。接著，她用鏟子鏟了些葉子、樹枝和森林地面的碎屑蓋在埋屍地點上。在昏暗的光線下，看起來就跟周遭的森林沒有兩樣。珍珠心想，老爹一定會對她完成的任務感到高興。她心思清晰，行事迅速。現在她要做的，只剩下清除布里姬的數位足跡和她的車。

「他也殺了妳母親嗎？」葛蕾西躺在地上問。這個問題把珍珠嚇了一跳。她差點沒有回答。

「我不知道。」最後珍珠說。「可能吧。」

「她愛我。」葛蕾西說。「她是個好媽媽。」

她的聲音虛無飄渺，彷彿在對一個珍珠看不見的人說話。「妳知道的，她盡力了。她以前會跟我說故事，關於貓頭鷹的故事。」

「真好。」珍珠說，努力保持語氣溫柔。

葛蕾西身體顫抖，情緒不穩。珍珠知道她不能信任。她隨時會精神崩潰，如果眼前這副德性還不算數的話。珍珠夠聰明就應該把這女孩也殺了，丟進她們一起挖的墓穴裡。老爹常掛在嘴邊的那句話是怎麼說的？三人要守密，兩人得死去。一個死了，還差一個。

但珍珠不是那種人。她有很多面向。她很冷血，她也不確定她有沒有感受過其他人所擁有的情緒，但她不是殺人兇手。

反之，她把女孩扶起來。

她選擇這個地點是有理由的。

這附近有一個用來儲存根莖蔬菜的舊地窖。這也是當初吸引老爹的主要特色之一。他稱地窖是避難屋。他們搬來這棟房子後，花了幾個禮拜把避難屋裝滿補給品，像水、罐頭和其他不易腐敗的食物、睡袋、吃電池的電燈、一排又一排的書和遊戲。囤積症患者的天堂。

如果有麻煩，這裡就是我們要來的地方，知道嗎？在這裡，我們可以躲過任何大風大浪。完全與世隔絕，也沒有經過土地登記。

他用一塊綁了紅旗的木頭標示地上的暗門。

珍珠此時找到了。她打開暗門時，發出有如鬼屋的嘎吱聲，葛蕾西仍坐在原地顫抖。

「我會照顧妳，知道嗎，葛蕾西？」她把女孩扶起來時輕聲說。「我不知道妳母親發生什麼事，老爹也不在了。但我們會沒事的，我保證。」

葛蕾西重重倚在珍珠身上，任由自己被帶下樓梯，即使珍珠把她放到地上，拿睡袋蓋住她時，也不吭一聲。

「先休息一下，好嗎？」她說。「我一會兒就回來，葛蕾西。」

「好。」她說，聲音像孩子的呢喃。她確實是個孩子，就像珍珠也曾經是個孩子。

珍珠爬上階梯，鎖上身後的暗門時，女孩動也沒動一下。等她處理完布里姬的數位足跡和車子後，會再回來找葛蕾西。

社群媒體很簡單。她用布里姬手機裡找到的自拍照發現一篇臉書貼文：「我這一生行事謹慎。現在，我要踏上一段偉大的冒險旅程，離開網路去發掘自己和真實世界。祝我好運！」

可憐的女人有十五個朋友，關係不深——同事、遠方表親。她不常貼文，僅有的幾則貼文也少有人留言——某星期天做的一鍋燉肉、一張新車的照片、一張剛剪完新髮型所拍的自拍照。寥寥無幾的按讚次數和白開水般無趣的留言。可憐的布里姬，她幾乎等於不存在。這對珍珠是好消息。沒人知道她在哪裡，也沒人夠在乎前來尋找。

接下來，那輛車。她認識一個傢伙。老爹的朋友，叫萊斯，他們雇用過他。她用老爹的手機聯絡他，他吩咐她把車停在某處。她開到目的地，用跑的跑了五英里回家。她知道那輛美麗閃亮的新車將被拆解殆盡。至於那些零件如何出售，被賣去哪裡，誰又是買家，珍珠毫不知情。這是一項專業技能，最好委外處理。

到家後，已經快上午十點。她突然想起學校——現在的她應該在上世界經濟學。傑森大概已經打了五次電話給她。但女學生伊莉莎白，他的女朋友，那個普通人——已經消失了。

妳以為妳可以過普通的生活？老爹曾經問過。沒那麼簡單的，尤其是對我們這種人來說。

他當然說得沒錯。

她一直都很清楚。

最後，她把呆若木雞的葛蕾西從地窖帶回房子裡。珍珠叫葛蕾西全身脫光，把所有衣服丟進洗衣機。接著，珍珠站在門外，讓葛蕾西洗個滾燙的熱水澡。她隔著門聽見女孩的啜泣聲。老爹到底看上她哪一點？她們一起搬運屍體、挖掘墓穴的時候，珍珠可能稍微有看到某些特質。一股堅強的勇氣、活下去的意志力，儘管命運坎坷。

「用力刷。」珍珠說。「別忘了洗指甲縫。」

珍珠從房間找到的洗衣籃中，拿了乾淨衣物遞給葛蕾西。一條印滿愛心的內褲、褪色的緊身褲、一件寬鬆的紐約大學運動衫。

接下來，換她去沖澡。她把所有衣服丟進洗衣機，倒入過量的洗衣精，設定最高水溫和最長的洗衣時間。下一步，她得去清洗玄關。血會滲進木頭；這樣一來，幾乎不可能清除所有痕跡。老爹叮嚀過她關於血這回事。可以的話，千萬不要見血。倒不是說今天會有人過來查看。但那是老爹的頭號規則：麻煩上身時，立刻清乾淨走人。洗去一切的舉動和拋棄掉的分身，都能幫助自己繼續度過往後的日子。

來到一樓的廚房後，珍珠去泡茶，葛蕾西則靜靜坐在餐桌前。此刻，她又恢復那呆滯的神情，駝著背，雙手環抱腰間。起碼她不哭了。

她拿了添加蜂蜜的甜茶來到桌邊，在葛蕾西對面坐下。珍珠凝視著她的深金色秀髮、碧藍的雙眼、優雅的頸部線條、粉紅色的豐唇。沒錯，她是有一股空靈的甜美氣質，身為孩子而尚未成形的美麗。也許老爹喜歡這樣，一塊能雕琢的璞玉。珍珠知道她的可塑性從來不像葛蕾西那麼高，但他也曾經對她精雕細琢。如今她身上有多少特質是老爹塑造而來的？

「現在怎麼辦？」葛蕾西問。

「妳幾歲？」她問過了，但忘記答案。

「十五歲。」

聽到這個答案讓珍珠微微嚇了一跳。一個孩子。為什麼珍珠先前一直以為她年紀大得多？大概二十幾歲，最少也有十八歲。是獨立自主的成年人。不是孩子，就像當初史黛拉死後，她和查理一起離開時的那個年紀。

「我想可能是。」見珍珠很安靜，葛蕾西說。她顯然沒辦法放開這個話題。「我想是他殺了我媽媽。」

我想我媽媽也是他殺的，珍珠想說但沒說。也許是他，也許不是他。如果他開口問，說不定她還是會跟他走。說不定史黛拉會讓她走。如今這些都不得而知了。老爹已經死了。過去也已經過去。

「妳為什麼這麼想？」珍珠問。

「我們一起找到她的。」她聲音顫抖地說。「有人把她勒死。我不知道——還有誰可能做出這種事。」

珍珠再次想起他們發現史黛拉的那一刻，想起全世界是如何消失崩裂，腳下的陸地彷彿化作空氣。老爹——當時認識他時叫查理——帶她離開。

「他說他們會把我帶走。」葛蕾西說。「因為母親走了，我又沒有親人，我會被送去寄養家庭。」

他挑人前就知道了嗎？他是不是特別挑那些背後沒有安全網、沒人在乎、沒人會關心的女人和女孩？他當然知道。他是調查之王。有耐心又謹慎的掠食者。他專挑那些無法脫身、在某種意義上也不想離開的人選。

「他說他會照顧我。」葛蕾西傷心地說。

他確實做到了，以他的方式。就像他照顧珍珠一樣。

「他也殺了妳母親嗎？」葛蕾西問。她眼眶含淚，目光熾熱地看著珍珠。

「我不知道。」珍珠說。「可能吧。還有其他男人。」

葛蕾西慢慢眨了眨眼睛，似乎在思考這句話。

「妳為什麼跟他走？」

「因為我沒別的地方可去，沒別的人可找。」這是實話，但不是百分之百的實話。

她緩緩點頭表示理解。

「妳愛他嗎？」

「是的。」珍珠說。這是真的。不管他是什麼樣的人，珍珠真心愛著老爹。他是父親、是朋友、是犯罪夥伴。

「我也愛他。」葛蕾西說。「我不知道為什麼。他是除了我媽媽外，第一個看見我有特別之處的人。他照顧她、嗯、照顧我們好一陣子。」

這說法對珍珠同樣適用。她讓悲傷的情緒蔓延。你到底是什麼人，老爹？但這個問題沒有答案，因為他是一條變色龍，對每個遇見他的人而言，都有點不一樣，在每個地方也都是不一樣的人。他的本質是什麼？也許只是漆黑的無底洞。

除了冰箱的滴答聲和空氣吹過通風口的嗡嗡聲外，整間房子靜悄悄。

「現在要怎樣？」葛蕾西問。

就剛剛的問題而言，珍珠又是什麼人？她的本質，是否也一樣空洞？

「妳希望怎樣？」她問。

有那麼一刻，她們可以打電話報警，舉報這場兇殺案。她們可以趁機講出自己的故事，敘述發生的一切，老爹的所作所為。這個念頭不是不行，她們考慮著，舉棋不定。

把醜陋的真相全盤托出。

但然後呢？然後，她們給人的印象會被這些遭遇給定義。葛蕾西會被送去寄養家庭。珍珠的真實身分揭露後，她會成為新聞媒體爭相打聽的對象。她將歸屬於全世界，而不是她自己。

她們互相凝視好一陣子。

不行，絕對不能這麼做。待在陰暗處比較安全。

「我想跟妳一起住在這裡。」葛蕾西說。

女孩不知道她在說什麼。她是老鼠，一隻害怕的老鼠，怕到找貓索愛。

老爹會希望她們離開。這是安全的選擇。畢竟，如果布里姬能找到她們，其他人一樣可以。她已經施展魔法把布里姬的社群媒體清除乾淨，車也處理掉了。但她們永遠不能肯定她們已經安全了。老爹會說，這當中有太多破綻。

「他說我們會是姊妹。」葛蕾西說。「他知道妳在生他的氣，但他很肯定妳會回家，我們會成為一個家庭。」

也許這才是他內心深處真正渴望的：一個家庭。所以，他用他自己扭曲的方式，從人生路上找到的不幸少女，胡亂拼湊了一個。

女孩把手伸過桌面，珍珠驚訝發現自己牽起她的手。這世界不一定會給予你想要的東西。你無法選擇你的家人、環境、生命的走向。有時候，你愛的那些東西會被殘酷地奪走。但老爹是創造現實的大師，為了他自己，也為了其他人。而他把那項天賦傳給了珍珠。

珍珠和葛蕾西。

她們會住在老爹對她稱之為家的房子裡。她們會成為姊妹，正如老爹所希望的。珍珠會把她知道的所有詐騙技巧教給葛蕾西，她們會一起合作。最棒的是，葛蕾西可塑性高。珍珠叫她做什麼，她都會去做。珍珠喜歡新妹妹的這項特質。未來，這會以各種形式派上用場。

「好吧，葛蕾西。如果這就是妳想要的。」珍珠說。

女孩點點頭。她的姿態軟化些，肩膀跟著放鬆，也放開了摟在腰間的雙臂。

「可是老爹不希望我再用這個名字了。」

仍在乎老爹的感受，也許他會永遠活在她們兩人的心中。有如腦中的一個聲音，一道影子、一抹光線。

「他想怎麼叫妳？」珍珠問。

「他想叫我小潔。」她說。「潔妮娃的暱稱。」

第三十八章　薩琳娜

薩琳娜開得飛快，沿著蜿蜒道路奔馳回家。

她看了一眼手機，珍珠沒有回覆。薩琳娜的訊息停留在螢幕上。火車上的陌生人，一個在她生活周遭潛伏已久的女子。她本來可能成為互相支持的朋友，卻成了一個搞破壞的傢伙。但事情沒那麼單純，對吧？薩琳娜伸手想抓住某個稍縱即逝的東西——某種感覺、某個念頭。

「妳到底要什麼，珍珠？」她對著空無一人的車內問道。

她的雙肩沉重如鉛。她全身緊繃，不停往方向盤前傾，彷彿這麼做能讓她快點抵達目的地。父親的聲音、他告訴她的那些事情一直重新湧上心頭。她為珍珠感到難過，同情她的那些遭遇。遭父親拋棄，母親被謀殺。難怪她讓人那麼頭痛。

薩琳娜踩下油門，加速前進。夜幕漆黑，不見月光，也沒有路燈。薩琳娜知道隨時可能有一頭鹿從黑夜中跳出來。但她仍繼續把油門往下踩。過彎時，那股速度、那隆隆的引擎聲、輪胎擦地的嘎吱聲，感覺很棒。萬一今晚我死在這條路上會怎麼樣？她心想。一場嚴重車禍，一團熊熊火光。新聞標題會怎麼下？「失婚人妻死於一場嚴重車禍。」這個念頭不知怎地很吸引人，彷彿是一個逃離混亂人生的出口。總比這個好：「丈夫謀殺情婦入獄後，成為單親媽媽的失婚人妻努力想要重新開始。」

死了比活著輕鬆，不是嗎？

但是不行。她的兩個孩子。一想到他們孤零零在這個世界，因為父母魯莽又糟糕的行為而傷心欲絕，她就無法忍受。她慢下車速，深吸一口氣。

振作點，薩琳娜，她自責道。快想辦法解決，結束這一切。寫下更好的標題。

車頭燈把黑夜一分為二，展開一條長路，漆黑世界在周遭包圍。車速減緩後，她的心跳和腎上腺素也跟著慢下來。趁著一片寂靜，她思考著她的婚姻——任何人的婚姻——有多少是建立在美滿故事的基礎上，是根據錯覺和希望和一廂情願所拼湊起來的。

那些小小的謊言就像社群媒體上精心處理過的貼文，讓婚姻看起來如此美好，但其實沒多久前你們才大吵一架，或是幾個月來的婚姻諮商並沒有起到太大效果。假高潮——說來慚愧。說真的，有時候她只想趕快結束了事。為人父母後，睡覺就是新的性愛。

還有許多小事，例如對他說她喜歡他做的菜。其實她根本不喜歡。

他願意下廚就很好了，薩琳娜抱怨時，貝絲這樣說。

天啊，女人的標準真他媽有夠低。但薩琳娜被說服了，總是對格雷姆在廚房的辛勞讚不絕口。因為，也是啦，總比不做來得好。她這輩子從沒見過父親下過廚、洗過碗、拖過地。

所以當然了，她讚揚格雷姆，因為他顧家——對孩子很好，比多數男人做更多家事，她煮完晚餐後會主動洗碗。但相較於她，他的貢獻簡直微乎其微；而她的稱讚充其量就像看見孩子們不怎樣的塗鴉、生硬地彈著鋼琴或在足球場上有一搭沒一搭踢著球時所勉強給予的鼓勵。嚴格來說，不算說謊。

另外，則是像格雷姆和她父親那種漫天大謊。

出軌、秘密、明知應該行善卻沒有作為。

但其中最糟糕的是她對自己說的謊。

即便在婚前，她就已經知道她丈夫是什麼樣的人，不是嗎？他的目光喜歡追隨其他女人。甚至在他們交往初期，她就見過他在一間夜店的廁所外頭和另一個女人說話。他與她靠得好近，是你有了另一半後不應該有的距離。

要是她對自己夠誠實的話，格雷姆起初帶來的挑戰讓她覺得刺激有趣。她使出渾身解數拚命健身，穿上她能找到最性感的內衣。她讓他追著跑。有時候不接他電話，有一次甚至放他鴿子。很久很久以前，她也是那種會發送色情訊息的女人。

他的興奮情緒帶動她跟著興奮起來。

這就是她為了格雷姆離開威爾的原因。因為格雷姆讓她覺得興奮刺激。因為跟他在一起的日子陌生又有趣，像一場冒險。

但如今，把車開進自家車道的她心想，這些或許也是謊言。

她父親是個搞外遇的騙子，也是個缺席的父親，總是想尋歡作樂的巨嬰。而格雷姆，顯然跟他是同一副德性。

以某種扭曲的潛意識層面看來，也許這是薩琳娜選擇他的原因。因為以那種方式愛人的男人是她熟悉的，是她渴望的。簡直病態。但也許人都是病態的，無意識地憑衝動行事。

她把車子熄火，又深吸一口氣。

房子一片漆黑，空寂無人。一棟空屋竟然可以散發某種寂寞感，也挺有意思。生命力、家人、他們的愛全都消失了，失去靈魂，徒留一具空殼。她有種想哭的衝動，徘徊在崩潰的邊緣。但她強忍住了。

不能在這裡哭，現在還不能。

她需要換衣服，拿外套。她需要錢；她在衣櫃裡的保險箱放了一些錢。保險箱裡還有一把槍，裝有五發子彈的小型民用左輪手槍。她知道如何用槍。當初克洛警官問她有沒有東西遺失時，她立刻想起保險箱。前去查看時，保險箱仍放在衣櫃上方的最深處，埋在一堆衣服底下。上次她放錢進去後，至今紋風不動——她記得那是一年多前的事了。

槍是他們買房後格雷姆送她的禮物，外加射擊場的課程。起初她不太自在，但後來發現她很享受射擊練習，教練教她如何瞄準、深呼吸、扣下扳機。知道必要時有辦法自我防衛的感覺很好。但她從未料到會用上那把槍；整件事不過是好玩，典型格雷姆會送的禮物。

她拿完那些東西後，就會去與瑪莎——或珍珠，名字並不重要——見面，搞清楚那女人要什麼。她至今沒有回訊，薩琳娜完全不曉得該如何找到她，但她知道那女人在等待，知道她想要某個東西，而且不達目的絕不罷休。一切不過是遲早的問題。

她再傳一條訊息：**我在等妳，珍珠。快告訴我妳要什麼。**

沒有回應。

最後，薩琳娜下了車，周圍的空氣冷冽侵肌。她要掌控局面，使出必要手段挽救孩子們如今僅有的生活。說不定很簡單；說不定珍珠要的只是錢罷了。薩琳娜會給她錢。無論得做什麼，她都會去做。下定決心後，一股力量湧了上來。

她朝房子走去，樹林紛紛在傾訴它們的小秘密，所有知情且親眼所見的事物。其他人的家因為庭院的照明和發亮的窗戶而顯得溫暖宜人，過著相對寧靜、安全的平凡生活。至少表面上是如此。這就是從外頭往裡看會有的假象。

她的房子很安靜。她跑步上樓時，連燈也懶得開了。她來到主臥室的浴室，梳洗乾淨，然後匆匆更衣。牛仔褲、黑T恤、羊毛短大衣、一雙黑色慢跑鞋。她不得不拿了放在床尾的長凳踩上去，手才搆得到衣櫃上方的最深處。

她取得保險箱，用力放到地面時，感覺箱子變輕了。她輸入密碼，蓋子啪一聲彈開。她心一沉，槍不見了。大約有一半的錢也被拿走。

「該死。」她數著錢低聲說。

本來應該有五千美元，現在剩不到兩千。多年來，她把父母給的生日禮金、工作獎金、每月預算沒花完的錢統統都存了下來。那是她的急用金。格雷姆應該不知道有這筆錢的存在才對。他們從未碰過那把槍。或者只是她自以為。

萬一是潔妮娃拿走的呢？但不可能，只有薩琳娜和格雷姆知道保險箱的密碼。他有可能告訴潔妮娃，或把錢給了她，就像艾瑞克．塔克買車給她那樣。克洛警官詢問她有關他們的財務狀況時，她一直很肯定自己至少掌握了那部分。

她把剩餘的現金放進口袋。

又是更多秘密和見不得光的事。她丈夫是個小偷，也是騙子、姦夫、虐待女人的暴力分子。槍在哪裡？那是她的槍，登記在她的名字底下，上面有她的指紋。她想起克洛警官的提問和他銳利的眼神，心不禁沉到谷底。她有沒有想過傷害潔妮娃？不，她從沒想過。但現在誰會相信她？

房間彷彿開始天旋地轉。恐懼和自我懷疑從後方神不知鬼不覺地出現，在她耳邊低語。妳在做什麼？妳根本無能為力。她過了一會兒才意識到床上的手機在響。

她起身走去查看來電者。是威爾。

大概是母親打電話給他。她猶豫半晌，才接起電話。

「薩琳娜。」他的聲音非常緊繃。「妳在哪裡？妳媽快嚇壞了。她說妳突然離開。」

她正準備回答，但他打斷了她。「聽著，這不重要。警方查出了屍體的身分。不是潔妮娃·馬克森。」

一股安心感排山倒海朝她湧來。謝天謝地——為了潔妮娃，為了她的家人。她心懷感激，差點哭出來。不管格雷姆是什麼樣的人，他畢竟不是殺人犯。

「怎麼會？」她問。「我記得你說驗屍得花上幾週的時間。」

「有另一個失蹤的女人，她家人從她肩膀上的刺青認出屍體的身分。」

另一個失蹤的女人。

「她的名字是賈桂琳·卡森。妳認識她嗎？」

聽起來很耳熟，但她想不起來。「不認識。」

「她是格雷姆的同事。她就是指控他性騷擾的那個女人，導致他被公司開除的原因。」

這個消息讓她無法呼吸，隨之而來的是巨大的疲累，彷彿有人吸乾她所有體力。她一下子跌坐在床上。

「妳有看到格雷姆嗎？」威爾問。

她不停喘氣，一時說不出話。「他——不是還在警方那邊嗎？」

威爾嘆口氣。從他說話的回音，她聽得出來他正在開車。「他們不得不放他走，大概在驗屍結果出來前的一小時左右。他們現在正到處找他。妳在哪裡？」

「我在家。」她說。「在我們家。」

「總之——快離開那裡，薩琳娜。回妳媽家，我到那裡跟妳碰頭。」

嗯，說得沒錯。她得回去她媽那裡。她父親和她丈夫都是禽獸。她被一個自以為是火車上認識的陌生女人跟蹤，結果其實是她的妹妹。她得跟威爾一起去克洛警官那邊，把所有真相告訴他。這是唯一的出路。不管後果有多嚴重，真相是唯一的辦法。問題不會自己消失，你必須面對問題，然後去解決它。每個成年人都知道這一點。

一樓傳來動靜，是玄關木地板熟悉的嘎吱聲。那聲音讓她全身竄上一股電流。

「威爾。」她對著話筒低聲說。

但手中的電話已經沒電了。她已經想不起來多久沒充電。她挪到床頭櫃，在抽屜裡翻找充電器。賓果。她把充電器插進牆上的插座。紅色的電池圖示出現在螢幕上，手機要重新開機得花上一段時間。

一樓傳來更多聲音，腳步聲、東西掉落的聲音、走進廚房的開門聲。是格雷姆，一定不會錯。

她應該趕快逃命；她知道。她應該照威爾的話去做——回她媽媽家。現在格雷姆人在廚房，她可以趕快下樓，上車開走。就算他追上來，也絕對追不到。

廚房傳來鏗鏘聲響，櫥櫃開開關關的聲音。他很餓，像一頭熊拚命翻櫥櫃找食物吃，或找酒喝。

她可以頭也不回離開這裡。去找威爾，找警察，坦白一切。但她沒有，她辦不到。儘管經歷這些謊言，他們之間仍有份情在。她的丈夫——他愛過她，她也愛過他。比起她自己的父親，格雷姆一直是個好爸爸。他不完美，但他愛他的兩個兒子，他們也愛他。

而或許，他並不是一個禽獸。這有可能，不是嗎？整件事可能是珍珠的自導自演——是她綁架了潔妮娃，殺了賈桂琳．卡森？她以毀人為樂。她正在做她最擅長的事，盡全力摧毀薩琳娜的生活。為什麼？因為珍珠痛恨薩琳娜是個快樂的平凡人，上天卻對她如此不公平。

薩琳娜拿起手機和充電器。下樓後，她把充電器插進玄關茶几旁的牆上。接著，她推開廚房門，準備與她丈夫當面對質。

第三十九章　薩琳娜

格雷姆坐在餐桌前，面前放著一瓶開過的波本酒，手裡拿著一只空杯。桌上放了另一只空杯，彷彿他知道她會來，而他在等她。在昏暗的光線下，他不過是一道影子。

她走近，看見他陰沉的目光。

「你做了什麼？」她問他。

「什麼也沒做。」他說著，抬頭看她。「我對天發誓，我沒有傷害她，我沒有傷害任何人。」

冰箱掉了幾塊冰塊在托盤上，把她嚇了一跳。

「你騙人。」她斷聲說。「拉斯維加斯那個女人。」

「是脫衣舞孃。」他在他的杯子和另一只空杯中倒了一些酒，接著嚥下一大口。

她試圖回想當初她遇見後墜入愛河的那個男人。他用他的魅力逗她笑，激發她瘋狂、愛冒險的另一面。但她所嫁的那個男人，是一個騙徒。如今她面前這個男人無情且危險，一直都在，等著出現。等著偷天換日。

「當時我喝醉了。」他凝視著被他喝光的空酒杯，說完抬頭看她。「我失控了。」

「她是一個人——是別人家的女兒。」她說。「不能拿喝醉當藉口。」

「我有——」

「我知道。」她舉起一隻手打斷他，她感覺到怒火逐漸上升。「你有毛病，你在接受治療。

知道嗎，格雷姆？顯然治療沒用。」

他把臉埋進雙手。再次開口時，聲音聽起來模糊不清。「我從未傷害過潔妮娃。」

她非常想要相信他。

「賈桂琳呢？」

她看見他的身體變得僵硬，但他不發一語。

「克洛警官已經跟我說了你被開除的真正理由，格雷姆。」

他仍然不說話，但雙肩開始顫抖。果不其然，他開始哭了。他每次找不到藉口總是用這一招。

她應該廢話少說，轉身走開，離他越遠越好。但她就是做不到。她內心有一團怒火，如火山熔岩般翻騰，被她一而再再而三地壓抑下來。她父親的假面具被揭穿後，她壓抑怒火，怪罪母親，因為這麼做比較簡單。在格雷姆與人互傳色情訊息後，她壓抑下來。在拉斯維加斯那件事之後，在她目睹他在遊戲室與潔妮娃亂搞後，她都壓抑下來。

所有的女人——她母親、她自己、拉斯維加斯那個女人、潔妮娃、賈桂琳，甚至珍珠——都受到渣男的不平對待。她們受騙、遭背叛、被毆打，甚至殺害，全是因為男人的妄想，男人的問題，他們的「一時失控」。她父親和她丈夫都是一個樣。

為什麼他們如此殘破？

「警方找到的那具屍體不是潔妮娃。」她顫抖地說。「是賈桂琳．卡森。」

他倏地抬頭看她，臉上出現純粹的驚嚇表情。她差點相信他是真心驚訝。

「什——什麼？」他結結巴巴地說。「不。」

她差點就要相信他。

流理台上的某樣東西引起她的注意。是二樓保險箱裡的那把槍。一見到那把槍，她瞬間打了個寒顫。

「你到底是什麼人？」她問他。

他臉上閃過的神情參雜著悲傷和憤怒。她已經不認識他了。

當初他們從拉斯維加斯一起飛回家。她用會員點數升到頭等艙，讓他擠在經濟艙的中間座位受煎熬。她有好幾個禮拜連看都不想看他一眼，被他毆打的年輕女子不斷在腦海浮現。光是他去脫衣舞夜總會就已經夠可惡了。她可以勉強接受；對他幼稚的放縱行徑視而不見。但施暴？這又是另一回事，讓人覺得下流、可憎。

但她任他和諮商師說服她有一條繼續下去的路。

婚姻是一場談判，諮商師告訴她。你們都必須決定什麼是可接受的，什麼是可原諒的，你們對各種行為的應對方式是什麼。一切聽起來是如此合情合理。她可以為了孩子們原諒他。要不是為了孩子，她早在幾年前就離開了。起碼她是這樣告訴自己的。但沒有所謂少了奧立佛和史蒂芬的薩琳娜。她怎知道另一個想像的自己會怎麼做？無牽無掛的薩琳娜——她早就不在了。

「你是誰？」她對這個曾是她丈夫的陌生人又問了一遍。「我們本來幸福美滿，什麼都不缺。你到底幹了什麼好事？」

「薩琳娜。」這下子又換成哀求。「請妳相信我。我犯過許多錯誤，我傷了妳的心。拉斯維加斯的那個女孩，我是傷害了她，但這次不是我。現在所發生的一切不是我做的。我發誓我沒有傷害任何一個女人。」

他是如此真誠。就像她那兩個孩子，睜著大眼，東看西看，一臉天真爛漫。威士忌的味道撲鼻而來，令她反胃。

他站起來，她開始往門後退。

「妳怕我？」

她怕嗎？

當初克洛警官問格雷姆是否傷害過她的時候，她曾經十分惱火。當然沒有。事實上，她丈夫的額頭還留著她上次暴怒而弄傷他的傷口。而且，這不是第一次了。她曾經在他們為了拉斯維加斯那件事吵架吵到一半時甩他一巴掌，時間發生在一次特別殘酷的心理諮商之後。那次他們深入探討到格雷姆的父親，不尊重女人，甚至對他母親言語虐待。他們聊到他父親虐待他母親時他有多生氣，但他仍能聽見那個聲音——女人都是騙子，她們水性楊花，不可信任，是一群控制狂。那就是格雷姆失控時會聽見的聲音。

那次諮商結束後，他們大吵了一架。他罵她是該死的賤貨。她甩他巴掌的力道重得隔天在他臉上留下一塊紅印。

此刻，他越靠越近。他因為憤怒而臉色陰沉。恐懼在內心剖開一個洞，她感到口乾舌燥。她不停後退，氣得雙手發抖。

「妳打算怎麼樣，薩琳娜？」他的語氣充滿嘲弄和挑釁。

「讓我猜猜。」見她不回答，他繼續說。

不，他從未傷害過她。可是他會下手嗎？有可能嗎？

薩琳娜把全身重量靠在門上，感覺到門緩緩打開。她繼續退後，他也繼續前進，有如一場緊繃的舞蹈。

「妳打算離開我，帶走兩個孩子，毀了我們的生活。」

他的呼吸沉重，眼神發亮。

來到玄關，她繼續緩慢地退後。他顫抖的雙手在身體兩側握起拳頭。他是個很高大的男人，超過一百八十公分。她向來喜歡他這一點。格雷姆的身高讓她覺得自己很嬌小，他的力量讓她覺得很安全，直到這一刻。

「妳不用六個月就會回到威爾身邊了，對吧？」

「別說了。」她說。

她經過玄關的茶几，往手機看一眼發現網路已經恢復。手機開始因為訊息和來電而不停震動，叮叮作響。她全身上下每條末梢神經都在顫抖。抓起手機，拔腿就跑。

「別輕舉妄動。」他說著，沿著她的目光看過去。「我們需要談談。有些事我需要妳了解。」

她想起在母親家熟睡的兩個孩子。她必須回到他們身邊，遠遠離開他。

但她也感覺到了其他情緒，在她透過監視器見到格雷姆和潔妮娃的時候，就已經從內心湧上的情緒。也許她第一次發現那些色情訊息時就感覺到了。接著，在拉斯維加斯那件事後持續增長。最後，她目睹他和潔妮娃偷情時，那股情緒來到了另一個層次。但也許在這一切之前，感覺就存在了——當父親背叛母親，在外面有別的家庭和孩子的時候。女人不該感到憤怒，對吧？這樣很難看。但事實就是如此。純粹，熾熱，有如一道警笛。她一直在克制、壓抑、忍氣吞聲。現在，她全身上下都因為憤怒而顫抖。

「我一直是個好丈夫。」格雷姆說。「大部分的時間都是。我難道沒有把家人照顧好嗎？我需要妳相信我，薩琳娜。我需要妳對我有一點信心。」

聽到這些話，她放聲大笑；她就是忍不住。笑意有如海浪一下子湧上來，讓她歇斯底里大笑出聲，但又在瞬間變成淚水。

「信心？」她說。這兩個字有如一團火在喉嚨燃燒。接著，成了一聲尖叫。「信心？」

她的血管裡彷彿有一群人在歡呼，腎上腺素快速流竄，給了她力量，並推動她前進。

她衝向格雷姆，用盡全身重量把他往後一撞，然後跳到他身上，壓得他無法呼吸。接著，她舉起拳頭，用力往他的下巴揍了一拳。他抬起雙手阻擋她。

「薩琳娜。」他勉強擠出話說。「住手。」

但她繼續使盡全力出拳揍他，因為極度的憤怒和悲傷而不停啜泣——不只是為了她自己。也為了她母親、為了潔妮娃、賈桂琳，甚至是為了珍珠。沒錯，珍珠。不知怎地把所有人帶到這一刻的人，但只因為她是在痛苦中成長的，只因為裂痕本來就在。

疲倦減緩了她的攻勢，格雷姆只是躺在原地，抱著頭，流著血。她的拳頭和雙臂因為用力過猛而疼痛不已，呼吸聲有如野獸。

他要把她翻過身是一件很簡單的事。輕鬆一個動作，就換成了他在她身上，低頭往下看。他臉上的血滴到她的臉上；她感覺到鮮血沿著臉頰流到喉嚨。他把她的雙手抵在地上，全身重量壓在她的腰間。她動彈不得，無力抵抗他強大的力量。她很訝異自己竟是如此虛弱無助。她喘不過氣，整條手臂都在痛。

「薩琳娜，妳打我的那幾次，只是因為我讓妳。」他氣喘吁吁地說。「那是我自找的。嘿，誰知道，說不定我還有點喜歡呢。妳生氣的時候超辣。但我受夠了。」

她在他底下拚命扭動，企圖掙脫他。她就像個洋娃娃，像個孩子，力氣完全比不上他。

「放開我。」她的聲音尖銳刺耳，聽起來很陌生。

他閃過一個陰沉的表情，下一秒往她臉上狠狠甩了一巴掌。她的下巴發出嘎嘎聲，整個人眼冒金星，接著疼痛開始蔓延——來到後腦勺、頸子。世界彷彿暫停了。他的面目猙獰，露出她從沒見過的表情。這就是拉斯維加斯那個脫衣舞孃看見的男人嗎？潔妮娃？賈桂琳？

我內心有某樣東西，他跟她說過。一旦那東西掙脫束縛，我就不是原來的我了。她以為他只是為了自己的惡行找藉口，如今她親眼看見了。她嚐到嘴裡的鮮血。

「孩子們。」她說。

她突然想起愛黏人的史蒂芬，想起坐在桌邊對她母親生悶氣的奧立佛。喔，天啊。她會再見到他們嗎？萬一她走了誰來照顧他們？她開始放聲尖叫，嚴格說起來是一種混雜憤怒和悲傷的嘶吼，氣自己的無能為力。

「妳他媽給我閉嘴，薩琳娜。」曾是她丈夫的陌生人對她厲聲說。「別逼我再出手打妳。」

他挪動重心，她以迅雷不及掩耳的速度，用膝蓋狠狠往他的胯下一撞。她目睹他的表情凍結，臉色發白。他發出一種窒息的叫聲，然後從她身上跌落，身體縮得如胎兒一般，哀號呻吟。

「你這王八蛋。」她勉強開口。「我恨你。」

他只能在原地呻吟。

她掙扎著爬起來，抓起手機和充電器，準備奔向大門。但就在這時，他緊緊握住她的腳踝，指甲插進肉裡，把她絆倒。她重跌在地，手機摔在硬木地板上裂開，滑到搆不著的地方。

她氣喘吁吁，無法呼吸，掙扎著爬向大門。就在這時，他又跳到她身上。他再次把她翻過身，她的腦袋用力撞上木地板。接著，他伸出強壯的雙手握住她的頸子，開始掐緊。

她無法呼吸，無法尖叫。她拚命踢著雙腳，抓他的雙手。

她的丈夫。她企圖叫他的名字，但叫不出聲。沒有空氣，出不了聲音。

「我什麼都給了妳。」他咬牙切齒地說。「妳這不知感恩的賤貨。」

她的丈夫，橫眉怒目，正打算殺了她。

他就快殺了她。

第四十章　薩琳娜

周遭事物開始模糊，她的視線宛如魚眼鏡頭。她左思右想，目光掃視全場想找到一把武器、一條出路、一個解方。

體力快速透支，最後她的目光停在茶几上方的那張全家福照。都會值得的，攝影師說過。我保證。她的孩子。各種回憶開始在腦海播放——他們開懷的笑臉、史蒂芬把一碗豌豆泥往頭頂倒的那一天、奧立佛學會走路的第一步、史蒂芬看著她快睡著的同時雙眼也跟著緩緩閉上的模樣、他們的身體緊挨著她的感覺。他們正慢慢從她身邊溜走。無論她多努力，最後還是讓他們失望了。這件事過後，少了她的他們會跟誰一起生活？

薩琳娜感覺自己快失去意識，四周越來越黑，手腳也變得沉重，使不上力。她全神貫注盯著孩子們的照片。她希望他們的臉蛋是她最後看到的景象。

說時遲那時快，格雷姆突然鬆開雙手，美好的氧氣又流回她的肺腑。

薩琳娜發出刺耳的聲音，接著大口吸氣，兩手飛快地捧住那慘遭蹂躪的喉嚨。她不停咳嗽，一再乾嘔，膽汁逆流而上。格雷姆仍坐在她上方，目瞪口呆，表情無神，雙手癱在身體兩側。

「放開我。」她的聲音不過是耳語。

他看著她，眼眶發紅泛淚——是因為用力過猛，還是因為悲傷，她不知道。有那麼一刻，她瞥了他一眼，彷彿看見了她本來以為的那個男人。接著，他側身倒下，重重落地，頭用力撞擊地面。

她連忙從他身邊離開，一邊咳嗽一邊準備重新奔向大門。就在這時，她看見他的側臉流下一道鮮血，來自他頭上的傷口。

站在他後方的，是一個她認識的女人。

那女人做了美甲的玉手拿著他們的槍——她顯然就是用這把槍打了格雷姆的頭。她想必打得很重，上衣濺上血漬。她同樣一臉震驚，呼吸急促，頭髮凌亂。

是瑪莎、珍珠、她同父異母的妹妹、那個火車上的陌生人。

第四十一章　薩琳娜

珍珠正在說些什麼，但薩琳娜的頭嗡嗡作響，聽不清楚。這一刻的怪誕荒唐不停旋轉拉扯。她在做夢嗎？她努力保持清醒，儘管缺氧讓她精神恍惚，充滿奇怪的疲倦感。

珍珠來到薩琳娜身邊，撥開她的髮絲。她的臉——那蒼白的肌膚，那深不見底的雙眼。一切如此熟悉，彷彿她們已經認識對方一輩子了。薩琳娜差點向她伸手。珍珠扶她站起來，這女人比外表看起來強壯得多。她們一起跌跌撞撞走向沙發。薩琳娜重重坐下，陷進柔軟的坐墊。她仍能感覺到格雷姆的雙手掐著她的喉嚨，那股劇痛，強烈又酸澀。

珍珠把沙發上的薄毯蓋在薩琳娜腿上，緊待在旁邊。

「他死了嗎？」薩琳娜低聲說著，朝躺在玄關地板上的格雷姆看了一眼。

「沒有。」珍珠說，但她似乎不太確定。

薩琳娜目不轉睛看著格雷姆。珍珠手裡仍拿著槍。

「妳為什麼要這樣對我？」她問珍珠。她的聲音虛弱無力。「這樣對我們？」

珍珠沉默不語。

「我們本來可能張開雙臂歡迎妳。」薩琳娜說。她不知道這句話是真是假，不知道她和瑪麗索爾會不會接納珍珠，不知道柯拉有沒有可能接受她。但她想要去相信。她想要相信她可以在她的心中和家裡找到一個位置給傷痕累累的她。

「不。」珍珠說。她很平靜，沒有情緒，沒有溫度，只有薩琳娜在她們前兩次見面時感覺到的淡然。「你們不會的。」

「妳怎麼這麼說？妳不認識我們。」

「因為我知道人性。」她輕描淡寫地說。「我只不過會讓妳一再想起妳父親的缺陷、他犯過的錯、他的背叛。我們的父親。」

薩琳娜凝視著珍珠，對格雷姆仍餘悸猶存，同時意識到疼痛開始擴散全身。

「所以妳決定傷害我們。」薩琳娜說。「妳不相信妳能成為這個家的一分子，所以選擇摧毀它。還有嗎？還有其他原因嗎？妳想要更多錢嗎？」

她從口袋拿出微薄的幾千塊，遞了出去。珍珠看了一眼，臉上露出微微笑意。

「我知道這些不夠。」薩琳娜說。「但我還能給妳更多。妳要的數字是多少？我該怎麼做才能讓所有的問題消失？」

她把鈔票像落葉般丟在地上。現在薩琳娜想要讓問題自動消失已經太遲了。不用說，一切只是剛開始。地上的格雷姆發出呻吟。她忍住過去踹他一腳的衝動。反正她也沒有力氣。

薩琳娜聽見遠方傳來警笛聲。她好奇珍珠是不是也聽見了。

「起初可能是為了錢吧。」珍珠說。她坐在薩琳娜正對面的椅子上。「也可能是為了報復，或兩者都有。我一直在找方法進入妳的生活，後來被我找到了。」

薩琳娜撐坐起來，痛楚直衝頸部，往下蔓延至雙臂和背部。

「我以為妳的人生完美無瑕。」珍珠繼續說。「但實則不然。」

「差得遠了。」薩琳娜說。

「妳老公是個渣男，薩琳娜。我本來不知道有多壞，直到我開始跟蹤他才知道他根本是個禽獸。」

薩琳娜漸漸恢復神智，重新開始審視目前的情況。她有好多問題。她是怎麼找到進入她生活的方法？什麼時候？一直與格雷姆傳訊息的人難道是珍珠嗎？珍珠知道格雷姆哪些連薩琳娜都不知道的事？這些疑問如連珠炮般傾吐而出。

但警笛聲越來越響亮，珍珠沒有回答。她只是起身，開始往大門走去。

薩琳娜想拉住她，請她留下。但她沒辦法。她們不是朋友；如今再也不可能。也許珍珠說得沒錯，也許她們永遠不可能建立關係，只是再再提醒對方生活有多殘缺、多痛苦、多不完美。

「是他殺了賈桂琳・卡森嗎？還是妳？」薩琳娜鼓起勇氣說。

「我從未傷害任何人。」珍珠說。「那不是我會做的事。」

格雷姆也說過類似的話，這兩人都喜歡美化他們對其他人造成的傷害。

「我看到他了。」珍珠說。薩琳娜不知道該相信誰，該相信什麼。誰傷害了誰？誰又殺了誰？這些都不是她想要對生活提出的問題。「我知道他幹了什麼事。」

「不。」話出口時虛弱無力。那單個音節，表達了對這一切的抗拒。

她有好多問題。她想知道對方目睹了什麼，又是怎麼看見的。她想知道珍珠知道的一切。但她根本發不出聲來。又或許，她其實不想知道。

警笛聲越來越大。薩琳娜的手機不停地響。格雷姆動也不動地靜靜躺在地上。也許他已經死了。

珍珠看起來嬌小，悲傷，離薩琳娜好遠，離這個世界好遠。一隻蝴蝶，美麗，但難以捉摸。拍動翅膀，世界就隨之震動。一隻黑蝴蝶。

「我母親，」薩琳娜說著，整個世界感覺模糊又灰暗。珍珠開始往後退。「還有我父親，他們把妳的遭遇和妳所做的一切全都跟我說了。我知道妳是什麼人，我看透妳了。」

珍珠看著她，嘴角揚起一抹微笑，雙眼流露著像似善良或憐憫的神情。她們之間的那份連結，她們在火車上相遇的那一刻她就感覺到了。那是真實的，深刻的。但同時也是黑暗的，充滿瑕疵，不可能在現實世界中維持下去。

珍珠轉頭朝警笛聲的方向望去，再回頭看著薩琳娜。

「不管接下來發生什麼事，總之妳最大的問題就要消失了，永遠消失無蹤。」珍珠輕聲說。

薩琳娜閉上眼睛。她想了一會兒。

「那潔妮娃呢？」

但等她再次睜眼，整棟房子已經充斥著燈光和咆哮聲。

珍珠也消失了。

第四十二章　薩琳娜

她躺在救護車的後座，房子籠罩在一閃一閃的紅光之下。她數了數——另外還有兩輛救護車、四輛警車、兩輛沒有標誌的轎車。現場男男女女加起來起碼有二十人，警察和救護人員鎮定地做著分內工作，在草坪和房子之間走來走去。封鎖線外，聚集了一群身穿睡衣的左鄰右舍——人人交叉雙臂，神情焦慮。三更半夜，她家四周圍著人群，一起目睹她所建立且以為是她的一切化為烏有。儘管如此，她卻覺得飄飄然。也許是他們給她的藥效發作了。

克洛警官坐在她對面，沉默不語，神情銳利。

她全身疼痛不已。她的下巴被他無情毆打，她的喉嚨被他勒住，差點成功把她勒斃。她的肩膀、後背、屁股。她的心。她用警方給她的毛毯緊緊裹住身體。

她看著格雷姆躺在擔架上被抬出門外，左右各有一名員警。她看不見他的臉；她刻意往後傾，好讓自己不必見到他。威爾仍在房子裡處理狀況，她心想。盡可能去處理這種再棘手不過的狀況。整件事有如一輛失控列車，摧毀沿途的一切。

她把所有事情對克洛警官據實以告——從她遇見珍珠到她救她一命的每個時刻。她把柯拉跟她說過的也一併告訴他。她提到珍珠多年來默默潛伏在他們的生活周遭，而薩琳娜從來不知道有她的存在。她全盤托出，毫不保留。每個秘密和謊言。他匆匆寫進小本子裡。

「今天有個人來找我。」克洛說。「一個叫杭特．羅斯的私家偵探。」

眼前的世界模糊虛幻，他的聲音彷彿從遠方傳來，但她仔細聆聽。

「十多年前，一個名叫史黛拉．貝爾的女人遭到謀殺後，她十五歲的女兒珍珠就隨之失蹤，而他就是負責這樁懸案的警探。她母親認識的一個男人涉嫌犯下那場命案和珍珠的綁架案。由於案子一直沒破，警局便找來羅斯繼續追查線索。」

薩琳娜聽完，細細消化。她想起母親描述的那個女孩，瘦小邋遢，跟隨柯拉走進超市。一個局外人，尋找進來的方法。又或者柯拉說得沒錯，珍珠不過就是個以毀人為樂的傢伙。一個痛苦之人，指望把痛苦施予別人。她可能是任何一種情況，或兩者皆是。

「我們的父親拋棄了她。」薩琳娜說。「後來她母親被謀殺，她又被人綁走？」

柯拉從未提過史黛拉，也沒提過珍珠可能被綁走的事。或許她並不知情，或許這只是她隱瞞的另一件事。那麼多的秘密，一層又一層深埋著。珍珠是個孩子。是誰帶走她？她出現在他們生命之前的那些年來都在哪裡？

「羅斯一直沒能找到他們。」克洛說。「有個職業騙徒，名叫查理．芬奇，在史黛拉被殺的幾個月前想方設法進入了她的生活。但他是個幽靈。杭特．羅斯相信是芬奇殺了貝爾，然後綁走珍珠，把她當成自己的孩子養大。」

薩琳娜想起珍珠，想起她散發出的那股陰鬱。這也難怪了。

「但，信不信由妳，這不是他今天來找我的原因。」克洛警官說。

他從手中的檔案夾裡拿出一張照片。照片上是一個年輕女孩，頂著一頭金色捲髮，一雙眼睛流露著悲傷。她看起來年輕好幾歲，但薩琳娜一眼就認出她來。照片在薩琳娜的手中微微顫抖。

「這是葛蕾西．史蒂文生。」克洛說。「她母親同樣遭到謀殺，而她在當晚也失蹤了。」

「她是潔妮娃。」薩琳娜說。

克洛點點頭。

「情況相同。有個男人想辦法進入了葛蕾西她母親瑪姬的生活。瑪姬就像史黛拉一樣，在床上被人勒斃，而葛蕾西也失蹤了。杭特．羅斯在新聞上看見潔妮娃的照片時，立刻認出她來。這些年，他一直在調查這兩件案子，追蹤他在新聞聽到的各種故事，搜查DNA資料庫尋找任何新的證據。直到如今才總算找到了。」

薩琳娜內心很抗拒，不願接受終究拼湊起來的這些線索。

「所以說，她們之間有關聯。」薩琳娜說。「你認為是同一個男人綁走她們嗎？」

「這個女人，」克洛警官說著，舉起一張珍珠的年輕照片。「就是當初舉報潔妮娃失蹤的那個姊姊。」

「她們是一夥的。」薩琳娜說。怎麼可能？薩琳娜是在公園認識潔妮娃的。是她主動邀請潔妮娃進入他們的生活。但也許自始至終，這都是計畫的一部分。也許這場騙局早在幾年前就開始了。

克洛繼續說。「瑪姬．史蒂文生的命案一直懸而未決，葛蕾西也一直沒有被找到。她們認識的那個男人叫詹姆士．帕克，又一個幽靈，沒有留下半張照片，全都不見了。」

「我不明白。」

外頭的喧鬧聲越來越大，音量越來越高，新聞車紛紛抵達門口。

「查理・芬奇、珍珠、葛蕾西——他們全是職業騙徒。」克洛說。「他們想辦法進入別人的生活，然後能拿什麼就拿什麼。」

職業騙徒。這聽起來是個過時的概念，幾乎可笑的無害東西，像利用三個杯子或三張撲克牌耍把戲的那種小騙局，或是奈及利亞王子寄給你的一封電子郵件。不是這樣，不是生活被摧毀，女人被殺害。

「所以說，潔妮娃想辦法進入我家，成為我們的褓姆，然後勾引格雷姆，打算藉此勒索他？珍珠呢？她在這場騙局的角色是什麼？她的動機又是什麼？」

「這我無法回答。」他說。「只有她自己知道她在玩什麼把戲，她到底要什麼。也許她只是想要傷害妳。」

但事情沒那麼單純，對吧？薩琳娜心想。不只是一場騙局？

「我的猜測是，她們不知道妳丈夫格雷姆的能耐。她們低估了他。潔妮娃企圖勒索他，就像她對艾瑞克・塔克那樣，結果他把她殺了。」

一陣哀傷湧上，讓她的雙眼突然淚水滿盈。她伸手把淚擦乾。

「你覺得她死了。」薩琳娜說。

克洛伸手摸摸頭頂。

「我們掌握了一些監視器片段，潔妮娃失蹤當晚，格雷姆在他大哥家幾公里外的垃圾桶棄置了某樣東西。我們還有另一具年輕女性的屍體與妳丈夫有關。他過去也有對女性施暴的紀錄，而今晚妳差點沒逃出他的毒手。」

她丈夫確實是禽獸。她聽見珍珠的低語：妳最大的問題就要消失了。珍珠說那句話時透露的語氣，是憐憫和溫柔嗎？在某種層面上，珍珠是不是覺得她在幫助薩琳娜？

格雷姆所在的那輛救護車從車道駛出去，鳴聲大作的警笛清空了人群和其他車輛，接著消失在視線之外。一輛警車和沒有標誌的轎車隨後跟上。克洛目送那些車輛離開。

「妳還有其他事需要告訴我的嗎，薩琳娜？關於格雷姆？珍珠？潔妮娃？」

「沒有了。」她說。但她確實有些話想說，一些他大概不會理解的話。

雖然潔妮娃勒索別人，當人小三，但她也是優秀的褓姆；她把奧立佛和史蒂芬照顧得無微不至。她看護他們，陪他們玩，關心他們的程度不亞於薩琳娜。孩子們很愛她；他們一定會很想念她。其他情況下，珍珠可能會是個好朋友、好妹妹；她拯救了薩琳娜的生活，即便本質上也是被她給摧毀。格雷姆多數時候是個好丈夫、好爸爸。她愛過他、原諒過他、相信過他。後來，他企圖殺了她，把她從孩子們身邊帶走。

他們都是壞人，做了許多傷天害理的事情。但他們都不僅僅如此。克洛警官永遠不可能理解所有層面，不可能理解世間沒有絕對的好與壞。我們每個人都是如此複雜；即使是最糟糕的那一群仍值得被愛。

「沒有了。」她又說一次。「我知道的每件事你都知道了。」

第四十三章　潔妮娃

腳步聲越來越近，潔妮娃屏住呼吸。她多了很多時間可以思考，思考有關墨菲家的事、塔客家的事、所有她做過的事。她做了一些決定。

越來越近，越來越大聲。接著，她聽見外頭的門鎖被解開。暗門打開，發出尖銳的聲響。接著有人走下樓梯來到地窖。她從折疊床上起身坐好。

珍珠開燈，出現在眼前，纖長的身影站在門邊。

「妳不能每次不知道該怎麼處置我的時候就把我鎖在這裡。」潔妮娃說。

事實上，她並不討厭待在地窖。起碼這裡很安靜，有時間和空間去思考自己犯下的所有過錯，思考自己該如何改變，如果出去的話想做些什麼。她已經做了一些決定。

「妳越來越失控了。」珍珠說。「我得把妳看好。妳得慶幸自己在這裡，情況越來越糟了。」

「孩子們都還好嗎？」她問，內心一陣糾結。「薩琳娜呢？」

珍珠皺起眉頭，聳了聳肩。「他們很快就會沒事了。」

珍珠緩緩走近，靴子踩在地上，從水泥牆反彈發出回音。她肩上揹著一只沉重的黑色帆布袋。

「我不玩了。」潔妮娃說。「我決定收手了，真的。」

她應該把這個決定留在心裡才對。她向來吵不過珍珠；這已經一再經過證實。是什麼原因讓她不打算把潔妮娃永遠鎖在這裡？

「妳知道嗎？」珍珠說。「我也是。」

潔妮娃揉揉眼睛。她累壞了。她在地窖裡已經待了多久了？可能頂多一兩天，感覺卻像一個月。

「最好啦。」她說。「妳比他還糟。他從來沒有把我關起來。」

老爹對她們做過的事多不勝數。但事實是，他是她們生命中最接近父親角色的人。一個可怕、兇殘、工於心計的騙徒父親，用他自己的方式去愛她們。

「這裡沒那麼糟。」珍珠說。她露出那抹典型的神秘微笑，彷彿總是對一個沒人理解的笑話發笑。

「這是一個地牢耶，混帳。」潔妮娃說。「妳為了封我的嘴把我關在地牢裡，好讓妳的小騙局能夠繼續下去，這簡直變態，妳心知肚明。」

「妳總是那麼誇張。」珍珠把大帆布袋扔到地上。

「那是什麼？」潔妮娃問，狐疑地看了一眼。天知道裡面裝了什麼。

「一半的錢。」她說。「從我和老爹合作起，至今賺到所有金額的一半。莫爾勒弄了個乾淨的身分——有駕照、護照和社會保險號碼。」

潔妮娃下床跪到地上，打開帆布袋，裡面裝滿現金。有多少？很多，夠多了。她打開放在最上方的一只信封。

艾莉絲．葛麗絲．米勒。簡單又好聽，正如老爹會取的名字，過去的自己也點頭讚許。雖然那女孩已經消失好久，潔妮娃幾乎不記得她了。

「現在妳可以去任何地方。」珍珠說。「妳可以成為任何人。妳自由了。」

潔妮娃抬頭看著珍珠——她們之間究竟是什麼關係？時勢造就的姊妹，珍珠曾經說過。潔妮娃心想她說得沒錯。她在內心尋找某種感覺，發現那是一種亦敵亦友的感情，一種沒有說破的約定。她們一起受苦，她們了解對方。這讓她們在冥冥之中形成了牽絆。她們會保守彼此的秘密，把秘密帶進墳墓。

「那妳呢？」她問。

「不必擔心我。」珍珠說。「我會找到辦法的。」

「我不懷疑。」

「來吧。」珍珠說。「我載妳一程。這裡到哪兒都有一段路。」

不得不說，這個地窖雖然又黑又冷，但很安全，很單純。陽光從珍珠打開的暗門照射進來，明亮地蔓延在黑影之上。廣大的世界就在外面。她可以去任何地方。她的人生充滿無限可能，但要說一部分的她沒有想要繼續躲起來是騙人的。

然而，她還是起身找回鞋子和外套，挎上帆布袋，跟隨珍珠到外面，遮住眼睛抵擋刺眼的陽光。珍珠把身後的暗門關上鎖好。藏在樹叢裡的暗門放眼望去，完全看不見。

「任何時候，只要有麻煩，就回來地窖這裡，再傳訊息給我。」珍珠說。

她點點頭。但她永遠不會回來這裡了，她也永遠不會傳訊息給珍珠。

幾公尺外，是她們埋葬老爹的地方，把他殺掉的那個女人也埋在那裡。好幾年前的事了，但彷彿像是五分鐘前。肉眼已經看不見墓地的所在地，被時間和森林的腐土殘渣掩蓋過去，消失無蹤。潔妮娃甚至忘了在哪裡，直到珍珠來到那個位置上逗留，凝視地面。

「一切都結束了，老爹。」她說。

她輕聲說出他的名字時，語氣有如孩子，柔和悅耳，但表情堅定不已。過了一會兒，她繼續往前走。

潔妮娃——艾莉絲——坐進車內。開車離去時，她透過後照鏡看見房子所在之處冒著滾滾黑煙。很久以前的那天晚上，老爹把她帶來的地方。老爹離開後，她和珍珠同住的地方。說來奇怪，但那是她們的家。

她本來打算說點什麼，問珍珠她做了什麼。

但想當然耳，她已經把一切燒毀殆盡。

那就是她的辦法。

第四十四章　珍珠

機場是絕佳的虛無之地，終極的過渡空間，你不是真的處在準備離去的地方，也不是處在即將前往的地方。一個中陰之地。在這裡，她得以在眾多身分和眾多世界之間獲得暫時的喘息。

她最後一次使用拋棄式手機。她在一個空曠的登機口找到座位坐下，開始撥電話。話筒另一端響了又響。時間尚早，她一向習慣搭乘最早的班機。外頭天色仍暗，其他乘客看起來昏昏沉沉，精神不濟，拿著咖啡和手機，佔據所有可用的頻寬。珍珠是例外，她清醒得很。

俯瞰停機坪的大窗戶上，映出一個苗條女子的倒影，身穿黑色緊身褲、套頭毛衣、飛行夾克、黑色慢跑鞋，頂著一頭金黃色的鮑伯頭。她一臉淡妝；身邊的行李就像她的衣著一樣，是簡單的黑色。這趟最後的旅程中，她刻意遮掩自己的美貌——沒搽口紅、沒噴香水，只抹了淺棕色的眼影。全身裹得緊緊的，再戴上眼鏡，雖說她其實沒有近視。

艾蜜莉．珍珠．米勒。她最後的身分。

她得跟班解釋，她的名字其實不是葛妮絲。他會理解她覺得有必要保護自己的原因。在網路上結識男人，再小心也不為過。到處都有騙子、罪犯等壞人等在一旁伺機而行。

她正準備掛斷時，電話接通了。

「杭特．羅斯。」

如果他剛剛是在睡覺，也聽不出來。

「我是珍珠。」她說。「珍珠．貝爾。」

大聲說出這個名字，感覺很不自在，在嘴裡生硬得像在說謊。但這是近期內她說過最真實的話了。

話筒傳來倒抽一口氣的聲音，接著是一陣驚訝的沉默。然後是：「嗨，珍珠，我找妳找了好久好久。」

「我知道。」她說。「謝謝你，我想是吧。」

他清清喉嚨。「我能幫什麼忙？」

她有些事情想知道，也有些事情想說。杭特．羅斯是她唯一信任的人。

「你有找到他的真實身分嗎？查理．芬奇？」

「一直沒找到。」他說。「妳不知道嗎？」

「不知道。」她實話實說。「我認識他之前，他有好多身分。我總覺得他也不記得他自己到底是誰了。他死後，我翻遍他所有東西，卻不曾找到一張證明文件。」

「他什麼時候死的？」

「五年前左右。」她說。「有個被他詐騙的女人把他找了出來，殺了他之後再自殺。」這當然不是完全的事實，但她必須保護她的妹妹。

「那女人是誰？」他問道。她好奇他有沒有錄下這通電話。

「她叫布里姬。」她不記得她姓什麼了，為此她覺得異常羞愧。她詐騙過的人，她大多不記得他們的名字。他們不是人，他們是目標。

「好。」他說。「他們的屍體在哪裡？」

她腦中突然閃過那一晚。挖掘墓穴、葛蕾西哭個不停。

「我告訴你的話，你會怎麼做？」

當下一陣沉默，她猜他在考慮要不要說謊。但杭特・羅斯是老實人。

「報警處理。」最後他說。「有人會過去把他們挖出來。」

這是她想要的嗎？她希望他們被挖出來嗎？老爹的骨骸會如何處置？放到某座公墓嗎？

「是他殺了我母親嗎？」她問。「你有沒有懷疑過其他人？」

他深吸一口氣再緩緩吐出。「妳覺得呢，珍珠？」

「她有很多男朋友。」史黛拉喜歡賣弄風騷，是個癮君子。她會為了好玩而傷害別人。史黛拉認識的任何一個男人都有可能因此惱羞成怒，對她動粗。男人就是這樣，不是嗎？從女人身上得不到他們想要的東西時。至少有些男人是如此。

「那些男人來來去去，沒有人真的留下來。」他說。「沒有人真的打從心底要妳。」

她細細領悟那些話，他說的是事實。

「他很照顧我。」最後她說。她不願意相信是老爹殺了史黛拉，但大概是他做的。「他沒有傷害過我，也從來沒有——碰過我。」

「聽起來妳很愛他。」

「以某方面來說，我大概確實愛他。」

「葛蕾西・史蒂文生呢？」

「他也愛她。」

她聽見他像老人家那樣清了清喉嚨。背景傳來一個女人的聲音。是誰啊，杭特？一大早的。

「她母親也是被謀殺的。」羅斯說著，微微在引導話題。

「是的。」

「我看見一個模式，你有看見嗎？」

她沒有回答他。再過幾分鐘，她就會切斷通話，把手機丟掉。

「她在哪裡？葛蕾西在哪裡？——還是我應該叫她潔妮娃？」

「她在很安全的地方。」她說，一邊祈禱這是真的。她很肯定她們再也不會見到對方了。

「重新開始。我們都決定不幹了。」

「妳捨得就這樣放棄所有的騙局？」

「沒錯。」

「我一直想把妳們兩人弄明白，想知道妳們是如何共謀的。」

「我不會說我們共謀過。」

「沒有嗎？」

「她有她自己的目的。」珍珠說。「我也有我的。我們的手法不一樣。」

這也不算完全屬實。珍珠向來是那個木偶操控師，拉扯著葛蕾西的絲線，不管她是否知情。

「所以塔克家發生的事就是她的目的嘍？找個褓姆的工作，跟男主人上床，然後威脅他付封口費？」

「大概是這樣。」珍珠說。「我想這是她企圖融入一個家庭的畸形方法。」同樣不算是實話。葛蕾西痛恨拆散別人的家庭，但她非常擅長。勒索金額不高，但很穩定。

但事實上，讓葛蕾西注意到塔克家有褓姆需求的，是珍珠；他們家屬於薩琳娜社群媒體上的朋友圈。也是珍珠鼓勵葛蕾西到公園結識薩琳娜，她也是在社群媒體上看見薩琳娜準備重返職場。接著，當你運勢正旺，一切就這樣水到渠成。

「可是薩琳娜是妳的目標，妳同父異母的姊妹。妳已經監視她好幾年了，對吧？我敢肯定。」

對，他說得沒錯。

珍珠在薩琳娜的生活周遭徘徊多年——在網路上追蹤薩琳娜和她的朋友，薩琳娜的姊姊瑪麗索爾（珍珠另一個同父異母的姊妹）不知何故對珍珠沒有吸引力。她在遠方目睹薩琳娜結婚、生小孩、買新房、在Instagram上用一張又一張照片築起完美的生活。

珍珠也在社群媒體上觀察格雷姆，不過他在上面並不活躍，朋友圈也小得多。她三不五時會跟蹤他。他們的婚姻過了幾年後，珍珠發現他有婚外情，於是更緊密地觀察他。

奇怪的事發生了。她開始為薩琳娜感到難過。

「所以到底是為了什麼？報復？換個方法傷害那個拋棄妳的父親？」杭特問。「墨菲家的騙局妳圖的是什麼？更多的錢？摧毀他們的家？」

這個問題把珍珠嚇了一跳，讓她難得自我反省起來。

是為了什麼呢？原因只有一個嗎？

首先，有可能是為了報復；她只是想竭盡所能製造最大程度的痛苦。

要是薩琳娜沒有挪動攝影機，逮到葛蕾西和格雷姆在亂搞。要是葛蕾西沒有良心發現，一直威脅要退出的話——這很有可能是她要的結果。

但事情沒那麼單純。當珍珠發現格雷姆不只是劈腿，還是一個禽獸時，她想懲罰他。她想讓薩琳娜自由，就像多年前她讓柯拉自由一樣。這是她最終的意圖，早在十多年前就開始的一場騙局。她一直在附近徘徊，等待進入的最佳時機。金錢？這與錢無關，其實也無關報復。她和老爹不一樣。

這是關於真相。真相有如野火燒毀沿途上的一切。雖然燒毀了，但也得到淨化，而從灰燼中重生的，是一個全新的生活。

但珍珠沒有耐心把這一切解釋給杭特．羅斯聽。她猜測他是那種看待事物非黑即白的男人。她的所作所為是錯的，他永遠不會明白那其實也是對的。

「沒錯。」她只是簡單回答。這通電話聊得太久了。「就是這樣，報復。」

也許說到底，就是那麼簡單。她不是為了幫賈桂琳，卡森伸張正義，也不是為了懲罰殺死她的格雷姆，或是為了把她同父異母的姊姊從生活中的幻象解放出來。也許她除了自己，誰都不在乎，只看重她施加在別人生活中的騙局，其他事物一概不關心。

「我只能說妳成功達成了妳的目的。」他說著，語氣聽起來沉重又疲累。

「我想是吧。」她內心湧上一股空虛感，一種熟悉的悲傷。她深呼吸壓住那股情緒。

「所以，妳的下一步是什麼？」

「我會人間蒸發。正如我說過的，我不玩了。」

「直到？」

「直到永遠。」

又是一片死寂，她考慮掛斷電話。

「那──我能問問妳打來的原因嗎？」最後，他開口說。

好問題，老爹低聲說。他總是近在咫尺。妳現在又在耍什麼把戲？

「做個了結。」她說。「為了你，也為了我。你是稀有品種，一個不找到真相絕不放棄的好人，關心別人，把別人的事擺第一。我喜歡你這種個性。」

他輕笑一聲。「謝謝妳這麼說。」

他把老爹和布里姬的葬身地點告訴他。她把標記地窖的紅旗挪去標記墓穴了，找起來將容易許多。老爹、查理、比爾、吉姆、克里斯，一個受虐兒童、職業騙徒、殺人兇手──他是一名通緝犯。珍珠希望杭特．羅斯終究能逮到他。也許這樣一來，他們都能好好休息了。

她不知道是否有人在尋找布里姬，但也許如今她也能安息了。

她已經無話可說。能解答他的，她全都說了。

「再見了，羅斯先生。謝謝你一直沒有放棄尋找我們。」

「再見，珍珠。」

順利的話，這會是最後一次有人叫她珍珠。

她掛斷電話，拿出手機裡的SIM卡。進到洗手間，她把卡沖進馬桶，把殘破的手機零件丟到垃圾桶。

她的飛機準備登機。她排隊跟著提早上機的人群登上飛機，最後在頭等艙的位置安頓下來。下飛機後，她會變成另一個人。班會在那裡等她。一個專情體貼的好男人。也許她永遠無法真心愛上他，或愛上任何人，但她會努力試試。

她跟班說，如今妹妹離世（死因是用藥過量——真可憐），她想旅行，去看看她從未探索過的世界。他答應了。他也準備休息一段時間。他會暫時把診所留給夥伴執業一段時間。之後，他們會決定該怎麼做，在哪裡定居。

真是一起展開新生活最完美的方法了，他說。給我們倆的全新開始。

正如艾蜜莉所想。

第四十五章　薩琳娜

我幫了妳一個大忙。妳總有一天會明白的。

珍珠毀掉她父親一生的一個月後，柯拉又看見女孩在同一棵橡樹旁徘徊。這次，柯拉不再猶豫，直接開門出去見她。

車道上停了一輛搬家卡車，柯拉和兩個女兒大部分的東西都已經裝進紙箱。她們準備離開這棟大房子，搬進小鎮另一端比較小的房子裡。柯拉把房子留給道格；她無法住在一個充斥各種回憶的地方，家中每個角落都藏著陰魂不散的破碎美夢。薩琳娜和瑪麗索爾都住學校，這是柯拉成年後第一次獨居。

*妳想怎樣，珍珠？*女孩走近時，柯拉問道。她看起來比柯拉上次見到她時成熟，更自信沉著，更優雅美麗。

我想說聲對不起。

這句話把柯拉嚇了一跳。*妳想說對不起。*

對不起傷害了妳。

柯拉不知道該說什麼。她覺得自己也該道歉，因為珍珠同樣受到傷害。柯拉在她身上看見了傷痕。珍珠不像柯拉，這些年來選擇忍氣吞聲，而是在盛怒之下主動出擊。她選擇瞄準目標，扣下扳機。

妳得到妳想要的了，對吧？柯拉說。我不知道妳跟他要了多少，總之他付錢了。現在離我們遠一點。

柯拉記得珍珠面露失望。我不是只為了那個。

不是嗎？

我幫了妳一個大忙，她態度超然地說，站在那兒冷靜且美麗。妳總有一天會明白的。

此刻，薩琳娜正在閣樓的書房裡，在紙上寫下柯拉和珍珠最後一次見面的情形。薩琳娜該如何形容那年早秋的街道上是什麼氛圍，該如何描述母親的絕望，以及美麗又神秘的珍珠在街上徘徊的畫面？她記得空氣總是聞起來像剛割過草的氣味，藍松鴉在樹林間尖聲高叫。她知道與珍珠·貝爾這個比自己更了解自己的人面對面是什麼感覺。

妳知道嗎？聊起最後那次見面時，柯拉對薩琳娜說，珍珠說得沒錯。與妳父親結束婚姻關係是我這輩子最棒的決定，即使當時感覺像是一生中最慘的時刻。我失去了一切，但找到了我自己。我去收容所工作，認識了保羅。

黑蝴蝶。貝絲鼓勵她寫下珍珠·貝爾和葛蕾西·史蒂文生的故事，以及她們的人生是如何與她交織的。經過兩年的調查，加上杭特·羅斯的幫忙，薩琳娜就快完成最終版的草稿。貝絲與一家大出版社協商簽訂了一紙出版合約，預計明年出書。認識威爾、格雷姆前，生下孩子前的她是什麼人？她是一名作家，但她任其那個夢想凋零死去。如今，她從人生的灰燼裡重生了。

寫下來，貝絲說。把經驗說出來的瞬間，我們等於有了掌控權。只要掌控了過去的故事，就能創造更美好的未來。

經歷了格雷姆謀殺賈桂琳．卡森一案的審判和定罪，他坐牢的日子，兩個孩子的心理諮商，他們所承受的痛苦，以及她自己的痛苦。靈魂有如禁錮在漆黑的漫漫長夜，在隧道盡頭看不到光。但過程中，她仍不斷地寫。

她寫作的同時，她丈夫的真面目——所有真相——也一一大白。

多年來，他不僅與同事、酒吧認識的女人、脫衣舞孃有染，而且對女人有越來越嚴重的暴力傾向——拉斯維加斯的那個女人只不過是開始——薩琳娜把格雷姆趕出家門那晚，他殺了賈桂琳．卡森。

從賈桂琳迫使他被公司開除後，格雷姆就一直透過訊息在騷擾她。薩琳娜用玩具機器人扔傷他的那晚，格雷姆整個人氣急敗壞，到賈桂琳住的公寓外等她，趁她回家時強押她進屋，姦殺了她。

他仍堅稱自己不記得、也不可能記得自己是怎麼企圖殺害薩琳娜的，他的妻子和他孩子的母親。他在證人席上落淚。確實，薩琳娜親眼看見了他的怒火是如何讓他變成了一頭禽獸，一個她在那晚之前從未遇過的人。他說他不記得的時候，薩琳娜相信他。

但有台監視器拍到了格雷姆在賈桂琳的公寓外吃力地把一個捲成筒狀的地毯扛進他的休旅車。稍晚，是一張他在棄屍途中開車經過收費站的照片。最後，是一張格雷姆把沾滿血跡的衣物扔進垃圾桶的照片，顯然是由一直跟蹤他的珍珠所拍下的。

薩琳娜仍不清楚珍珠親眼目睹了多少事情——無論是那晚或其他晚上。如果她跟在格雷姆後面，知道他在賈桂琳的公寓外等她，為什麼選擇袖手旁觀。

但這是在心理諮商時出現的疑問。她的心理醫師說：「精神錯亂的人，你是無法去解釋或理解他們的行為的。你只能接受已經發生的事，盡力釋懷，感激自己從中倖存下來。」

要不是有柯拉、保羅、瑪麗索爾、貝絲、威爾和兩個孩子的堅韌，她可能無法倖存。而少了珍珠，薩琳娜可能早已死在格雷姆的手中。

但她仍繼續寫，繼續努力去理解，努力把一切拼湊出來，無論是她在法庭上聽到的，或是出庭指控格雷姆的那些女人所說的故事。她會一直寫，直到說出全部的故事、完整的真相，及當中的所有面向。

時間將近兩點，再過一小時她就得去新學校接孩子們放學。那是一間小型的私立學校，他們在那裡能受到細心的照顧，保護他們不受世界的醜惡干擾。她盡全力回答他們的問題，無法回答的就交給心理諮商。她答應自己，無論真相有多傷人，永遠都要對他們誠實。

奧立佛和史蒂芬每週日與格雷姆通電話。奇怪的是，事情發展得挺正常的——他們和他聊學校的大小事、他們的朋友和足球。兩兄弟爭吵時，他會主持公道；他會讚美他們；他們求他回家的時候，他會安撫他們。薩琳娜沒帶他們去見過他，儘管他們頻頻要求。她和格雷姆都不希望他們過去，時機未到。也許等他們大一點吧。薩琳娜不去想起格雷姆，也不和他說話。在她眼中，他就跟死了沒兩樣。

有時候她會夢見他，夢裡的他赫然在面前閃現，掐住她的喉嚨，奪走她肺部的空氣。

她幫自己和孩子們找到的房子遺世獨立地坐落在五英畝大的土地上，距離柯拉和保羅家不遠，他們總是盡可能地給她幫助，而且那裡也離她姊姊家近得多。他們的感情越來越緊密，她姊姊幫忙顧孩子，薩琳娜也禮尚往來。奧立佛和史蒂芬也因此與他們的表兄姊越來越熟稔。家族聚會更加融洽。不再有秘密，不再有謊言。

薩琳娜與她父親斷絕聯絡。她的人生不歡迎一個把那麼多黑暗帶進家庭的男人。

另一個房子在市場上滯銷了一段時間——沒人想住在殺人兇手住過的地方。但人是健忘的，格雷姆被判有罪的幾個月後，這個新聞似乎就漸漸遭大眾遺忘。房子以稍微低於市價的價格售出。但一切都很值得，正如母親所說的，得以搬離一個在每個角落都藏著陰魂不散的破碎美夢的地方。

他們現在居住的房子是一棟建於一八八〇年的農舍，位於紐約州北部一個叫谷村的小鎮，需要龐大的整修工程。薩琳娜沒有在寫作或照顧孩子的時候，這棟農舍佔據了她大部分的時間和精力。這也正是她買下它的原因。目前她最不需要的，就是空閒時間。

她聽見外面的車道傳來輪胎的嘎吱聲。她停下手邊工作，來到一樓及時看見威爾從大門走進來，手裡握著一大束她最愛的珍珠百合。

薩琳娜遭到襲擊後，威爾拒絕再擔任格雷姆的律師，轉而成為她的律師。格雷姆上法庭時換了另一名律師替他辯護。

現在，薩琳娜和威爾是——朋友。她知道他希望能更進一步。他也知道她壓根兒還沒準備好。她需要一點空間去找尋自己。總算有這麼一天。

「這是什麼？」她接過花問。她給他一個擁抱，並在臉頰上吻了一下。

「這是——妳知道。」他開口說。「用來振奮一天的小確幸。」

「謝謝。」她說。「你對我真好，威爾。」

今天是星期五。多數的星期五下午，威爾都會過來和孩子們在庭院玩耍，然後一起吃披薩、看電影。有時候，瑪麗索爾和她的孩子也會加入行列。

這是他們為了替奧立佛和史蒂芬營造常態而建立的習慣——看樣子很奏效。他們的心理諮商師說她做得很好，也說孩子們面對事情的方式十分健康。時間會證明一切。

但奧立佛是不是看起來更陰鬱了？史蒂芬是不是越來越愛使性子了？他們會有完全恢復的一天嗎？他們父親的邪惡因子，甚至是她父親的黑暗性格會不會遺傳給他們？這會不會存在於他們的基因裡？

她擔心秘密和謊言導致的歪風，擔心他們有邪惡因子和暴力傾向，這些事情經常讓她夜不成眠。

她和威爾在餐桌上聊了一陣子——聊她的書、他正在進行的案子、他們今晚要看哪部電影。他提議去接孩子們放學讓她去運動時，她同意了。孩子們總是很高興見到威爾；他填補了他們兩人如今空了一塊的內心。她也很感激有他的友情支持。儘管他並非十全十美，儘管與薩琳娜不是天造地設的絕配，但是一個誠實且令人尊敬的好男人。保羅同樣也是強大的正面影響。她的孩子有人可以依靠，有榜樣可以學習。他們擁有一種因為正直而散發的安靜力量，和一顆好好愛女人的心。

他離開後，她上樓換上慢跑鞋和運動服，接著離開家門，踏上通往外頭的鄉間小路。空氣溫暖，天空晴朗。在電腦前坐了一整天後，她花點時間才找回腳感。但耳機裡的音樂砰砰作響——今天是超脫樂團，主唱科特・柯本的聲音狂野嘶啞——帶動了她的活力。她跑了一英里後，手機傳來叮的一聲。她慢下步伐查看，怕是威爾在學校遇到問題。

反之，是一個陌生號碼傳來的訊息。這不是第一次了。她沒告訴任何人，但珍珠每隔幾個月就會與她聯絡——通常是出現一些與格雷姆有關的新聞時。她們之間有份連結，奇怪但真實。

最近一直想起妳。我過得還算開心，希望妳也是。

薩琳娜從未回覆。她也知道對方沒預期她會回覆。她們的關係僅止於此。珍珠完全人間蒸發，消失得無影無蹤。她是一名通緝犯，因詐騙和敲詐勒索遭到起訴。看樣子她和潔妮娃騙過的受害人清單多不勝數——大部分是男人，而且大多犯下了某種罪行。照理說，薩琳娜應該向警方舉報她們的互動，但她不打算這麼做。她心中有某種不願承認的感激之情。她毀了薩琳娜的人生，也救了薩琳娜的人生。她奪走了某些東西，也給予了某些東西。很複雜，一言難盡。

我看見一張格雷姆在監獄裡的照片。他真的看起來超狼狽的。妳當初到底看上他哪一點？

薩琳娜笑了笑；珍珠有時候挺有趣的。有時候她的訊息聽起來悲傷、寂寞。有時候內容很空虛——對油價或一些新聞做些評論。她偶爾聽起來很生氣。格雷姆被判有罪的那天：**我很高興他總算得到報應。現在妳自由了。**就算她知道薩琳娜正在寫書，她也沒多說什麼。薩琳娜想像珍珠對那本書應該會有幾句話想說。但無論內容為何，珍珠的訊息總是以同一種方式收尾，像是只有她們才懂的圈內笑話。

薩琳娜邊等，邊看著那些灰色小點跳動。

對了，我是瑪莎。

火車上那位。

Storytella **149**

7:45列車上的告白

Confessions on the 7:45

7:45列車上的告白 / 麗莎.昂格爾作 ; 周倩如譯. -- 初版. -- 臺北市 : 春天出版國際文化有限公司, 2023.1
面； 公分. -- (Storytella ; 149)
譯自 : Confessions on the 7:45.
ISBN 978-957-741-625-4(平裝)

874.57 111019517

ISBN 978-957-741-625-4
Printed in Taiwan

作　者　麗莎・昂格爾
譯　者　周倩如
總編輯　莊宜勳
主　編　鍾靈

出版者　春天出版國際文化有限公司
地　址　台北市大安區忠孝東路四段303號4樓之1
電　話　02-7733-4070
傳　眞　02-7733-4069
E－mail　bookspring@bookspring.com.tw
網　址　http://www.bookspring.com.tw
部落格　http://blog.pixnet.net/bookspring
郵政帳號　19705538
戶　名　春天出版國際文化有限公司
法律顧問　蕭顯忠律師事務所
出版日期　二〇二三年一月初版

定　價　430元

總經銷　楨德圖書事業有限公司
地　址　新北市新店區中興路二段196號8樓
電　話　02-8919-3186
傳　眞　02-8914-5524
香港總代理　一代匯集
地　址　九龍旺角塘尾道64號 龍駒企業大廈10 B&D室
電　話　852-2783-8102
傳　眞　852-2396-0050